713

ARENA-KINDERBUCH-KLASSIKER

Die Herausgeberin der ARENA KINDERBUCH-KLASSIKER, Dr. Freya Stephan-Kühn, geboren 1943, studierte Geschichte und Latein an der Universität Köln und promovierte anschließend mit einer Dissertation über ein Thema aus der mittelalterlichen Geschichte. Heute lebt sie in Mönchengladbach. Sie ist Leiterin eines Krefelder Gymnasiums und Vorsitzende des nordrhein-westfälischen Landesverbandes der Geschichtslehrer. Dr. Freya Stephan-Kühn hat zahlreiche wissenschaftliche Aufsätze verfasst und sich mit Arena-Büchern wie *Was in den Höhlen begann ...* oder den Titeln aus der *Viel Spaß!*-Reihe auch als Sachbuchautorin einen Namen gemacht. An der Universität Düsseldorf hat sie einen Lehrauftrag für Geschichte und Jugendbuch. Sie verfügt über eine umfangreiche Sammlung internationaler Kinderbuch-Klassiker.

Robert Louis Stevenson

Die Schatzinsel

Aus dem Englischen
von Hans Küfner

Arena

In neuer Rechtschreibung

7. Auflage 2009

Gekürzte Fassung der englischen Originalausgabe *Treasure Island*
Aus dem Englischen übersetzt von Dr. Hans Küfner
Einband: Bernhard Oberdieck
Reihengestaltung: Karl Müller-Bussdorf
Herausgegeben von Dr. Freya Stephan-Kühn
Gesamtherstellung: Westermann Druck Zwickau GmbH
ISBN 978-3-401-04889-5

www.arena-verlag.de

Inhalt

Fünfter Teil –
MEIN ABENTEUER
AUF DEM MEER

Sechster Teil – KAPITÄN SILVER

Erster Teil

Der alte Pirat

Der alte Seebär im »Admiral Benbow«

Baron Trelawney, Doktor Livesey und auch die anderen Herren haben mich gebeten die Geschichte der Schatzinsel niederzuschreiben. Ich soll über alle Einzelheiten berichten, aber die Lage der Insel verschweigen, und das nur deshalb, weil sich dort noch ungehobene Schätze befinden. So ergreife ich denn die Feder und gehe zurück auf die Zeit, als mein Vater das Gasthaus »Zum Admiral Benbow« bewirtschaftete und der sonnengebräunte alte Seemann mit der Säbelnarbe im Gesicht zum ersten Mal sein Quartier unter unserem Dach aufschlug.

Ich erinnere mich an ihn, als wäre es gestern gewesen. Schwer atmend kam er an die Tür des Wirtshauses, hinter sich auf einem Handkarren seine Seemannskiste. Er war ein großer, kräftiger, von der Sonne nussbraun gebrannter Mann. Sein teeriger Matrosenzopf fiel ihm auf die Schultern seines schmutzigen blauen Rockes, seine rauen und schwieligen Hände zeigten schwarze, abgebrochene Nägel und der Säbelhieb quer über seine eine Backe war von einem schmutzig fahlen Weiß. Ich erinnere mich, wie er seinen Blick rings um die Bucht wandern ließ und dabei vor sich hin pfiff. Schließlich stimmte er das alte Seemannslied an, das er später noch so oft sang:

»Fünfzehn Mann auf des toten Manns Kiste,
jo-ho, jo-ho – und 'ne Buddel voll Rum!«

Seine hohe, krächzende Stimme klang, als wäre sie nach den Spaken des Gangspills gestimmt und dabei brüchig geworden. Dann klopfte er mit einem Stock von der Größe einer Handspeiche gegen die Tür. Als mein Vater erschien, verlangte der Seemann in grobem Ton ein Glas Rum. Als ihm das gebracht wurde, trank er es langsam wie ein Kenner aus, schmeckte den Rum auf seiner Zunge und blickte noch immer auf die Felsen am Strand und dann auf unser Wirtshausschild.

»Das ist ein hübscher kleiner Hafen«, sagte er schließlich, »und eine gute Lage für eine Rumschenke. Viel Kundschaft hier, Maat?«

Mein Vater musste diese Frage verneinen. Es kamen leider nicht viele Leute zu uns.

»Na gut«, gab der Alte zur Antwort, »das ist der richtige Platz für meine Koje. He, du Kerl«, rief er dem Mann zu, der den Karren schob, »hier wird angelegt und helft mir meine Kiste raufbringen. Eine Weile will ich hier bleiben«, fuhr er fort. »Ich bin ein einfacher Mann; Rum und Eier mit Speck, das ist alles, was ich brauche – und den Hügel dort drüben, um nach den vorbeifahrenden Schiffen auszuschauen. Wie Ihr mich nennen sollt? Ihr könnt getrost Käpt'n zu mir sagen. Oh, ich verstehe, was Ihr wollt – da!« Und er warf drei oder vier Goldstücke auf die Schwelle. »Sagt es mir getrost, wenn ich damit fertig bin«, fügte er hinzu. Dabei blickte er so grimmig in die Runde wie ein Admiral.

Tatsächlich hatte er – so schlecht seine Kleider auch waren und so ungehobelt seine Sprache – nicht das Aussehen eines gewöhnlichen Matrosen, sondern glich eher einem Steuermann oder Kapitän, der Gehorsam gewohnt ist oder zuschlägt. Der Mann, der den Karren geschoben hatte, erzählte uns, die Postkutsche habe den Alten am Morgen zuvor bei dem Gasthaus »Zum König Georg« abgesetzt. Dort habe er sich nach den Wirtschaften längs der Küste erkundigt. Als er dann hörte – so nehme ich an –, dass die unsrige sehr gut sei und sehr einsam liege, hatte er sie vor vielen anderen für seinen Aufenthalt ausgewählt. Das war alles, was wir über unseren Gast erfahren konnten.

Eines Tages nahm er mich beiseite und versprach mir zu jedem Monatsersten ein Silberstück, wenn ich »scharf Ausguck hielte nach einem Matrosen mit einem Bein«. Ich sollte es ihn sofort wissen lassen, wenn dieser erscheine. Aber oft, wenn der Monatserste kam und ich ihn um meinen Lohn bat, schnaubte er mich durch die Nase an und warf mir wütende Blicke zu. Ehe jedoch die Woche vergangen war, besann er sich eines Besseren, brachte mir das silberne Vierpencestück und wiederholte seinen Auftrag »scharf Ausguck zu halten nach dem Matrosen mit einem Bein«.

Wie dieser Mensch mich in meinen Träumen heimsuchte, brauche ich wohl kaum zu erzählen. In stürmischen Nächten, wenn der Wind an allen vier Ecken des Hauses rüttelte und die Brandung brüllend an die Bucht und gegen die Felsen schlug, sah ich ihn in tausend Gestalten und mit tausend teuflischen Gesichtern.

Aber sosehr mich der Gedanke an den Matrosen mit einem Bein schreckte, so fürchtete ich doch den Kapitän selber weit weniger als irgendein anderer, der ihn kannte. Es gab Abende, an denen er eine gute Menge mehr Grog trank, als er vertragen konnte. Dann saß er da und sang seine verrückten und wilden alten Seemannslieder, ohne sich um irgendjemand zu kümmern. Manchmal bestellte er auch eine Runde für alle und zwang die ganze zitternde Gesellschaft seinen Geschichten zu lauschen oder gemeinsam den Kehrreim aus seinen Liedern zu singen. Oft dröhnte und zitterte das ganze Haus unter dem »Jo-ho, jo-ho – und 'ne Buddel voll Rum«, wenn alle Gäste mit Todesangst im Gesicht einstimmten und einer immer lauter sang als der andere, um nicht seinen Zorn herauszufordern. Denn in solchen Augenblicken war er der unverträglichste Kerl, den man sich vorstellen kann. Er schlug mit der Faust auf den Tisch und gebot Ruhe in der Runde. Er fuhr in leidenschaftlicher Wut in die Höhe, wenn man eine Frage an ihn richtete oder wenn er glaubte, die Gesellschaft höre seinen Erzählungen nicht zu. Er erlaubte auch keinem die Wirtschaft zu verlassen, bis er sich müde getrunken hatte und zu seinem Bett taumelte.

Er blieb Woche für Woche und schließlich Monat für Monat in unserem Gasthaus. Das angezahlte Geld war schon längst verbraucht, aber mein Vater fand nicht den Mut eine weitere Zahlung von ihm zu verlangen. Jedes Mal, wenn er darauf zu sprechen kam, schnaubte der Kapitän so laut durch die Nase, dass man es fast ein Brüllen nennen konnte, und trieb meinen armen Vater mit schrecklichen Blicken aus dem Zimmer. Nach einem solchen Auftritt sah ich ihn die Hände ringen und ich bin davon überzeugt, dass der Ärger und die Angst, in der er leben musste, viel zu seinem frühen und unglücklichen Ende beigetragen haben.

Nur ein einziges Mal stieß der Kapitän auf Widerspruch, und das war gegen das Ende zu, als mein armer Vater schon sehr unter der Krankheit litt, die ihn dann auch dahinraffte. Doktor

Livesey kam an einem Spätnachmittag, um nach seinem Patienten zu sehen, ließ sich von meiner Mutter einen kleinen Imbiss vorsetzen und ging dann in die Gaststube, um eine Pfeife zu rauchen, bis sein Pferd aus dem Dorf gebracht wurde, denn wir hatten im alten »Benbow« keinen Stall. Ich ging nach ihm in das Gastzimmer und ich kann mich gut erinnern an den Gegensatz zwischen dem sauber und gut gekleideten Doktor mit seiner schneeweiß gepuderten Perücke, seinen leuchtenden schwarzen Augen und seinem angenehmen Wesen und den derben, unbeholfenen Bauern, vor allem aber jener schmutzigen, plumpen, triefäugigen Vogelscheuche von einem Piraten, der schon ziemlich betrunken war und sich mit beiden Armen auf dem Tisch aufstützte. Plötzlich begann der Kapitän sein Lieblingslied anzustimmen:

»Fünfzehn Mann auf des toten Manns Kiste,
jo-ho, jo-ho – und 'ne Buddel voll Rum!
Schnaps und der Teufel waren sein Leben,
jo-ho, jo-ho – und 'ne Buddel voll Rum!«

Anfangs hatte ich geglaubt, mit »des toten Manns Kiste« sei seine große Seemannskiste oben in der Kammer gemeint, und der Gedanke hatte sich in meinen Alpträumen mit dem Bild des einbeinigen Matrosen seltsam vermischt. Aber später schenkten wir dem Lied keine besondere Aufmerksamkeit mehr. An diesem Abend war es nur für Doktor Livesey neu und ich bemerkte, dass es auf ihn keine angenehme Wirkung ausübte. Einen Augenblick schaute er ärgerlich hoch, dann setzte er sein Gespräch mit dem alten Taylor, dem Gärtner, über eine neue Rheumabehandlung fort. Inzwischen begeisterte sich der Kapitän immer mehr an seiner eigenen Musik und zuletzt schlug er mit der Hand auf den Tisch, um auf diese

Weise, wie uns allen bekannt war, Schweigen zu gebieten. Sofort wurde es ganz still, nur Doktor Livesey sprach wie vorher laut und freundlich weiter und nahm jeweils nach ein paar Worten einen kräftigen Zug aus seiner Pfeife. Der Kapitän starrte ihn eine Weile an, schlug noch einmal mit der Faust auf den Tisch, stierte noch wütender und brüllte schließlich mit einem hässlichen und gemeinen Fluch: »Ruhe auf Deck dort drüben!«

»Sprecht Ihr zu mir, mein Herr?«, fragte der Arzt. Als dies der Rüpel mit einem weiteren Fluch bejahte, antwortete der Doktor: »Ich habe Euch nur das eine zu sagen, mein Herr: Wenn Ihr weiter so viel Rum trinkt, wird die Welt bald von einem sehr schmutzigen Halunken befreit sein.«

Die Wut des alten Kerls war schrecklich. Er sprang auf, zog ein Seemannsmesser aus seiner Tasche, klappte es auf, hielt es offen in der Hand und drohte den Doktor damit an die Wand zu spießen.

Dieser rührte sich nicht von der Stelle. Er sprach mit ihm über die Schulter und im gleichen Ton wie vorher, nur etwas lauter, dass alle im Raum ihn hören konnten, aber ruhig und bestimmt: »Wenn Ihr das Messer nicht sofort in die Tasche steckt, so verspreche ich Euch, auf meine Ehre, dass Ihr am nächsten Gerichtstag gehängt werdet.«

Dann maßen sich die beiden eine Weile mit scharfen Blicken. Aber bald gab der Kapitän nach, steckte seine Waffe ein und setzte sich knurrend wie ein getretener Hund.

»Und jetzt, mein Herr«, fuhr der Doktor fort, »nachdem ich weiß, dass sich ein solcher Bursche in meinem Bezirk aufhält, könnt Ihr überzeugt sein, dass ich Euch Tag und Nacht nicht aus den Augen lassen werde. Ich bin nicht nur Arzt, sondern auch Richter. Wenn mir nur die geringste Klage gegen Euch zu Ohren kommt und sei es auch nur wegen so schlechten Benehmens wie heute Abend, so werde ich wirksame Maßnahmen ergreifen, um Euch davonzujagen und unschädlich zu machen. Lasst Euch das gesagt sein.«

Bald darauf wurde das Pferd des Doktors vor die Tür geführt und er ritt fort. Aber an diesem Abend und an vielen folgenden hielt der Kapitän Ruhe.

Der Schwarze Hund erscheint und verschwindet

Nicht lange danach geschah der erste jener geheimnisvollen Vorgänge, die uns schließlich von dem Kapitän befreiten, nicht aber, wie man sehen wird, von seiner Hinterlassenschaft.

Es war sehr früh an einem Morgen im Januar. Eine schneidende Kälte herrschte, grauer Raureif bedeckte die Bucht und die Wellen schlugen sanft gegen die Klippen. Die Sonne stand noch niedrig, ihre Strahlen berührten gerade die Spitzen der Berge und leuchteten weit hinaus auf das Meer. Der Kapitän war früher als sonst aufgestanden und zum Strand gegangen; sein Entermesser baumelte unter den breiten Schößen seines alten blauen Rockes, das Messingfernrohr trug er unter dem Arm und seinen Hut hatte er in den Nacken geschoben. Ich erinnere mich, dass sein Atem wie Rauch in der Luft stand, als er davonschritt, und das letzte Geräusch, das ich von ihm hörte, als er um den großen Felsen bog, war ein lautes, unwilliges Schnauben, als denke er immer noch an Doktor Livesey.

Mutter war noch oben bei Vater und ich deckte gerade den Frühstückstisch für die Rückkehr des Kapitäns, als die Tür der Gaststube geöffnet wurde und ein Mann hereinkam, den ich noch nie vorher gesehen hatte. Es war ein blasser, aufgeschwemmter Kerl, dem zwei Finger an der linken Hand fehlten, und obwohl er ein Entermesser trug, sah er nicht gerade kriegerisch aus. Ich schaute immer nach Matrosen aus, ob mit einem oder zwei Beinen, und ich erinnere mich, dass dieser Mann mich beunruhigte. Er sah gar nicht aus wie ein Seemann und doch roch er irgendwie nach Salzwasser.

Ich fragte ihn nach seinen Wünschen. Er gab mir zur Antwort, dass er ein Glas Rum trinken wolle. Als ich aber hinausgehen wollte, um ein Glas zu holen, setzte er sich auf einen Tisch und winkte mir näher zu kommen. Ich blieb stehen, wo ich war, mit der Serviette in der Hand.

»Komm näher, Söhnchen«, sagte er, »komm her zu mir.«

Ich ging einen Schritt auf ihn zu.

»Ist der Tisch hier für meinen Maat Bill gedeckt?«, fragte er mit lauernder Stimme.

Ich gab ihm zur Antwort, dass mir ein Maat Bill nicht bekannt und der Tisch für einen Herrn gedeckt sei, der in unserem Hause wohne und den wir Kapitän nannten.

»Na schön«, erwiderte er, »meinen Maat Bill kann man Käpt'n nennen oder auch nicht. Er hat eine Narbe auf der einen Backe und ist ein mächtig gemütlicher Kerl, besonders beim Trinken, mein Maat Bill. Nehmen wir also einmal an, dass dein Käpt'n eine Narbe auf der Backe hat – und nehmen wir dazu an, wenn es dir beliebt, dass diese Backe die rechte ist. Na also, ich hab's dir ja gesagt. Nun, ist jetzt vielleicht mein Maat Bill hier?«

Ich sagte ihm, er sei spazieren gegangen.

Da sagte er: »Wir beide, mein Söhnchen, werden jetzt wieder in die Gaststube gehen und uns hinter die Tür stellen. Wir wollen Bill eine kleine Überraschung bereiten.«

Mit diesen Worten drückte mich der Fremde hinter sich in die Ecke, sodass die offene Tür uns beide verbarg. Man kann sich denken, dass mir dabei sehr unbehaglich zu Mute war. Meine Angst erhöhte sich noch, als ich feststellte, dass auch der Fremde sich fürchtete. Er griff nach seinem Entermesser und lockerte die Klinge in der Scheide. Während wir wartend dastanden, schluckte er ständig, als hätte er – wie wir sagen – einen Kloß im Hals.

Endlich trat der Kapitän herein, schlug die Tür hinter sich zu, ohne nach rechts oder nach links zu schauen, und marschierte quer durch die Gaststube dorthin, wo der Frühstückstisch für ihn gedeckt war.

»Bill«, sagte der Fremde mit einer Stimme, die, wie mir schien, mutig und stark klingen sollte.

Der Kapitän drehte sich auf dem Absatz herum und stand uns gegenüber. Alle braune Farbe war aus seinem Gesicht gewichen und selbst seine Nase erschien blau. Er sah aus wie ein Mann, der einen Geist oder den Teufel, oder wenn es das gibt, noch Schlimmeres erblickt. Es tat mir wirklich Leid, ihn in einem Augenblick so alt und hinfällig werden zu sehen.

»Komm, Bill, du kennst mich doch«, sagte der Fremde. »Du erinnerst dich doch sicher an deinen alten Schiffskameraden?«

Der Kapitän schnappte nach Luft.

»Schwarzer Hund!«, sagte er.

»Wer sonst?«, entgegnete der andere, der seinen Mut langsam wiedergewann. »Der Schwarze Hund kommt, um seinen alten Schiffskameraden Billy im Wirtshaus ›Zum Admiral Benbow‹ zu besuchen. Ach, Bill, Bill! Was für Zeiten haben wir erlebt, wir beide, seit ich diese beiden Krallen verloren habe«, und er hielt seine verstümmelte Hand in die Höhe.

»Also gut«, antwortete der Kapitän, »du hast mich eingeholt, hier bin ich. Nun sag schon, was du willst.«

»Das ist wieder ganz der alte Bill«, erwiderte der Schwarze Hund, »und du hast Recht damit. Dieser liebe Junge hier, den ich in mein Herz geschlossen habe, wird mir ein Glas Rum bringen. Und wenn es dir recht ist, Bill, so wollen wir uns hinsetzen und offen und ehrlich wie alte Schiffskameraden miteinander reden.«

Als ich mit dem Rum zurückkam, saßen sie bereits beide am Frühstückstisch des Kapitäns, der Schwarze Hund nahe bei der Tür und so zur Seite gewandt, dass er ein Auge auf den Kapitän, das andere aber auf seinen Rückzugsweg gerichtet hielt.

Er befahl mir hinauszugehen und ließ die Tür weit offen. »Für mich gibt es keine Schlüssellöcher, mein Söhnchen«, sagte er. Ich zog mich also in den Schankraum zurück.

Obwohl ich so gespannt wie nur möglich lauschte, konnte ich lange Zeit nichts als ein leises Sprechen hören. Dann aber wurden ihre Stimmen lauter und ich verstand einige Worte des Kapitäns. Es waren fast nur Verwünschungen und dann erscholl ein lauter Schmerzensschrei. Im nächsten Augenblick sah ich den Schwarzen Hund in voller Flucht und den Kapitän dicht hinter ihm. Beide hatten die Entermesser gezogen und dem Flüchtenden strömte das Blut von der linken Schulter. Gerade an der Tür holte der Kapitän noch zu einem schrecklichen Hieb aus, der den Schwarzen Hund wohl gespalten hätte, wenn er nicht von unserem großen Wirtshausschild aufgefangen worden wäre. Auf der Unterseite des Rahmens kann man die Kerbe heute noch sehen.

Mit diesem Hieb war der Kampf zu Ende. Einmal auf der Straße, entwickelte der Schwarze Hund trotz seiner Wunde eine unglaubliche Schnelligkeit und war in einer halben Minute hinter dem Hügel verschwunden. Der Kapitän aber stand noch immer da und starrte auf das Wirtshausschild. Dann fuhr er sich mehrmals mit der Hand über die Augen und ging schließlich wieder zurück.

»Jim«, sagte er, »Rum!«

Bei diesen Worten taumelte er und stützte sich mit der Hand an die Wand.

»Seid Ihr verletzt?«, rief ich.

»Rum«, wiederholte er. »Ich muss weg von hier. Bring mir Rum!«

Ich eilte fort, um Rum zu holen. Aber all das, was geschehen war, hatte mich so aufgeregt, dass ich ein Glas zerbrach und den Hahn am Fass nicht finden konnte. Während ich mich zu beruhigen versuchte, hörte ich aus der Gaststube einen lauten Fall. Ich rannte hinein und sah den Kapitän der Länge nach auf dem Boden liegen. Im selben Augenblick kam meine Mutter, über das Geschrei und den Lärm beunruhigt, die Treppe herunter, um mir zu helfen. Gemeinsam hoben wir seinen Kopf hoch. Er atmete sehr laut und schwer, aber seine Augen waren geschlossen und sein Gesicht hatte eine entsetzliche Farbe angenommen.

»Du lieber Gott, du lieber Gott!«, schrie meine Mutter. »Welch eine Schande für unser Haus! Und dein armer Vater ist krank!«

Es war für uns ein glücklicher Zufall, dass sich die Tür öffnete und Doktor Livesey hereinkam, um meinem Vater den üblichen Krankenbesuch abzustatten.

»Ach, Herr Doktor!«, riefen wir beide aus. »Was sollen wir nur tun? Wo ist er verwundet?«

»Verwundet? Davon kann keine Rede sein!«, sagte der Arzt. »Er ist nicht mehr verwundet als ihr oder ich. Der Mann hat einen Schlaganfall, ich hatte ihn damals davor gewarnt. Sie, Frau Hawkins, gehen jetzt sofort nach oben zu Ihrem Mann und erzählen Sie ihm möglichst nichts von dieser Sache. Ich selbst muss mein

Bestes tun, um das dreifach unnütze Leben dieses Kerls zu retten. Du, Jim, bringst mir dazu eine Waschschüssel.«

Als ich mit der Schüssel zurückkam, hatte der Doktor dem Kapitän bereits den Ärmel aufgerissen und seinen kräftigen sehnigen Arm entblößt. Er war an mehreren Stellen tätowiert. *»Viel Glück!«*, *»Guten Wind!«* und *»Billy Bones' Traum«* waren sauber und deutlich auf dem Unterarm geschrieben und weiter oben zur Schulter hin befand sich das Bild eines Galgens mit einem Mann, der daran baumelte – auch dieses Bild war mit viel Talent und Kunstfertigkeit ausgeführt, wie mir schien.

»Prophetisch!«, sagte der Doktor und berührte das Bild mit einem Finger. »Und jetzt, Meister Billy Bones – wenn das Euer Name ist –, wollen wir uns einmal die Farbe Eures Blutes anschauen. Fürchtest du dich vor Blut, Jim?«, wandte er sich an mich.

»Nein, Herr Doktor«, gab ich zur Antwort.

»Gut«, sagte er, »dann halt mir die Schüssel.«

Dann nahm der Arzt eine Lanzette und öffnete eine Ader.

Eine Menge Blut wurde abgezapft, ehe der Kapitän die Augen öffnete und verstört um sich blickte. Zuerst erkannte er den Doktor, bei dessen Anblick er wütend sein Gesicht verzog. Dann fiel sein Blick auf mich und er atmete erleichtert auf. Aber plötzlich wechselte er die Farbe, versuchte aufzustehen und schrie dabei: »Wo ist der Schwarze Hund?«

»Hier ist kein Schwarzer Hund«, sagte der Doktor, »abgesehen von dem, den Ihr selbst auf Eurem Buckel tragt. Ihr habt Rum getrunken und einen Schlaganfall bekommen, ganz so, wie ich es Euch damals vorausgesagt habe. Jetzt aber habe ich Euch – wenn auch sehr gegen meinen Willen – mit dem Kopf zuerst aus dem Grab gezogen.«

Der Schwarze Fleck

Gegen Mittag betrat ich mit einigen erfrischenden Getränken und Arzneien das Zimmer des Kapitäns. Er lag fast genau so, wie wir ihn verlassen hatten, nur ein wenig höher. Er schien gleichzeitig schwach und erregt zu sein.

»Jim«, sagte er, »du bist der Einzige hier, der noch etwas taugt, und du weißt, dass ich immer gut zu dir gewesen bin. Jeden Monat habe ich dir ein Silberstück gegeben. Nun aber, mein Junge, bin ich ziemlich am Boden, wie du siehst, und von allen verlassen. Und deshalb bringst du mir jetzt ein Gläschen Rum, Jim, das wirst du doch tun, mein Junge?«

»Aber der Doktor –«, begann ich.

Doch er unterbrach mich und wünschte den Doktor kräftig zum Teufel.

»Ich gebe dir ein Goldstück für ein Glas Rum, Jim!«

Er regte sich immer mehr auf und dies beunruhigte mich wegen meines Vaters, dem es an diesem Tag sehr schlecht ging und der Ruhe brauchte. Außerdem erinnerte ich mich an die Worte des Arztes, die mir der Kapitän eben wiederholt hatte, und war ziemlich gekränkt über das Bestechungsangebot.

»Ich will nichts von Eurem Geld«, sagte ich, »wenn Ihr nur das bezahlt, was Ihr meinem Vater schuldet. Ich werde Euch ein Glas holen, aber nicht mehr.«

Als ich ihm das Glas Rum brachte, griff er gierig danach und trank es aus.

»Jim«, sagte er schließlich, »du hast doch jenen Seemann heute gesehen?«

»Den Schwarzen Hund?«, fragte ich.

»Ja, den Schwarzen Hund«, antwortete er. »Er ist ein Bösewicht. Aber es gibt noch schlimmere Kerle und die haben ihn angestiftet. Nun, wenn ich von hier nicht mehr wegkomme und sie mir den Schwarzen Fleck schicken, dann musst du wissen, dass es meine alte Seekiste ist, auf die sie es abgesehen haben. Du wirst dir dann ein Pferd nehmen – das geht doch, oder nicht? Gut, du wirst dir also ein Pferd nehmen und – ja, ich werde es tun! – zu diesem verdammten Waschlappen von einem Doktor reiten. Sag ihm, er soll alle Mann an Deck pfeifen, alle Beamten und so weiter, sie werden die ganze Mannschaft des alten Flint, Alt und Jung, was eben übrig geblieben ist, hier an Bord des ›Admiral Benbow‹ antreffen. Ich war Erster Maat – ja, ich war erster Maat beim alten Flint und ich bin der Einzige, der den Platz kennt. Er sagte es mir in Svannah, als er im Sterben lag, so wie ich jetzt. Aber du darfst nichts verraten, solange sie mir nicht den Schwarzen Fleck geschickt haben oder bis du den Schwarzen Hund gesehen hast oder einen Seemann mit einem Bein – ihn ganz besonders, Jim!«

»Aber was ist denn der Schwarze Fleck, Käpt'n?«

»Das ist eine Vorladung, mein Junge. Ich werde dir das erklären, wenn sie es tun. Aber halt nur die Augen offen und – bei meiner Ehre – ich werde dir die Hälfte abgeben.«

Eine Weile phantasierte er noch weiter. Seine Stimme wurde immer schwächer. Die Arznei, die ich ihm gab, nahm er wie ein Kind ein und bemerkte dazu: »Wenn je ein Seemann Medizin nötig hatte, so bin ich es.« Dann fiel er in einen tiefen, einer Ohnmacht ähnlichen Schlaf und ich verließ ihn.
Was ich getan hätte, wenn alles gut abgelaufen wäre, weiß ich nicht. Wahrscheinlich hätte ich die ganze Geschichte dem Doktor erzählt. Ich stand Todesängste aus, der Kapitän könnte sein Geständnis bereuen und mich umbringen. Aber wie dem auch sei, mein armer Vater starb ganz plötzlich an diesem Abend, und das drängte alles andere in den Hintergrund. Unser nur zu verständlicher Kummer, die Besuche der Nachbarn, die Vorbereitungen für das Begräbnis, die Arbeit in der Wirtschaft – all dies beschäftigte mich so, dass ich keine Zeit fand an den Kapitän zu denken, geschweige denn mich vor ihm zu fürchten.
Tatsächlich kam er am nächsten Morgen die Treppe herunter und nahm seine Mahlzeiten wie gewöhnlich ein. Aber er aß nur wenig, trank jedoch mehr, fürchte ich, als seine übliche Menge Rum, denn er bediente sich selbst am Schanktisch. Dabei schaute er so böse und schnaubte durch die Nase, dass niemand es wagte, ihm in die Quere zu kommen.
So ging es bis zu dem Tag nach dem Begräbnis meines Vaters. Es war ein bitterkalter, nebliger Nachmittag gegen drei Uhr. Ich stand einen Augenblick an der Tür und dachte voll Trauer an meinen Vater. Da sah ich einen Mann langsam auf der Straße näher kommen. Er war offenbar blind, denn er tastete mit einem Stock vor sich hin und ein großer grüner Schirm verdeckte seine Augen. Er ging wie von Alter und Schwäche gebückt und trug einen weiten, alten und zerfetzten Matrosen-

mantel mit einer Kapuze, der ihn geradezu entstellte. Nie in meinem Leben habe ich eine abstoßendere Gestalt erblickt. Kurz vor dem Gasthaus blieb er stehen, erhob seine Stimme zu einem seltsamen Singsang und leierte vor sich hin in die Luft hinein: »Ist da irgendein freundlicher Mensch, um einem armen blinden Mann, der sein kostbares Augenlicht bei der tapferen Verteidigung seines englischen Vaterlandes – Gott segne König Georg! – verloren hat, zu sagen, wo und in welcher Gegend des Landes er sich nun befindet?«

»Ihr seid beim ›Admiral Benbow‹ in der Bucht von Black Hill, guter Mann«, sagte ich.

»Ich höre eine Stimme«, entgegnete er, »eine junge Stimme. Wollt Ihr mir Eure Hand geben, mein lieber junger Freund, und mich hineinführen?«

Ich streckte meine Hand aus und der schreckliche, augenlose Mann mit seiner sanften Stimme umklammerte sie sofort wie ein Schraubstock. Ich war so erschrocken, dass ich meinen Arm mit aller Kraft zurückziehen wollte, aber der blinde Mann riss mich mit einem Ruck dicht zu sich heran.

»Nun, mein Junge«, sagte er, »führe mich hinein zum Kapitän.«

»Mein Herr«, erwiderte ich, »auf mein Wort, das werde ich niemals wagen.«

»Ach«, sagte er spöttisch, »so ist das also! Sofort führst du mich hinein oder ich brech dir den Arm!«

Mit diesen Worten drehte er an meinem Arm, dass ich vor Schmerz laut aufschrie.

»Herr«, rief ich, »ich mache mir Sorgen um Euch. Der Kapitän ist nicht mehr so, wie er früher war. Er sitzt da mit dem Entermesser in der Hand. Ein anderer Mann ...«

»Genug jetzt, marsch!«, unterbrach er mich und niemals habe ich eine so grausame, kalte und hässliche Stimme gehört wie die des blinden Mannes. Sie schüchterte mich mehr ein als seine Misshandlung und ich gehorchte ihm sofort. Ich ging also geradewegs auf die Gaststube zu, wo unser kranker alter Seeräuber saß, vom Rum berauscht. Der Blinde klammerte sich eng an mich, hielt mich mit eiserner Faust fest und lehnte sich so schwer auf mich, dass ich es kaum ertragen konnte.

»Führe mich geradeaus zu ihm hin, und wenn er mich sieht, dann rufst du: ›Hier ist ein Freund von Euch, Bill!‹ Wenn du nicht gehorchst, werde ich dies tun«, und damit zwickte er mich, dass ich glaubte ohnmächtig zu werden. Nach alledem fürchtete ich mich jetzt so schrecklich vor dem blinden Bettler, dass ich meine Angst vor dem Kapitän vergaß. Ich öffnete die Tür zur Gaststube und rief die Worte mit zitternder Stimme, die er mir aufgetragen hatte.

Der arme Kapitän schaute hoch. Dieser eine Blick genügte, um den Rum aus seinem Gesicht zu vertreiben und ihn stocknüchtern zu machen. Der Ausdruck seines Gesichts war nicht so sehr der eines erschrockenen als vielmehr der eines todkranken Mannes. Er machte eine Bewegung, um sich zu erheben, aber ich glaube, dazu war ihm nicht genug Kraft mehr geblieben.

»Na, Bill, bleib nur sitzen, wo du bist«, sagte der Bettler. »Wenn ich auch nicht sehen kann, so höre ich doch alles, was sich da rührt. Geschäft ist Geschäft. Streck deine linke Hand aus! Du, mein Junge, nimmst seine linke Hand beim Gelenk und bringst sie in die Nähe meiner rechten!«

Beide folgten wir ihm aufs Wort. Ich sah, wie er etwas aus der hohlen Hand, die den Stock hielt, in die Hand des Kapitäns legte, die dieser sofort darüber schloss.

»Das ist nun erledigt«, sagte der Blinde.
Mit diesen Worten ließ er mich plötzlich los und schlüpfte mit einer unglaublichen Sicherheit und Gewandtheit zur Gaststube hinaus und auf die Straße. Ich stand bewegungslos und konnte noch lange das sich entfernende Klopfen seines Stockes vernehmen.
Es dauerte eine Weile, bis ich und der Kapitän wieder unsere fünf Sinne beisammen hatten. Schließlich ließ ich sein Handgelenk los, das ich noch immer hielt. Im selben Augenblick zog er seine Hand zurück und blickte scharf auf seine Handfläche.
»Zehn Uhr!«, rief er. »Sechs Stunden! Die wollen wir noch nützen!« Damit sprang er auf die Füße.
Noch während dieser Bewegung begann er zu taumeln, fuhr mit der Hand nach dem Hals, stand einen Augenblick schwankend da und fiel dann mit einem eigentümlichen Geräusch der Länge nach mit dem Gesicht nach vorn zu Boden.
Ich eilte sofort zu ihm hin und rief nach meiner Mutter. Aber alle Eile war vergebens. Ein Schlaganfall hatte dem Leben des Kapitäns ein Ende gesetzt. Man wird es kaum verstehen, denn sicher hatte ich den Mann nie gemocht, wenn er mir auch in der letzten Zeit Leid getan hatte: Aber sobald ich sah, dass er tot war, brach ich in Tränen aus. Es war der zweite Todesfall, den ich erlebte, und der Kummer um den ersten war noch frisch in meinem Herzen.

Die Seemannskiste

*I*ch verlor natürlich keine Zeit meiner Mutter alles zu erzählen, was ich wusste, und vielleicht hätte ich es ihr schon lange vorher erzählen sollen. Plötzlich sahen wir uns nämlich in einer schwierigen und gefährlichen Lage. Ein Teil von dem Geld des Toten – wenn er überhaupt welches hatte – gehörte sicherlich uns. Aber es war doch recht unwahrscheinlich, dass die Schiffskameraden unseres Kapitäns, vor allem die beiden, die ich bereits kennen gelernt hatte, der Schwarze Hund und der blinde Bettler, auf ihre Beute verzichten würden, um die Schulden des toten Mannes zu bezahlen. Hätte ich den Befehl des Kapitäns befolgt sofort aufs Pferd zu steigen und zu Doktor Livesey zu reiten, so wäre meine Mutter allein und ohne Schutz zurückgeblieben. Daran war nicht zu denken. Tatsächlich schien es für uns beide unmöglich, noch länger im Haus zu bleiben. Das Fallen der Kohlen durch den Rost im Küchenherd, sogar das Ticken der Uhr erfüllte uns mit Unruhe. Unsere Ohren hörten rings umher die Schritte von Gespenstern, und wenn ich an den Leichnam des Kapitäns auf dem Fußboden der Gaststube oder an den abscheulichen blinden Bettler dachte, der sich vielleicht noch in der Nähe herumtrieb, um bald zu uns zurückzukehren, so gab es Augenblicke, da ich mich vor Angst nicht rühren konnte. Wir mussten uns schnell entschließen irgendetwas zu tun und so kam uns die Idee zusammen wegzugehen und im Nachbardorf Hilfe zu suchen. Ohne zu zögern, liefen wir, wie wir waren, im nächsten Augenblick hinaus in den dämmernden Abend und den kalten Nebel.

Die Lichter brannten bereits in den Häusern, als wir das Dorf erreichten. Ich werde niemals vergessen, welche Freude ich empfand ihren gelben Schein in Türen und Fenstern zu sehen; aber das war, wie sich herausstellte, auch fast alles an Hilfe, was wir hier finden konnten. Man hätte zwar meinen sollen, die Männer würden sich vor sich selbst schämen, aber keine Seele fand sich bereit mit uns zum »Admiral Benbow« zurückzukehren. Je mehr wir von unseren Schwierigkeiten erzählten, umso mehr klammerten sie sich an den Schutz ihrer Häuser, und zwar Männer, Frauen und Kinder. Der Name des Kapitäns Flint war, obwohl mir selbst fremd, einigen von ihnen wohl bekannt und flößte ihnen einen furchtbaren Schrecken ein. Kurz und gut, wir konnten zwar einen dazu bringen, zu Doktor Livesey zu reiten, der in einer anderen Richtung wohnte, aber niemand wollte uns helfen das Wirtshaus zu verteidigen. Man sagt zwar, Feigheit sei ansteckend, aber auf der anderen Seite macht auch ein Gespräch sehr mutig; als jeder seine Meinung gesagt hatte, da hielt meine Mutter ihnen eine Rede. Sie erklärte, dass sie kein Geld verlieren wolle, das ihrem vaterlosen Sohn gehöre. »Und wenn von euch keiner sich traut«, sagte sie, »so werden Jim und ich es wagen. Wir werden den Weg zurückgehen, den wir gekommen sind, und ihr großen, schwerfälligen Männer mit euren Hasenherzen habt wenig Dank verdient. Wir werden die Kiste öffnen und wenn wir dafür sterben sollten. Euch, Frau Crossley, danke ich für den Beutel, in den wir das Geld packen werden, das uns rechtmäßig zusteht.«

Natürlich brachte ich zum Ausdruck, dass ich mit meiner Mutter gehen werde, und natürlich regten sich alle auf über unsere Tollkühnheit, aber auch jetzt wollte nicht einer der Männer mit uns kommen. Mir gaben sie eine geladene Pistole für den Fall, dass wir angegriffen würden; außerdem versprachen sie gesattelte Pferde bereitzuhalten, falls wir auf dem Rückweg verfolgt würden. Das war alles, was sie für uns taten. Inzwischen sollte ein junger Bursche zu Doktor Livesey reiten und bewaffnete Hilfe herbeiholen.

Mein Herz schlug heftig, als wir beide in der kalten Nacht den gefährlichen Heimweg antraten. Der Vollmond ging gerade auf und schimmerte rötlich durch den oberen Rand des Nebels. Dies trieb uns zur Eile an, denn es war klar, dass es taghell sein würde, wenn wir aus unserem Haus wieder herauskamen, und dass jeder Zuschauer unser Weggehen beobachten könnte. Schnell und lautlos schlüpften wir an den Hecken entlang. Wir sahen und hörten nichts, was unsere Angst hätte steigern können, bis wir mit einem Seufzer der Erleichterung die Tür des »Admiral Benbow« wieder hinter uns geschlossen hatten.

Sofort schob ich den Riegel vor und wir standen eine Weile keuchend im Dunkeln, allein im Haus mit dem Leichnam des Kapitäns. Dann holte meine Mutter eine Kerze aus dem Schanktisch und wir gingen in die Gaststube.

Er lag noch da, wie wir ihn verlassen hatten, auf dem Rücken, mit offenen Augen und ausgestreckten Armen.

»Mach die Läden zu, Jim«, flüsterte meine Mutter, »sie könnten kommen und uns von draußen beobachten. Und nun«, fuhr sie fort, als ich das getan hatte, »nun müssen wir ihm den Schlüssel abnehmen. Aber wer soll ihn anfassen, das möchte ich wissen!« Bei diesen Worten stieß sie einen Laut aus, der wie ein Schluchzen klang.

Sofort kniete ich mich nieder. Auf dem Boden gleich neben seiner Hand lag ein kleines rundes Stück Papier, das auf der einen Seite geschwärzt war. Ohne Zweifel war dies der Schwarze Fleck. Ich hob es auf und las auf der anderen Seite in sauberer klarer Handschrift die kurze Nachricht: »Du hast Zeit bis zehn Uhr heute Abend!«

»Bis zehn Uhr hatte er Zeit, Mutter«, sagte ich. Ich hatte kaum ausgesprochen, als unsere alte Uhr zu schlagen begann. Das plötzliche Geräusch ließ uns entsetzlich erschrecken, aber es war eine gute Botschaft, denn es schlug erst sechs.

»Nun, Jim«, sagte meine Mutter, »den Schlüssel!«

Ich durchsuchte seine Taschen, eine nach der andern.

»Vielleicht trägt er ihn um den Hals«, meinte meine Mutter.

Ich überwand einen heftigen Widerwillen, riss ihm das Hemd am Hals auf und da fanden wir wirklich den Schlüssel. Er hing an einem geteerten Bindfaden, den ich mit seinem eigenen Messer durchschnitt. Dieser Fund gab uns unsere Hoffnung zurück. Ohne Zögern eilten wir die Treppe hinauf zu der kleinen Kammer, wo er so lange geschlafen hatte und wo seine Kiste seit dem Tag seiner Ankunft stand.

»Gib mir den Schlüssel«, sagte meine Mutter.

Obwohl das Schloss sich nur schwer öffnen ließ, hatte sie den Schlüssel im Nu umgedreht und den Deckel der Kiste zurückgeklappt.

Aus dem Innern wehte uns ein starker Geruch von Tabak und Teer entgegen, aber obenauf war weiter nichts zu sehen als ein

Anzug aus sehr gutem Tuch, der sorgfältig gebürstet und gefaltet war. Meine Mutter meinte, er sei noch nie getragen worden. Darunter begann ein ziemliches Durcheinander: ein Quadrant, ein Kännchen aus Zinn, einige Pakete Tabak, zwei Paar sehr schöne Pistolen, ein Barren Silber, eine alte spanische Uhr und einige Schmuckstücke von geringem Wert und meist ausländischer Herkunft, ein paar in Messing gefasste Kompasse und fünf oder sechs seltsam geformte Muscheln aus Westindien. Ich habe seither oft darüber nachgedacht, warum er wohl diese Muscheln in seinem verwünschten, ruhelosen und schuldbeladenen Leben mit sich herumgeschleppt hat.

Inzwischen hatten wir aber außer dem Silber und den Schmuckstücken nichts gefunden, was irgendeinen Wert darstellte, und mit beiden konnten wir nichts anfangen. Ganz unten lag ein alter Bootsmantel, gebleicht vom Seesalz mancher felsigen Hafeneinfahrt. Meine Mutter zog ihn ungeduldig heraus. Dann lagen die letzten Gegenstände der Kiste vor uns: ein in Wachstuch eingewickeltes Päckchen, das Papiere zu enthalten schien, und ein Beutel aus Segeltuch, der, als wir ihn berührten, den Klang von Goldstücken von sich gab.

»Ich will diesen Spitzbuben zeigen, dass ich eine ehrliche Frau bin«, sagte meine Mutter. »Ich will nur nehmen, was er mir schuldig ist, und keinen Heller mehr. Halt den Beutel auf, den uns Frau Crossley gegeben hat!« Und sie begann den Betrag, den die Schulden des Kapitäns erreicht hatten, aus dem Sack des Seemanns in den hinüberzuzählen, den ich hielt.

Als wir etwa die Hälfte durchgesehen hatten, legte ich plötzlich meiner Mutter die Hand auf den Arm. Ich hatte in der stillen kalten Luft ein Geräusch gehört, das mir das Herz bis zum Hals schlagen ließ: das Klopfen vom Stock des Blinden auf der gefrorenen Straße. Es kam näher und näher, während wir dasaßen und den Atem anhielten. Dann klopfte es laut gegen die Haustür und dann hörten wir, wie die Klinke niedergedrückt wurde. Der Riegel klirrte, als das Scheusal versuchte die Tür zu öffnen. Dann herrschte drinnen wie draußen eine ganze Weile Stille. Schließlich fing das Klopfen wieder an und wurde zu unserer unbeschreiblichen Freude und Dankbarkeit immer schwächer und schwächer. Schließlich war es überhaupt nicht mehr zu hören.

»Mutter«, sagte ich, »nimm das Ganze und lass uns gehen!« Ich war überzeugt, dass die verriegelte Tür seinen Verdacht erregt hatte und er uns nun das ganze Wespennest auf den Hals schicken werde. Wie dankbar ich aber war, dass ich abgeriegelt hatte, wird sich niemand vorstellen können, der nicht jenem schrecklichen blinden Mann einmal begegnet ist.

Aber meine Mutter wollte, so erschrocken sie auch war, keinesfalls einen Heller mehr nehmen, als ihr zustand, wollte aber auch hartnäckig nicht mit weniger zufrieden sein. Es sei noch lange nicht sieben, meinte sie. Sie wisse, was ihr zustehe, und sie wolle ihr gutes Recht. Sie stritt noch mit mir, als wir vom Hügel her einen lang gezogenen leisen Pfiff vernahmen. Das war für uns beide genug, ja mehr als genug.

»Ich nehme, was ich habe«, sagte sie und sprang auf.

»Und ich nehme das, um die Rechnung abzurunden«, erwiderte ich und ergriff das in Wachstuch eingeschlagene Päckchen. Im nächsten Augenblick tasteten wir uns beide die Treppe hinunter und ließen das Licht bei der leeren Kiste zurück. Bald hatten wir die Tür geöffnet und befanden uns im vollen Rückzug. Wir waren keinen Augenblick zu früh aufgebrochen. Der Nebel war schon dabei, sich aufzulösen, und der Mond schien bereits hell und klar auf die Hügel zu beiden Seiten. Nur über dem Boden des Tals und um die Tür zur Wirtschaft hing noch ein dünner Nebelschleier, der die ersten Schritte unserer Flucht verbarg. Viel früher als auf dem halben Weg zum Dorf, nur wenig über dem Fuß des Hügels, mussten wir in den hellen Mondschein hinaus. Aber das war nicht alles, denn das Geräusch von eiligen Fußtritten klang bereits an unser Ohr, und als wir zurückblickten, zeigte ein hin und her schwankendes und schnell sich näherndes Licht, dass einer der Ankömmlinge eine Laterne trug.

»Mein lieber Junge«, sagte meine Mutter plötzlich, »nimm das Geld und lauf davon! Ich werde ohnmächtig!«

Das ist das Ende für uns beide, dachte ich. Ich verfluchte die Feigheit der Nachbarn, ich tadelte meine arme Mutter für ihre Ehrlichkeit und ihre Habgier, für ihre frühere Tollkühnheit und ihre jetzige Schwäche. Es war unser Glück, dass wir uns gerade bei der kleinen Brücke befanden. Sie taumelte, aber ich half ihr auf den Rand der Böschung, wo sie einen Seufzer ausstieß und auf meine Schulter sank. Ich weiß nicht, wie ich die Kraft dazu fand, und ich fürchte, ich habe sie etwas zu hart angefasst; jedenfalls gelang es mir, sie das Ufer hinab und einige Schritte unter den Brückenbogen zu ziehen. Weiter konnte ich sie nicht bringen, denn die Brücke war zu niedrig; ich hätte nicht mehr tun können als darunter kriechen. So mussten wir dableiben – meine Mutter fast ganz im Freien und wir beide in Hörweite der Wirtschaft.

Das Ende des blinden Mannes

In gewisser Weise war meine Neugier stärker als meine Furcht; denn sie ließ mich nicht bleiben, wo ich war, sondern zwang mich wieder auf die Uferböschung zurückzukriechen. Von dort konnte ich, meinen Kopf hinter einem Ginsterbusch verbergend, die Straße vor unserer Haustür überschauen. Ich lag kaum dort, als meine Feinde schon herankamen. Es waren sieben oder acht Männer, die eilig daherrannten und deren Füße unregelmäßig auf der Straße trappelten. Der Mann mit der Laterne lief einige Schritte voraus. Drei Männer liefen Hand in Hand zusammen und sogar durch den Nebel konnte ich erkennen, dass der mittlere dieses Trios der blinde Bettler war. Im nächsten Augenblick bewies mir seine Stimme, dass ich mich nicht getäuscht hatte.

»Schlagt die Tür ein!«, rief er.

Sie rannten jetzt auf den »Admiral Benbow« zu und der Mann mit der Laterne folgte. Dann sah ich, wie sie anhielten und leise miteinander sprachen. Sie waren wohl überrascht die Tür offen zu finden. Aber die Pause war nur kurz, denn der Blinde gab wieder seine Kommandos. Seine Stimme klang lauter und höher, als ob er vor Eifer und Wut in Hitze geraten wäre.

»Hinein, hinein, hinein!«, schrie er und fluchte über ihr Zögern. Vier oder fünf von ihnen gehorchten sofort, zwei von ihnen blieben mit dem schrecklichen Bettler auf der Straße zurück. Wieder folgte eine Pause, dann erscholl ein Schrei der Überraschung und eine Stimme brüllte aus dem Haus: »Bill ist tot!«
Aber wiederum verwünschte der Blinde ihr Zaudern.
»Durchsucht ihn, ein paar von euch faulen Tagedieben, und die Übrigen nach oben und die Kiste geholt!«, schrie er.
Ich konnte hören, wie sie unsere alte Treppe hinaufpolterten, das ganze Haus muss davon gezittert haben. Gleich danach ertönten wieder Rufe der Überraschung.
In der Kammer des Kapitäns wurde das Fenster krachend aufgestoßen, dass das Glas zersplitterte, und ein Mann lehnte sich mit Kopf und Schultern hinaus ins Mondlicht und schrie dem blinden Bettler auf der Straße zu: »Pew, sie sind uns zuvorgekommen! Irgendjemand hat die Kiste von oben bis unten durchwühlt.«
»Ist es da?«, brüllte Pew.
»Das Geld ist da.«
Der Blinde fluchte auf das Geld.
»Flints Zeichnung meine ich!«, schrie er.
»Wir können sie hier nirgends entdecken«, erwiderte der Mann.
»He, ihr da unten, hat Bill sie bei sich?«, schrie der Blinde wieder.
Darauf kam ein anderer Kerl, der wahrscheinlich unten geblieben war, um die Leiche des Kapitäns zu durchsuchen, an die Tür der Wirtschaft.
»Wir haben Bill schon durchsucht«, sagte er, »es ist nichts zu finden.«

»Es waren die Leute aus der verdammten Kneipe – es war der Junge! Ich wünschte, ich hätte ihm die Augen ausgekratzt!«, schrie der blinde Mann, den sie Pew nannten. »Sie waren vor kurzem noch hier. Sie hatten die Tür verriegelt, als ich da war. Verteilt euch, Kerle, und sucht sie!«

»Du hast Recht, sie haben sogar ihre Laterne hier gelassen«, gab der Bursche am Fenster zur Antwort.

»Los, verteilt euch und sucht sie! Durchstöbert das Haus!«, wiederholte Pew und schlug mit seinem Stock auf die Straße.

Dann folgte ein großer Lärm in unserer alten Wirtschaft, schwere Tritte eilten hin und her, Schränke wurden umgestürzt, Türen eingeschlagen, dass es bis zu den Klippen widerhallte. Dann kamen die Männer wieder heraus auf die Straße, einer nach dem andern, und erklärten, dass sie uns nirgends finden konnten. Und dann ertönte klar durch die Nacht genau der gleiche Pfiff, der meine Mutter und mich über dem Gold des toten Kapitäns aufgeschreckt hatte, diesmal jedoch zweimal hintereinander. Ich hatte gedacht, es sei das Signal des Blinden, mit dem er seine Mannschaft zum Angriff sammelte, aber jetzt entdeckte ich, dass dieses Zeichen von der dem Dorf zugekehrten Seite des Hügels kam und für die Piraten Warnung vor einer nahenden Gefahr bedeutete.

»Das ist wieder Dirk«, sagte einer. »Zweimal! Wir werden verschwinden müssen, Kameraden!«

»Verschwinden? Du Feigling!«, schrie Pew. »Dirk war ein Narr und ein Angsthase von Anfang an – ihr müsst euch nicht um ihn kümmern. Sie müssen hier irgendwo stecken, weit können sie nicht gekommen sein. Ihr habt es in der Hand! Verteilt euch und sucht nach ihnen, ihr Hunde. Oh, hol mich der Teufel«, schrie er, »wenn ich nur sehen könnte!«

In diesem Moment erklang von dem Hügel beim Dorf ein anderes Geräusch – der Hufschlag galoppierender Pferde. Fast gleichzeitig blitzte und knallte auf der anderen Seite eine Pistole. Das war offenbar die letzte Warnung vor der Gefahr, denn sofort wandten sich die Seeräuber um und liefen nach verschiedenen Seiten auseinander, der eine zum Meer und die Bucht entlang, ein anderer quer über den Hügel und so weiter, sodass in einer halben Minute nichts mehr von ihnen zurückgeblieben war – außer Pew. Ihn hatten sie verlassen, vielleicht aus reiner Panik. Ich weiß es nicht. Jedenfalls blieb er zurück, tappte auf der Straße wütend hin und her und tastete und schrie nach seinen Kameraden.
In diesem Augenblick kam der Hufschlag über den Hügel, vier oder fünf Reiter wurden im Mondlicht sichtbar und jagten in vollem Galopp den Abhang herunter.
Nun erkannte Pew seinen Irrtum. Mit einem Aufschrei drehte er sich herum, lief gerade auf den Graben zu und fiel hinein. Aber in einer Sekunde war er wieder auf seinen Beinen, rannte wieder los, nun völlig verwirrt, und landete unter dem ersten der herannahenden Pferde.
Der Reiter versuchte ihn zu retten, aber vergebens. Pew stürzte mit einem Schrei, der laut durch die Nacht gellte, und die vier Hufe trampelten über ihn hinweg. Er fiel auf die Seite, drehte sich dann langsam auf sein Gesicht und rührte sich nicht mehr.
Ich sprang aus meinem Versteck und rief die Reiter an. Sie waren entsetzt über den Unfall und brachten die Pferde zum Stehen. Dann erkannte ich sie. Ganz hinten sah ich den jungen Burschen, der vom Dorf aus zu Doktor Livesey geritten war. Die anderen waren Zollbeamte, die er unterwegs getroffen hatte und mit denen er schlauerweise sofort zurückgekehrt

war. Ein Gerücht über ein Schmugglerboot in der Bucht von Kitt's Hole war Inspektor Dance zu Ohren gekommen und hatte ihn veranlasst noch in dieser Nacht in unsere Richtung zu reiten. Diesem Umstand hatten meine Mutter und ich unsere Rettung vor dem Tod zu verdanken.

Pew war tot, mausetot. Meine Mutter brachten wir ins Dorf, wo ein wenig kaltes Wasser und Riechsalz sie wieder zu sich brachten. Der Schrecken hatte ihr nicht geschadet, obwohl sie noch immer darüber jammerte, dass sie nicht den ganzen Betrag zum Ausgleich der Rechnung des Kapitäns hatte nehmen können. In der Zwischenzeit ritt der Inspektor, so schnell er konnte, nach Kitt's Hole. Aber seine Männer mussten absitzen und sich in die Bucht hineinschleichen, wobei sie ihre Pferde am Zügel führen und manchmal sogar stützen mussten. Dabei fürchteten sie ständig einen Hinterhalt. So war es nicht überraschend, dass der Kutter, als sie hinunterkamen, bereits Segel gesetzt hatte und in Fahrt war. Er war noch dicht unter der Küste und wurde von dem Inspektor angerufen. Eine Stimme antwortete und forderte ihn auf aus dem Mondlicht zu verschwinden, sonst würde er eine Ladung Blei bekommen. Im gleichen Augenblick pfiff eine Kugel an seinem Arm vorbei. Bald darauf bog der Kutter um die Landzunge und verschwand. Inspektor Dance stand – wie er selbst sagte – da wie ein Fisch auf dem Trockenen.

Ich ging mit ihm zum »Admiral Benbow« zurück und man kann sich von der Verwüstung des Hauses kaum eine Vorstellung machen. Sogar die Uhren hatten diese Kerle bei ihrer wütenden Suche nach meiner Mutter und mir zusammengeschlagen. Wenn sie auch nichts mitgenommen hatten außer dem Goldsack des Kapitäns und etwas Silber aus der Kasse, konnte ich doch sofort sehen, dass wir ruiniert waren. Inspektor Dance konnte das Ganze überhaupt nicht begreifen.

»Sie haben das Geld genommen, sagst du? Na schön, Hawkins, aber was haben sie dann noch gesucht? Noch mehr Geld, vermute ich?«

»Nein, Herr Inspektor, ich glaube nicht, dass sie noch mehr Geld gesucht haben«, erwiderte ich. »Ich nehme an, dass ich das, was sie suchten, in meiner Brusttasche habe; und um Ihnen die Wahrheit zu sagen, ich möchte es gerne in Sicherheit bringen.«

»Natürlich, mein Junge, ganz richtig«, sagte er. »Wenn du willst, werde ich es an mich nehmen.«

»Ich dachte, vielleicht Doktor Livesey–«, begann ich.

»Ganz ausgezeichnet«, unterbrach er mich erfreut, »vorzüglich! Er ist ein Ehrenmann und eine Amtsperson. Und wenn ich mir die Sache überlege, so könnte ich selbst hinreiten und ihm oder dem Baron Bericht erstatten. Schließlich ist Pew tot – was ich nicht bedaure. Aber er ist tot, verstehst du, und die Leute werden das gegen einen Zollbeamten auszunutzen versuchen. Nun, ich will dir etwas sagen, Hawkins: Wenn du willst, dann nehme ich dich gleich mit.«

Ich dankte ihm herzlich für das Angebot und wir gingen zurück zum Dorf, wo die Pferde standen. Bis ich meiner Mutter unser Vorhaben erklärt hatte, waren alle schon aufgesessen.

»Dogger«, sagte Inspektor Dance, »Ihr habt ein gutes Pferd. Lasst den Jungen hinter Euch aufsitzen.«

Sobald ich oben war und mich an Doggers Gürtel festhielt, gab der Inspektor das Kommando und im flotten Trab ritt die ganze Schar zum Haus von Doktor Livesey.

Die Papiere des Kapitäns

Wir ritten den ganzen Weg ziemlich scharf, bis wir vor Doktor Liveseys Tür anhielten. Das Haus war vorne völlig dunkel. Inspektor Dance ließ mich absteigen und anklopfen. Dogger half mir vom Pferd, indem er mir einen Steigbügel hinhielt. Im nächsten Augenblick schon öffnete ein Dienstmädchen die Haustür.

»Ist Doktor Livesey zu Hause?«, fragte ich.

»Nein«, antwortete sie. »Er ist heute Nachmittag zurückgekommen, aber dann zum Schloss gegangen, um mit dem Baron zu speisen und mit ihm den Abend zu verbringen.«

»Dann wollen wir dorthin reiten!«, sagte Inspektor Dance.

Da es nicht sehr weit war, stieg ich diesmal nicht mehr auf, sondern lief, an Doggers Steigbügelriemen geklammert, bis zum Tor und die lange, unbelaubte und vom Mond beschienene Allee entlang bis zu dem weißen Schloss, das nach allen Seiten von einem großen Park umgeben war. Hier stieg Inspektor Dance vom Pferd und nahm mich mit zu dem Haus, wo wir sofort eingelassen wurden.

Der Diener führte uns durch einen mit Teppichen belegten Gang in eine große Bibliothek, wo auf allen Seiten Bücherschränke

standen. Dort saßen der Baron und Doktor Livesey, die Tabakspfeifen in der Hand, zu beiden Seiten eines hellen Feuers.
Ich hatte den Baron noch nie so nahe gesehen. Er war ein großer Mann, über sechs Fuß hoch und entsprechend breit gebaut. Er hatte ein derbes, offenes Gesicht, das von seinen vielen Reisen rau, gerötet und durchfurcht war. Seine Augenbrauen waren tiefschwarz und in ständiger Bewegung. Dies gab ihm ein temperamentvolles Aussehen, nicht gerade böse, würde ich sagen, aber doch unbeständig und hochmütig.
»Kommen Sie herein, Mr Dance«, sagte er würdevoll und herablassend.
»Guten Abend, Dance«, grüßte der Arzt und nickte. »Und auch dir guten Abend, Freund Jim. Welcher gute Wind bringt euch hierher?«
Der Inspektor stand kerzengerade und steif da und erzählte seine Geschichte, als habe er sie auswendig gelernt. Die beiden Herren beugten sich vor, schauten einander an und vergaßen vor Überraschung und Aufmerksamkeit ganz ihre Pfeifen. Als sie hörten, wie meine Mutter zurück zum Gasthof ging, klatschte Doktor Livesey tatsächlich mit der Hand auf seine Schenkel und der Baron rief: »Bravo!«, und zerbrach dabei seine lange Pfeife am Kamin. Lange ehe der Bericht zu Ende war, hatte sich Mr Trelawney – das war der Name des Barons, wie man sich erinnern wird – von seinem Stuhl erhoben und war im Zimmer hin und her gelaufen. Der Doktor hatte, wahrscheinlich, um besser hören zu können, seine gepuderte Perücke abgenommen, und wie er so dasaß mit seinen kurz geschorenen schwarzen Haaren, sah er sehr merkwürdig aus.
Schließlich beendete Inspektor Dance seine Erzählung.
»Mr Dance«, sagte der Baron, »Ihr seid ein ausgezeichneter

Bursche. Ihr habt diesen finsteren, hässlichen Schurken niedergeritten, das halte ich für eine gute Tat. Es ist so, als hättet Ihr irgendeinen Schädling zertreten. Auch dieser Hawkins ist ein Prachtjunge. Hawkins, willst du mal dort an der Klingel ziehen? Mr Dance soll ein Glas Bier trinken.«

»Und du, Jim«, sagte der Doktor, »du hast also das, wonach sie gesucht haben, nicht wahr?«

»Hier ist es«, antwortete ich und gab ihm das in Wachstuch gewickelte Päckchen.

Der Doktor schaute es von allen Seiten an, als juckten ihn seine Finger es sofort zu öffnen. Aber stattdessen steckte er es ruhig in seine Rocktasche.

»Baron«, sagte er, »wenn Dance sein Bier getrunken hat, muss er natürlich wieder zurück zum Dienst. Aber Jim Hawkins möchte ich gerne hier behalten. Er soll in meinem Haus schlafen, und wenn Ihr es erlaubt, so schlage ich vor die kalte Pastete zu bringen und ihn zu Abend essen zu lassen.«

»Wie Ihr wollt«, entgegnete der Baron. »Hawkins hat sicher noch mehr verdient als eine kalte Pastete.«

Bald wurde eine große Taubenpastete gebracht und auf einem Seitentisch abgestellt. Ich nahm ein kräftiges Abendbrot zu mir, denn ich war hungrig wie ein Wolf. Unterdessen wurde Inspektor Dance noch mehrfach gelobt und schließlich verabschiedet.

»Und nun, Baron ...«, sagte Doktor Livesey.

»Und nun, Livesey ...«, sagte der Baron im gleichen Atemzug.

»Wie aus einem Munde«, lachte Doktor Livesey. »Ihr habt sicher von diesem Flint schon gehört, nehme ich an?«

»Von ihm gehört!«, rief der Baron. »Von ihm gehört, sagt Ihr? Er war der blutrünstigste Seeräuber, der jemals die Meere befahren hat. Schwarzbart war ein Kind gegen Flint! Die Spanier hatten eine so entsetzliche Furcht vor ihm und ich war manchmal stolz darauf, das kann ich Euch sagen, dass er ein Engländer war. Ich habe mit diesen meinen Augen seine Toppsegel auf der Höhe von Trinidad gesehen und der Kapitän, dieser feige Sohn eines Rumfasses, an dessen Bord ich mich befand, kehrte um, kehrte einfach um nach Port of Spain.«

»Nun, ich habe ebenfalls von ihm gehört, und zwar hier in England«, erwiderte der Doktor. »Aber die Hauptsache ist: Hatte er wirklich Geld?«

»Geld?!«, rief der Baron. »Kennt Ihr denn die Geschichten nicht? Was suchten denn diese Schurken anderes als Geld? Sie kümmerten sich nur um Geld. Für was sonst hätten sie ihren elenden Kadaver riskiert als für Geld?«

»Das werden wir bald wissen«, antwortete der Doktor. »Aber Ihr seid so schrecklich hitzköpfig und laut, dass ich kaum zu Wort kommen kann. Ich möchte Folgendes wissen: Nehmen wir an, dass das, was ich hier in meiner Tasche habe, so etwas wie ein Hinweis ist auf den Ort, wo Flint seinen Schatz vergraben hat – kann dieser Schatz sehr viel wert sein?«

»Sehr viel wert, mein Herr?«, schrie der Baron. »Er ist so viel wert, dass ich – wenn wir den Hinweis haben, von dem Ihr sprecht – sofort im Dock von Bristol ein Schiff ausrüsten und Euch und Hawkins mit auf die Reise nehmen werde. Und ich werde den Schatz finden und wenn ich ein ganzes Jahr lang danach suchen müsste.«

»Na gut«, sagte der Doktor, »wenn du nichts dagegen hast, Jim, werden wir also das Päckchen öffnen.«

Damit legte er es vor sich auf den Tisch. Das Päckchen war zugenäht. Der Doktor musste seine Instrumententasche holen und die Stiche mit seiner Operationsschere durchschneiden.

Es enthielt zwei Dinge: ein kleines Buch und ein versiegeltes Papier. »Zuerst wollen wir uns das Buch ansehen«, bemerkte der Doktor.

Der Baron und ich schauten ihm über die Schulter, als er es aufschlug. Doktor Livesey hatte mich freundlich aufgefordert von dem Seitentisch, wo ich gegessen hatte, heranzukommen, um an dem Vergnügen der Suche teilzunehmen. Auf der ersten Seite befanden sich nur einige Kritzeleien, wie sie ein Mann mit einer Feder in der Hand macht, um sich zu üben oder die Langeweile zu vertreiben. Eine glich sehr der Tätowierung *»Billy Bones' Traum«*. Da stand auch: *»Mr W. Bones, Maat«*, *»Kein Rum mehr«*, *»Bei Palm Key kriegte er es«*.

Daneben standen andere Eintragungen, meist nur einzelne Wörter, die unverständlich waren. Ich konnte nicht umhin mich zu fragen, wer es war, der es »kriegte«, und was »es« war, das er bekommen hatte – wahrscheinlich doch ein Messer in den Rücken.

»Daraus ist nicht viel zu entnehmen«, sagte Doktor Livesey und blätterte weiter.

Die nächsten zehn oder zwölf Seiten waren mit einer Reihe von seltsamen Eintragungen angefüllt. Am Beginn jeder Zeile stand ein Datum und am Ende eine Geldsumme wie in einem gewöhnlichen Kontobuch, aber an Stelle einer Erklärung waren dazwischen immer nur Kreuze. So hatte man zum Beispiel am 12. Juni 1745 eine Summe von siebzig Pfund Sterling angeschrieben und zur Erklärung standen da nur sechs Kreuze. In einigen Fällen, um genau zu sein, hatte man noch Ortsbezeichnungen hinzugefügt, zum Beispiel *»Auf der Höhe von Caracas«*, oder auch nur die Angabe von Länge und Breite, zum Beispiel *»62° 17' 20", 19° 2' 40"«*.

Diese Buchführung erstreckte sich über fast zwanzig Jahre, wobei die eingetragenen Summen immer höher wurden, am Ende aber hatte man, nach fünf oder sechs falschen Additionen, eine Gesamtsumme ausgeworfen und darunter die Worte gesetzt: *»Bones sein Anteil«*.
»Das ist mir ganz und gar unverständlich«, sagte Doktor Livesey.
»Aber es ist doch alles sonnenklar!«, rief der Baron. »Es ist das Kontobuch dieses finsteren Kerls. Diese Kreuze stehen für die Namen der Schiffe oder Städte, die sie versenkt oder geplündert haben. Die Beträge sind der Anteil des Schurken. Nur dort, wo er einen Irrtum befürchtete, hat er noch eine Erklärung beigefügt; hier zum Beispiel ›Auf der Höhe von Caracas‹. Ihr seht, vor dieser Küste wurde irgendein unglückliches Schiff von den Piraten überfallen. Gott sei den armen Seelen gnädig, die darauf fuhren.«
»Richtig!«, antwortete der Doktor. »Das ist eben der Vorteil dessen, der weit gereist ist. Ganz richtig! Und die Beträge wuchsen, je weiter Bill im Rang aufstieg.«
Sonst stand nur wenig in dem Buch. Nur auf den letzten leeren Seiten fanden sich noch einige Ortsangaben und eine Tabelle zum Umrechnen französischer, englischer und spanischer Münzen.
»Er war ein sparsamer Mann«, rief der Doktor, »der sich nicht einfach betrügen ließ.«
»Doch nun zu dem anderen Papier«, sagte der Baron.
Dieses Papier war an mehreren Stellen versiegelt, und zwar mit einem Fingerhut. Sehr vorsichtig öffnete der Doktor die Siegel und heraus fiel die Karte einer Insel mit Längen- und Breitengraden, Lotungen, Namen von Bergen, Buchten und Einfahrten, also

allen Einzelheiten, die nötig waren, um ein Schiff an ihren Küsten zu einem sicheren Ankerplatz zu bringen. Sie maß etwa neun Meilen in der Länge und fünf in der Breite und hatte ungefähr die Form eines aufrecht stehenden, fetten Drachen.

Es gab zwei schöne, vom Land geschützte Häfen und im mittleren Teil einen Berg, der mit »Das Fernrohr« bezeichnet war. Außerdem fanden sich auf der Karte verschiedene Angaben aus späterer Zeit und vor allem drei Kreuze in roter Tinte, zwei im nördlichen Teil der Insel und das dritte im Südwesten. Bei diesem letzten standen, mit der gleichen roten Tinte geschrieben, in kleiner, sauberer Handschrift, die sich von dem Gekritzel des Kapitäns deutlich unterschied, die Worte *»Hauptteil des Schatzes liegt hier«*.

Auf die Rückseite hatte die gleiche Person folgende weitere Informationen geschrieben:

»Hoher Baum, Abhang des Fernrohrs, deutet auf einen Punkt in Nordnordost zu Nord.

Skelettinsel Ostsüdost und bei Ost.

Zehn Fuß.

Das Barrensilber befindet sich im nördlichen Versteck. Es ist am Abhang des östlichen Hügels zu finden, zehn Faden südlich von dem schwarzen Felsen, mit dem Gesicht ihm zugekehrt.

Die Waffen sind leicht zu finden, in dem Sandhügel, Nordspitze der nördlichen Landzunge, an der Einfahrt, Richtung Ost und ein Viertel Nord.

J. F.«

Das war alles; aber so kurz es auch war – für mich sogar unverständlich –, es erfüllte den Baron und Doktor Livesey mit Entzücken.

»Livesey«, sagte der Baron, »Ihr werdet diese elende Praxis

sofort aufgeben. Morgen reise ich nach Bristol. In etwa drei Wochen – was sage ich? Zwei Wochen – zehn Tagen werden wir das beste Schiff haben und die ausgesuchteste Mannschaft, die es in England gibt. Hawkins wird als Schiffsjunge mitkommen. Du wirst einen ausgezeichneten Schiffsjungen abgeben, Hawkins! Ihr, Livesey, werdet Schiffsarzt, ich selbst der Admiral. Redruth, Joyce und Hunter nehmen wir mit. Wir werden herrlichen Wind haben, eine schnelle Reise und nicht die geringste Schwierigkeit den Platz zu finden und so viel Geld, dass wir uns darin wälzen können, so lange wir wollen.«

»Trelawney«, erwiderte der Doktor, »ich will mit Euch reisen und riskiere meinen Kopf dafür; auch Jim geht mit und wir wollen uns für die Sache einsetzen. Es gibt nur einen Menschen, vor dem ich Angst habe.«

»Und wer ist das?«, rief der Baron. »Nennt mir den Hund!«

»Ihr selbst seid es«, gab der Doktor zur Antwort, »denn Ihr könnt den Mund nicht halten. Wir sind nicht die Einzigen, die von diesem Papier wissen. Diese Kerle, die heute Abend die Wirtschaft angegriffen haben, wagemutige und verzweifelte Burschen, und die anderen, die an Bord des Kutters geblieben sind, und wieder andere, die meiner Meinung nach nicht weit weg sind, sie alle werden durch dick und dünn gehen, um in den Besitz dieses Schatzes zu gelangen. Keiner von uns darf sich allein auf die Straße wagen, bis wir in See stechen. Jim und ich werden in der Zwischenzeit zusammenbleiben. Ihr werdet Joyce und Hunter mitnehmen, wenn Ihr nach Bristol reist. Und das Wichtigste ist: Keiner von uns darf einen Ton von dem verlauten lassen, was wir gefunden haben.«

»Livesey«, erwiderte der Baron. »Ihr habt einfach immer Recht. Ich werde stumm sein wie ein Grab.«

Zweiter Teil

Der Schiffskoch

Ich reise nach Bristol

Es dauerte länger, als der Baron gedacht hatte, bis wir an Bord gehen konnten, und keiner unserer ersten Pläne – auch nicht der Vorschlag Doktor Liveseys mich bei sich zu behalten – konnte so ausgeführt werden, wie wir es uns vorstellten. Der Doktor musste nach London, um einen Arzt zu suchen, der sich um seine Praxis kümmerte, der Baron war in Bristol unermüdlich bei der Arbeit und ich lebte im Schloss unter der Aufsicht des alten Redruth, des Wildhüters, fast wie ein Gefangener, aber voller Träume vom Meer, von zauberhaften fremden Inseln und anderen Abenteuern.

So vergingen die Wochen, bis eines schönen Tages ein Brief kam, der an Doktor Livesey adressiert war. Aber er trug den Zusatz »Im Falle seiner Abwesenheit von Tom Redruth oder dem jungen Hawkins zu öffnen«. Wir folgten dieser Anweisung und erfuhren daraus – oder besser, ich erfuhr daraus, denn der alte Wildhüter war nicht sehr geschickt im Lesen, vor allem wenn es sich nicht um Gedrucktes handelte –, wir erfuhren daraus also folgende wichtige Nachricht:

Gasthof zum Alten Anker, Bristol, 1. März 17 . .

Lieber Livesey!

Da ich nicht weiß, ob Ihr im Schloss oder noch in London seid, sende ich dieses Schreiben in zwei Ausfertigungen an beide Orte. Das Schiff ist gekauft und ausgerüstet. Es liegt vor Anker, fertig zum Auslaufen. Ihr könnt Euch einen reizenderen Schoner nicht vorstellen – ein Kind könnte ihn steuern – zweihundert Tonnen – sein Name: Hispaniola.

Ich habe das Schiff durch die Vermittlung meines alten Freundes Blandly bekommen, der sich durchaus als ein sehr brauchbarer Bursche erwiesen hat. Der Prachtkerl hat sich wirklich alle Mühe für mich gegeben und ich darf sagen, dass dies für jedermann in Bristol gilt, sobald sie von dem Hafen hörten, den wir ansteuern würden – ich meine natürlich den Schatz.

»Redruth«, sagte ich und unterbrach mein Lesen, »das wird Doktor Livesey gar nicht gefallen. Der Baron hat also doch darüber gesprochen.«

»Nun, wer sonst hätte das Recht dazu?«, knurrte der Wildhüter. »Das wäre doch zu komisch, wenn der Baron für Doktor Livesey den Mund halten sollte, denke ich.«

Nach dieser Antwort verzichtete ich auf weitere Erklärungsversuche und las ohne Unterbrechung weiter:

So weit ging also alles gut. Die Arbeiter, Zimmerleute, Segelmacher und was weiß ich waren allerdings entsetzlich langsam. Aber das wurde nach einiger Zeit besser. Mehr Sorgen machte mir die Mannschaft.

Ich wollte ungefähr zwanzig Männer haben – wir könnten ja an Eingeborene, an Seeräuber oder an die verhassten Franzosen geraten – und ich hatte verteufelte Mühe ein halbes Dutzend zusammenzubringen. Bis mich ein ausgesprochener Glückszufall gerade an den Mann brachte, den ich brauchte.

Ich stand gerade am Dock, als ich irgendwie mit ihm ins

Gespräch kam. Ich stellte fest, dass er ein alter Seemann war, der eine Wirtschaft betreibt und alle Matrosen in Bristol kennt. Er hat auf dem Land seine Gesundheit eingebüßt und sucht eine gute Stelle als Koch auf einem Schiff, um wieder zur See fahren zu können. Wie er sagte, war er an jenem Morgen heruntergehumpelt, um wieder einmal Salzwasser zu riechen. Das berührte mich sehr – es wäre Euch sicher genauso ergangen – und ich heuerte ihn auf der Stelle als Schiffskoch an, eigentlich aus reinem Mitleid. Der lange John Silver, so wird er genannt, hat ein Bein verloren; aber gerade das betrachtete ich als eine Empfehlung, zumal er es unter dem unsterblichen Hawke im Dienst für das Vaterland verlor. Er bekommt keine Pension, Livesey! Was für ein abscheuliches Zeitalter, in dem wir leben! Nun, ich dachte, ich hätte nur einen Koch gefunden, aber ich hatte eine ganze Mannschaft aufgestöbert. Mit Silver habe ich eine ganze Reihe der rauesten alten Teerjacken in wenigen Tagen zusammengebracht, wie man sie sich kaum vorstellen kann. Sie sind nicht gerade hübsch anzusehen, aber, nach ihren Gesichtern zu urteilen, unerschrockene und mutige Burschen. Ich behaupte, dass wir es nun mit einer Fregatte durchaus aufnehmen können.

Der lange John ist sogar noch zwei von den sechs oder sieben Kerlen wieder losgeworden, die ich bereits angeheuert hatte. Er bewies mir in kürzester Zeit, dass sie gerade die Art von Süßwassermatrosen waren, die wir in einem ernsten Kampf zu fürchten hatten.

Meine Gesundheit und meine Stimmung sind ausgezeichnet, ich esse wie ein Stier und schlafe wie ein Stück Holz, aber ich kann mich meines Lebens nicht eher freuen, bis ich nicht meine alten Teerjacken um das Gangspill trampeln sehe. Hinaus auf das

Meer, ahoi! Der Teufel hol den Schatz! Die wunderbare Seefahrt hat mir den Kopf verdreht. Dann also, Livesey, kommt sofort! Wenn Ihr mich schätzt, verliert Ihr nicht eine Stunde. Der junge Hawkins soll in Begleitung von Redruth sofort zu seiner Mutter gehen; dann reisen beide so schnell wie möglich nach Bristol.
John Trelawney

Nachschrift: Ich habe noch nicht erwähnt, dass Blandly, der übrigens ein Schiff nach uns ausschicken wird, wenn wir bis Ende August nicht zurück sind, dass Blandly einen bewundernswerten Mann als Schiffszimmermann ausfindig gemacht hat. Er ist zwar eigensinnig, was ich bedaure, aber sonst in jeder Hinsicht eine Errungenschaft. Der lange John Silver hat einen sehr guten Mann als Maat aufgegabelt, sein Name ist Arrow. Ich habe einen Bootsmann, der die Kommandos pfeift, Livesey; so wird es an Bord der guten Hispaniola wie auf einem Kriegsschiff zugehen.
Ich habe vergessen zu berichten, dass Silver durchaus ein Mann mit Vermögen ist. Ich weiß, dass er bei einer Bank ein Guthaben hat, das noch nie überzogen wurde. Er lässt seine Frau zurück, um die Wirtschaft weiterzuführen. Da sie aber ein sehr temperamentvolles Weib ist, werden so zwei eingefleischte Junggesellen wie wir beide nicht umhinkönnen zu vermuten, dass es nicht nur seine Gesundheit, sondern auch seine Frau ist, was ihn wieder auf See treibt.
J. T.
Weitere Nachschrift: Hawkins kann eine Nacht bei seiner Mutter bleiben.
J. T.

Man stelle sich die Aufregung vor, in die mich dieser Brief versetzte. Ich war fast außer mir vor Freude, und wenn ich je einen Menschen verachtete, so war es der alte Tom Redruth, der nichts weiter tat als knurren und schimpfen.

Am nächsten Morgen machten wir uns zu Fuß auf den Weg zum »Admiral Benbow«, wo ich meine Mutter gesund und munter antraf. Der Kapitän, der so lange die Ursache für ihren Verdruss gewesen war, war dorthin gegangen, wo auch die Bösen keine Schwierigkeiten mehr machen. Der Baron hatte das ganze Haus in Stand setzen, die Gastzimmer und das Wirtshausschild neu streichen lassen und hatte auch neue Möbel angeschafft, vor allem einen wunderbaren Armstuhl für meine Mutter im Ausschank. Er hatte auch einen Jungen als Lehrling für sie gefunden, sodass sie während meiner Abwesenheit eine Hilfe hatte.

Die Nacht verging und am nächsten Tag nach dem Mittagessen machte ich mich mit Redruth wieder auf die Beine. Ich sagte meiner Mutter und der Bucht, wo ich seit meiner Geburt gelebt hatte, Lebewohl – natürlich auch dem teuren alten »Admiral Benbow«, der mir aber frisch gestrichen nicht mehr ganz so gut gefiel.

Einer meiner letzten Gedanken galt dem Kapitän, der so oft am Strand entlangmarschiert war, mit seinem Dreispitz, der Narbe auf seiner Backe und dem alten Messingfernrohr unter dem Arm. Im nächsten Augenblick bogen wir um die Ecke und ich konnte mein Zuhause nicht mehr sehen.

Gegen Einbruch der Dunkelheit bestiegen wir beim »Zum König Georg« die Postkutsche. Ich wurde zwischen Redruth und einem dicken alten Herrn eingeklemmt. Trotz der schnellen Bewegung und der kalten Nachtluft muss ich sofort eingeschlafen sein und dann habe ich bergauf und bergab alle Stationen verschlafen.

Ich war noch in diesem herrlichen Traum befangen, als wir bei Tagesanbruch vor einem großen Gasthaus ankamen. Hier trafen wir Baron Trelawney, der wie ein Seeoffizier in kräftiges blaues Tuch gekleidet war, als er gerade mit einem lächelnden Gesicht aus der Tür trat. Wunderbar war seine Nachahmung des Ganges der Seeleute.

»Da seid ihr ja«, sagte er. »Der Doktor ist schon gestern aus London gekommen. Ausgezeichnet! Die Schiffsbesatzung ist komplett!«

»Oh«, rief ich, »wann segeln wir los?«

»Morgen!«, erwiderte er. »Morgen stechen wir in See!«

In der Wirtschaft »Zum Fernrohr«

Als ich gefrühstückt hatte, gab mir der Baron einen Brief, der an John Silver in der Wirtschaft »Zum Fernrohr« adressiert war. Er sagte mir das Haus sei leicht zu finden, ich sollte nur immer den Docks folgen und gut Ausschau halten nach einer kleinen Wirtschaft mit einem großen Messingfernrohr als Schild. Ich ging los, überglücklich über die Gelegenheit mehr von den Schiffen und Seeleuten zu sehen. Ich suchte mir meinen Weg durch ein Gewimmel von Menschen, Karren und Warenballen, denn um diese Zeit herrschte Hochbetrieb auf den Docks, bis ich die gesuchte Kneipe gefunden hatte.

Es war ein recht hübsches kleines Haus. Das Wirtshausschild war frisch gestrichen, an den Fenstern hingen saubere rote Vorhänge und der Boden war ordentlich mit Sand bestreut. Auf jeder Seite des Hauses befand sich eine Straße und zu beiden führte eine offene Tür, sodass man trotz der Wolken von Tabaksqualm den großen niedrigen Raum leicht überschauen konnte.

Die Gäste waren fast nur Matrosen. Sie unterhielten sich so laut, dass ich eine Weile an der Tür stand und fast Angst hatte einzutreten.

Während ich so wartete, kam ein Mann aus einem Nebenzimmer. Auf den ersten Blick war ich sicher, dass es der lange John war. Sein linkes Bein war dicht unter der Hüfte abgeschnitten und unter der linken Schulter trug er eine Krücke, die er so geschickt handhabte, dass er damit wie ein Vogel herumhüpfte. Er war sehr groß und stark und sein Gesicht war so breit wie ein Schinken, zwar blass und flach, aber doch gescheit und gutmütig. Tatsächlich schien er in der besten Laune zu sein, denn er pfiff beim Herumlaufen zwischen den Tischen vor sich hin. Für manche unter den Gästen hatte er ein freundliches Wort oder er klopfte ihnen auf die Schulter.

Um die Wahrheit zu sagen, hatte ich vom ersten Augenblick an, als der Baron den langen John in seinem Brief erwähnte, im Stillen befürchtet, dass es derselbe einbeinige Matrose sei, nach dem ich so lange im alten »Benbow« Ausschau gehalten hatte. Aber ein Blick auf den Mann vor mir genügte, um diese Furcht zu vergessen. Ich hatte den Kapitän gesehen, den Schwarzen Hund und den blinden Pew und ich glaubte zu wissen, wie ein Seeräuber aussieht – meiner Ansicht nach nämlich anders als dieser freundliche Gastwirt.

Ich nahm meinen Mut zusammen, überschritt die Schwelle und ging gerade auf den Mann zu, der eben mit einem Gast sprach und sich dabei auf seine Krücke stützte.

»Entschuldigung«, sagte ich, »sind Sie Herr Silver?« Dabei hielt ich ihm den Brief hin.

»Ja, mein Junge«, sagte er, »das ist genau mein Name. Und wer bist denn du?«

Als er dann den Brief vom Baron sah, schien es mir, als zucke er zusammen.

»Oh«, sagte er sehr laut und streckte seine Hand aus. »Jetzt

verstehe ich. Du bist der neue Schiffsjunge! Ich freue mich dich zu sehen.«
Und er drückte meine Hand in seiner großen, starken Pranke. In diesem Augenblick erhob sich plötzlich am anderen Ende des Raumes ein Gast und lief zur Tür. Sie war ganz in seiner Nähe und im Nu befand er sich auf der Straße. Aber seine Eile hatte mich auf ihn aufmerksam gemacht. Ich erkannte ihn mit einem Blick. Es war der blassgesichtige Mann, dem zwei Finger fehlten und der als Erster in den »Admiral Benbow« gekommen war.
»He«, rief ich, »haltet ihn! Es ist der Schwarze Hund!«
»Das schert mich keinen Pfifferling, wer er ist«, schrie Silver, »aber er hat seine Zeche nicht bezahlt. Harry, lauf ihm nach und hol ihn zurück!«
Einer nach dem anderen, die in der Nähe der Tür saßen, sprang hoch und verfolgte ihn.
»Und wenn es Admiral Hawke wäre, er muss seine Zeche bezahlen«, rief Silver. Dann fragte er, wobei er meine Hand losließ: »Wer war das, sagtest du? Was für ein Schwarzer?«
»Der Schwarze Hund«, antwortete ich. »Hat Ihnen Baron Trelawney nicht von den Piraten erzählt? Er war einer von ihnen.«
»So?«, schrie Silver. »In meinem Haus! Ben, lauf ihnen nach und hilf Harry. Einer von diesen Kerlen war es also? Hast du mit ihm getrunken, Morgan? Komm doch mal her zu mir!«
Der Mann, den er Morgan nannte, ein alter, grauhaariger Matrose mit einem mahagonifarbenen Gesicht, kam wie ein Schaf auf uns zu, wobei er seinen Kautabak von einer Backe in die andere schob. »Na, Morgan«, sagte der lange John in sehr ernstem Ton, »du hast diesen Schwarzen ... Schwarzen Hund vorher nie gesehen, oder?«

»Ich kann mich nicht erinnern«, erwiderte Morgan und hob seine Hand an die Mütze.
»Du kennst auch nicht seinen Namen, oder?«
»Nein.«
»Zum Teufel, Tom Morgan, das ist dein Glück!«, rief der Gastwirt. »Wenn du dich mit solchen Kerlen einlässt, dann wirst du mein Haus nie mehr betreten, darauf kannst du dich verlassen.«
Während Morgan auf seinen Platz zurückwankte, wandte sich Silver wieder zu mir.
»Und jetzt«, dabei wurde seine Stimme wieder lauter, »will ich mal überlegen – Schwarzer Hund? Nein, ich kenne den Namen bestimmt nicht. Aber es ist mir so, als hätte ich den Kerl schon mal gesehen, ja. Er kam manchmal mit einem blinden Bettler hierher, so ist es.«
»Das stimmt«, erwiderte ich. »Ich kenne auch den Blinden. Sein Name war Pew.«
»Richtig!«, rief Silver, jetzt ganz aufgeregt. »Pew! Das war sein Name. Und er hat wirklich wie ein Gauner ausgesehen. Na, wenn wir diesen Schwarzen Hund erwischen, wird das eine gute Nachricht für Käpt'n Trelawney sein.«
Während er diese Sätze hervorstieß, humpelte er ständig auf seiner Krücke in der Gaststube hin und her, schlug mit der Faust auf die Tische und zeigte sich so entrüstet, dass er jeden Richter von Old Bailey und jeden Geheimpolizisten überzeugt hätte. Durch das Auftauchen des Schwarzen Hundes im »Fernrohr« war mein Verdacht wieder geweckt worden und ich beobachtete den Koch genau. Aber er war zu durchtrieben, zu geschickt und zu schlau für mich. Als die beiden Männer atemlos zurückkamen und erklärten, sie hätten die Spur in der

Menge verloren und wären selbst als Diebe beschimpft worden, da wäre ich für die Unschuld des langen John Silver ins Gefängnis gegangen.

»Nun, Hawkins«, sagte er, »das ist eine sehr unangenehme Sache für mich, oder nicht? Was wird Käpt'n Trelawney dazu sagen? Da sitzt dieser verdammte Kerl hier in meinem Haus und trinkt von meinem Rum! Dann kommst du und erzählst mir alles und ich lasse ihn vor unser aller Augen entwischen. Aber du, Hawkins, wirst ja dem Käpt'n die Sache wahrheitsgetreu erzählen. Du bist nur ein Junge, das ist richtig, aber du bist ebenso klug wie ein Alter. Ich habe das sofort gesehen, als du hereinkamst. Aber sag doch selbst, was hätte ich tun sollen mit diesem alten Stück Holz, auf dem ich herumhumpeln muss? Ja, wäre ich noch ein erstklassiger Seemann wie früher, ich hätte ihn im Handumdrehen erwischt und ihm Handschellen angelegt. Aber so ...«

Dann schwieg er ganz plötzlich. Sein Kiefer sank nach unten, als habe er sich an etwas erinnert.

»Die Zeche!«, platzte er heraus. »Drei Gläser Rum! Weiß der Teufel, da habe ich doch wirklich vergessen, dass der Kerl nicht bezahlt hat!«

Damit ließ er sich auf seine Bank nieder und lachte, bis ihm die Tränen über die Backen kullerten. Mir blieb nichts anderes übrig als einzustimmen und wir lachten zusammen eine Salve nach der andern, bis das ganze Wirtshaus davon widerhallte.

»Was bin ich doch für ein seltenes altes Seekalb«, sagte er schließlich und wischte sich die Augen. »Wir beide werden gut zusammen auskommen, Hawkins, denn ich hätte mich doch als Schiffsjunge anheuern lassen sollen. Aber genug jetzt und klar zum Wenden. Da gibt es keine Ausreden. Pflicht ist

Pflicht, Kameraden! Ich werde meinen alten Dreispitz aufsetzen und mit dir zu Käpt'n Trelawney gehen, um ihm die ganze Geschichte zu erzählen. Denn das ist eine durchaus ernste Sache, mein Junge, und weder du noch ich haben besonders gut abgeschnitten. Auch du nicht, sage ich; schlau war keiner von uns beiden. Aber hol mich der Teufel! Das mit der Zeche war doch ein guter Witz!«

Als wir zu dem Gasthof kamen, saßen der Baron und Doktor Livesey zusammen bei einem Bier und einer Brotzeit, ehe sie an Bord des Schoners gingen, um die Arbeiten zu besichtigen. Der lange John erzählte die Geschichte von Anfang bis zum Ende, und zwar sehr lebendig und genau der Wahrheit entsprechend. »So war also die Sache, Hawkins, oder stimmt etwas nicht?«, sagte er mehrfach und ich musste ihm jedes Mal beipflichten.

Die beiden Herren bedauerten, dass der Schwarze Hund entkommen war, aber wir waren alle der Meinung, dass sich das nun nicht mehr ändern ließ. Nach einigen Lobsprüchen auf den langen John nahm dieser seine Krücke und verschwand.

»Heute Nachmittag vier Uhr sind alle Mann an Bord!«, schrie ihm der Baron nach.

»Ay, ay, Sir!«, rief der Koch zurück.

»Nun, Baron«, sagte Doktor Livesey, »im Allgemeinen sind Eure Entdeckungen nicht viel wert; aber dieser John Silver gefällt mir, das kann ich wohl sagen.«

»Der Mann ist ein Vermögen wert«, erklärte der Baron.

»Aber nun«, fügte der Doktor hinzu, »kann Jim mit uns an Bord kommen, wenn es Euch recht ist.«

»Natürlich kann er das«, antwortete der Baron. »Nimm deinen Hut, Hawkins, wir wollen uns das Schiff ansehen!«

Pulver und Waffen

Die *Hispaniola* lag ein Stück weit draußen und wir mussten die Galionsfiguren und die Hecks vieler Schiffe passieren. Manchmal streiften ihre Ankertaue unseren Kiel oder sie spannten sich über unsere Köpfe. Schließlich kamen wir längsseits, und als wir an Bord kletterten, trafen wir auf den salutierenden Mr Arrow, einen alten, braun gebrannten Seemann, der Ringe in den Ohren trug und schielte. Er und der Baron waren dick befreundet, aber bald entdeckte ich, dass dies gar nicht der Fall war zwischen Trelawney und dem Kapitän. Der Letztere war ein entschlossen aussehender Mann, der sich über alles an Bord zu ärgern schien. Den Grund dafür sollte er uns bald sagen, denn wir waren kaum in die Kajüte hinabgegangen, als ein Matrose uns folgte.

»Kapitän Smollett wünscht Euch zu sprechen, Sir«, sagte er.

»Ich stehe dem Kapitän immer zur Verfügung, führt ihn herein«, gab der Baron zur Antwort.

Der Kapitän, der seinem Boten gefolgt war, trat sofort herein und schloss hinter sich die Tür.

»Nun, Kapitän Smollett, was habt Ihr uns zu sagen? Ich hoffe, dass alles in Ordnung ist und das Schiff klar zum Auslaufen.«

»Es ist immer besser, offen zu sprechen, glaube ich, selbst auf die Gefahr hin Anstoß zu erregen«, erwiderte der Kapitän. »Diese Fahrt gefällt mir nicht, die Mannschaft gefällt mir nicht und mein Offizier gefällt mir auch nicht. Das ist alles, kurz und bündig.«
»Vielleicht gefällt Euch das Schiff auch nicht?«, erkundigte sich der Baron sehr zornig.
»Dazu kann ich nichts sagen, solange ich es nicht erprobt habe«, entgegnete der Kapitän. »Es scheint ein tüchtiges Fahrzeug zu sein, mehr kann ich nicht sagen.«
»Vielleicht gefällt Euch der Besitzer des Schiffes ebenfalls nicht?«, fragte der Baron weiter.
Aber hier schaltete sich Doktor Livesey ein.
»Einen Augenblick«, sagte er, »einen Augenblick. Solche Fragen haben keinen Wert und machen nur böses Blut. Entweder hat der Kapitän zu viel gesagt oder zu wenig. Ich muss sagen, ich verlange eine Erklärung für seine Worte. Euch gefällt diese Fahrt nicht, habt Ihr gesagt. Warum eigentlich nicht?«
»Ich wurde engagiert, um die Fahrt, wie wir sagen, mit versiegelter Order zu unternehmen. Ich soll das Schiff für diesen Herrn dorthin bringen, wohin er mir befiehlt«, sagte der Kapitän. »So weit, so gut. Aber nun entdecke ich, dass jeder Mann vor dem Mast mehr weiß als ich. Ich kann das nicht als fair bezeichnen oder Ihr vielleicht?«
»Nein«, erwiderte Doktor Livesey, »ich auch nicht.«
»Dann habe ich gehört«, fuhr der Kapitän fort, »dass wir auf Schatzsuche gehen. Meine eigene Mannschaft hat mir das erzählt. Nun, einen Schatz zu suchen ist eine heikle Arbeit und solche Fahrten wollen mir nicht gefallen. Es ist meine Überzeugung, dass keiner von Euch Herren weiß, was uns bevor-

steht. Aber ich will Euch sagen, was ich davon halte: Es geht um Leben und Tod und es wird ein scharfes Rennen werden.«

»Das ist klar; ich wage sogar zu sagen, durchaus richtig«, erwiderte Doktor Livesey. »Wir nehmen das Wagnis auf uns. Aber wir sind nicht so dumm, wie Ihr annehmt. Als Nächstes habt Ihr gesagt, dass Euch die Mannschaft nicht gefällt. Sind es keine guten Matrosen?«

»Sie gefallen mir nicht«, erwiderte Kapitän Smollett. »Und ich glaube, ich hätte mir meine Leute selber aussuchen sollen, wenn Ihr schon davon sprecht.«

»Vielleicht ist das richtig«, entgegnete der Doktor. »Mein Freund hätte Euch vielleicht auch bei der Auswahl zu Rate ziehen sollen. Aber dieses Versäumnis, wenn es eines war, war keinesfalls beabsichtigt. Und außerdem gefällt Euch Mr Arrow nicht?«

»Nein, er gefällt mir nicht. Ich glaube, dass er ein guter Seemann ist, aber er gibt sich zu viel mit der Mannschaft ab, um ein guter Offizier zu sein. Ein Maat muss sich zurückhalten, er sollte mit den Männern vor dem Mast nicht trinken.«

»Nun, Kapitän, was ist der langen Rede kurzer Sinn?«, fragte der Doktor. »Sagt uns, was Ihr wollt!«

»Na schön«, sagte der Kapitän. »Ihr habt mich sehr geduldig angehört und ich habe Dinge gesagt, die ich nicht beweisen kann. Lasst mich noch etwas dazu sagen. Die Männer verstauen das Pulver und die Waffen im vorderen Kielraum. Aber Ihr habt doch dafür einen guten Platz unter der Kajüte. Warum wollt Ihr es nicht dort unterbringen? Das war das Erste. Außerdem wollt Ihr vier von Euren eigenen Leuten mitbringen; man sagte mir, dass einige von ihnen nach vorne sollen. Warum gebt Ihr ihnen nicht die Kojen hier neben der Kajüte? Das war das Zweite.«

»Noch mehr?«, fragte Baron Trelawney.
»Nur noch eines«, erwiderte der Kapitän. »Es ist schon zu viel geredet worden.«
»Viel zu viel«, stimmte der Doktor zu.
»Ich will Euch erzählen, was ich selbst gehört habe«, fuhr Kapitän Smollett fort. »Man sagt, dass Ihr die Karte einer Insel habt, dass auf der Karte Kreuze sind, welche die Stelle anzeigen, wo der Schatz liegt. Man weiß auch, wo sich diese Insel befindet –«, und dann nannte er die genaue Länge und Breite.
»Ich habe nicht davon gesprochen«, rief der Baron. »Keiner Seele habe ich davon erzählt!«
»Die Männer wissen es«, entgegnete der Kapitän.
»Livesey! Ihr oder Hawkins müsst es gewesen sein!«, rief der Baron.
»Es spielt keine Rolle, wer es war«, erwiderte der Doktor. Ich konnte sehen, dass weder er noch der Kapitän die Proteste des Barons sonderlich beachteten. Auch mir ging es so, um ehrlich zu sein, denn er konnte eben den Mund nicht halten. Und doch glaube ich, dass er in diesem Fall Recht hatte und dass er niemand von der Lage der Insel erzählt hatte.
»Nun, meine Herren«, fuhr der Kapitän fort, »ich weiß nicht, wer diese Karte verwahrt, aber ich stelle die Bedingung: Sie muss vor mir und vor Mr Arrow geheim gehalten werden. Andernfalls müsste ich Euch um meine Entlassung bitten.«
»Ich verstehe«, sagte der Doktor. »Ihr verlangt, dass wir diese Sache für uns behalten und dass wir aus dem Achterschiff eine Festung machen, bemannt mit den eigenen Leuten meines Freundes und ausgerüstet mit dem Pulver und allen Waffen, die an Bord sind. Mit anderen Worten: Ihr fürchtet eine Meuterei.«

»Mein Herr«, erwiderte Kapitän Smollett, »ohne beleidigt sein zu wollen, aber ich muss Ihnen das Recht absprechen mir Worte in den Mund zu legen. Kein Kapitän hätte das Recht auszulaufen, wenn er Grund dafür hätte, so etwas zu sagen. Was Mr Arrow angeht, so halte ich ihn für durchaus ehrenhaft. Für einige der Männer gilt das Gleiche; vielleicht für alle, soweit ich weiß. Aber ich bin für die Sicherheit des Schiffes und für das Leben jedes Einzelnen an Bord verantwortlich. Ich glaube, dass die Dinge nicht richtig laufen und ich bitte Euch gewisse Vorsichtsmaßnahmen zu ergreifen oder mir meinen Abschied zu geben. Das ist alles.«

»Kapitän Smollett«, begann der Doktor und lächelte dabei, »habt Ihr irgendwann einmal die Fabel von dem Berg und der Maus gehört? Ich bitte Euch um Entschuldigung, aber ich möchte sagen, dass Ihr mich an diese Fabel erinnert. Ich setze meine Perücke dafür, dass Ihr mehr sagen wolltet als das, als Ihr hier hereinkamt!«

»Doktor«, sagte der Kapitän, »Ihr seid schlau. Als ich hier hereinkam, wollte ich um meine Entlassung bitten. Ich habe nicht geglaubt, dass Baron Trelawney mich überhaupt anhören würde.«

»Das hätte ich auch nicht getan«, rief der Baron. »Wenn Doktor Livesey nicht hier gewesen wäre, hätte ich Euch zum Teufel gejagt. Aber nun habe ich Euch angehört und ich will tun, was Ihr verlangt. Aber von Euch selbst halte ich nicht mehr viel.«

»Das muss ich Euch überlassen«, sagte der Kapitän. »Aber Ihr werdet sehen, dass ich nur meine Pflicht tue.«

Nach diesen Worten ging er hinaus.

Als wir an Deck kamen, hatten die Männer schon begonnen Waffen und Pulver umzustauen. Mit »Johoo!« waren sie bei

der Arbeit und der Kapitän und Arrow standen als Aufsicht dabei.
Die neue Anordnung gefiel mir ganz gut. Der ganze Schoner war überholt worden. Ins Achterschiff, in den früheren Hauptkielraum, hatte man sechs Kojen gelegt und diese Reihe von Kabinen war mit der Kombüse und dem Aufbau auf dem Vorderdeck nur durch einen versperrten Gang an Backbord verbunden. Ursprünglich sollten der Kapitän, Mr Arrow, Hunter, Joyce, der Doktor und der Baron diese Kabinen einnehmen. Nun bekamen Redruth und ich zwei davon und Mr Arrow und der Kapitän sollten auf Deck im Kajütenaufgang schlafen, der auf jeder Seite vergrößert worden war, sodass er nun fast einem Rundhaus glich. Natürlich war er noch sehr niedrig, aber es war genug Platz für zwei Hängematten und sogar der Maat schien damit sehr zufrieden. Vielleicht hatte er auch kein Vertrauen zu der Mannschaft; aber das ist nur eine Vermutung. Wir hatten, wie man bald hören wird, sowieso nicht mehr lange das Vergnügen seine Ansicht zu prüfen.

Die Fahrt

Die ganze Nacht über waren wir ausgiebig damit beschäftigt, alles an seinem richtigen Platz zu verstauen, und ein Boot nach dem anderen mit den Freunden des Barons, Mr Blandly und anderen, legte an und sie wünschten ihm eine gute Reise und eine glückliche Heimkehr. Nie hatte ich in einer Nacht im »Admiral Benbow« so viel Arbeit gehabt. Als der Bootsmann kurz vor Morgengrauen pfiff und die Männer die Spaken des Gangspills besetzten, war ich hundemüde. Aber ich hätte das Deck nicht verlassen, auch wenn ich doppelt so müde gewesen wäre. Alles war so neu und interessant für mich: die kurzen Kommandos, der schrille Ton der Pfeife und die Männer, die im Schein der Schiffslaternen auf ihre Plätze eilten.

»Und jetzt, Smutje, stimm ein Lied an!«, rief eine Stimme.

»Das alte Lied!«, rief ein anderer.

»Ay, ay, Kameraden«, antwortete der lange John, der mit der Krücke unter dem Arm dabeistand. Sofort stimmte er die mir so gut bekannte Melodie an:

»Fünfzehn Mann auf des toten Manns Kiste.«

Und die ganze Mannschaft fiel im Chor ein:

»Jo-ho, jo-ho – und 'ne Buddel voll Rum!«

Und beim zweiten »Jo-ho« legten sie sich gegen die Spaken und schoben sie mit aller Kraft vor sich her.
Selbst in diesem erregenden Augenblick gingen meine Gedanken zurück zum alten »Admiral Benbow«. Ich meinte die Stimme des Kapitäns zu hören, der im Chor mitschrie. Aber bald war der Anker oben und hing tropfend am Bug. Bald füllte der Wind die Segel und Küste und Schiffe glitten auf beiden Seiten vorüber. Ehe ich mich hinlegen konnte, um eine Stunde Schlaf zu erwischen, hatte die Reise zur Schatzinsel begonnen.
Ich will nicht von allen Einzelheiten dieser Fahrt berichten. Sie verlief alles in allem glücklich. Das Schiff erwies sich als ein gutes Schiff, die Mannschaft bestand aus brauchbaren Seeleuten und der Kapitän verstand sein Geschäft ausgezeichnet. Aber ehe wir bei der Schatzinsel anlegten, geschahen zwei oder drei Dinge, von denen ich erzählen muss.
Mr Arrow vor allem zeigte sich noch schlimmer, als der Kapitän befürchtet hatte. Er hatte einfach keine Autorität und die Männer machten mit ihm, was sie wollten. Aber das war noch nicht das Schlimmste. Nach ein oder zwei Tagen auf See erschien er an Deck mit verschleiertem Blick, rot im Gesicht und stammelnd vor Trunkenheit. Von Zeit zu Zeit wurde er zur Strafe nach unten geschickt. Einmal stürzte er und verletzte sich dabei, ein andermal lag er den ganzen Tag in seiner kleinen Koje auf der einen Seite des Kajütenaufgangs. Manchmal war er auch einen Tag oder zwei vollständig nüchtern und tat schlecht und recht seine Arbeit.
Doch wir konnten nicht feststellen, wo er den Rum herbekam. Das war das Geheimnis des Schiffes. Wir konnten ihn beobachten, so lange wir wollten, aber wir konnten es nicht herausbekommen. Wenn wir ihn ins Gesicht hinein danach fragten, so

lachte er nur, wenn er gerade betrunken war, und wenn er nüchtern war, versicherte er ernsthaft, dass er nie etwas anderes als Wasser getrunken habe.

Er war nicht nur unbrauchbar als Offizier und übte einen denkbar schlechten Einfluss auf die Matrosen aus, es war auch klar, dass er sich auf diese Weise bald selbst ums Leben bringen musste. So war niemand überrascht oder traurig darüber, dass er in einer dunklen Nacht und bei stürmischer See verschwand und nie mehr gesehen wurde.

»Über Bord!«, sagte der Kapitän. »Gut, meine Herren, das erspart uns die Mühe ihn in Eisen legen zu müssen.«

Aber damit waren wir ohne Maat. Es war natürlich nötig, einen der Männer für diese Stellung auszuwählen. Der Bootsmann, Job Anderson, war dafür am besten geeignet. Er führte zwar seinen alten Titel weiter, tat aber nun Dienst als Maat. Baron Trelawney war oft zur See gefahren, seine Kenntnisse waren jetzt sehr von Nutzen. Bei gutem Wetter übernahm er oft die Wache. Auch der Schiffszimmermann, Israel Hands, war ein vorsichtiger, kluger, alter erfahrener Seemann, den man im Notfall mit jeder Aufgabe betrauen konnte.

Er war sehr vertraut mit dem langen John Silver. So führt mich die Erwähnung seines Namens dazu, von unserem Schiffskoch zu sprechen, von Smutje, wie ihn die Männer nannten.

An Bord trug er seine Krücke an einem Strick um den Hals, um beide Hände frei zu haben. Es lohnte sich zu sehen, wie er das Ende der Krücke gegen die Wand stützte und jeder Bewegung des Schiffes nachgab; dabei erledigte er seine Kocherei so sicher wie auf dem Land. Noch eigenartiger war es, ihm zuzuschauen, wenn er bei stürmischem Wetter das Deck überquerte. Er hatte dazu ein paar Leinen gespannt, die ihm über die weitesten Strecken halfen – man nannte sie die Ohrringe des langen John. An ihnen hangelte er sich von einer Stelle zur andern, ohne seine Krücke zu benutzen, die er an dem Strick hinter sich herzog. Dabei war er mindestens so schnell wie irgendein anderer Mann mit zwei Beinen. Trotzdem gab es einige unter den Männern, die früher mit ihm gesegelt waren und bedauerten, dass er jetzt so behindert war.

»Der Smutje ist kein gewöhnlicher Mann«, sagte der Schiffszimmermann zu mir. »Er hat in seinen jungen Jahren eine gute Schule besucht, und wenn er in Stimmung ist, kann er reden wie ein Buch. Und er ist tapfer – ein Löwe ist nichts, verglichen mit dem langen John! Ich habe gesehen, wie er viere packte und ihre Köpfe gegeneinander schlug, dabei war er unbewaffnet.«

Die ganze Mannschaft hatte Respekt vor ihm und gehorchte ihm auch. Er hatte seine eigene Art mit jedem zu sprechen und jedem irgendeinen besonderen Dienst zu erweisen. Zu mir war er stets freundlich und freute sich immer mich in der Kombüse zu sehen, die er blitzsauber hielt. Die Kessel hingen gescheuert an den Wänden und in einer Ecke stand in einem Käfig sein Papagei.

»Komm her, Hawkins«, pflegte er zu sagen, »komm her und lass dir von John etwas erzählen. Niemand ist mir so willkommen wie du, mein Sohn. Setz dich hin und hör zu. Das ist Käpt'n Flint – ich nenne meinen Papagei Käpt'n Flint, nach dem berühmtesten Seeräuber –, der uns den Erfolg unserer Reise vorhersagen soll, nicht wahr, Käpt'n?«

Und der Papagei pflegte mit großer Geschwindigkeit zu sagen: »Goldstücke! Goldstücke! Goldstücke!«, bis man sich wunderte, dass er nicht außer Atem kam, oder bis John sein Taschentuch über den Käfig warf.

Indessen standen der Baron und Kapitän Smollett einander noch immer sehr fremd gegenüber. Der Baron machte kein Geheimnis daraus; er verabscheute den Kapitän. Der Kapitän wiederum redete nur, wenn er angesprochen wurde, und dann scharf, kurz und trocken und nicht ein Wort zu viel. Wenn er in die Enge getrieben wurde, gab er zu, dass er sich in der Mannschaft wahrscheinlich getäuscht habe, dass einige von ihnen so gut seien, wie er sie sich nicht besser wünschen könne, und dass sich alle recht gut geführt hatten. In das Schiff hatte er sich geradezu verliebt. »Sie liegt noch einen Strich näher am Wind, als ein Mann von seiner angetrauten Frau erwarten kann, aber«, pflegte er hinzuzusetzen, »ich kann nur sagen: Wir sind noch nicht wieder zu Hause und mir gefällt diese Fahrt nicht.«

Der Baron pflegte sich dann von ihm abzuwenden und auf dem Deck hin und her zu laufen, wobei er in die Luft schaute.

»Ein wenig mehr von diesem«, sagte er öfter, »und ich gehe in die Luft!« Wir hatten oft stürmisches Wetter, wobei die *Hispaniola* nur ihre guten Eigenschaften bewies. Jeder an Bord schien zufrieden und man hätte schon sehr anspruchsvoll sein müssen, wenn es anders gewesen wäre. Ich glaube, seit Noah das Meer befahren hat, ist keine Besatzung so verwöhnt worden. Beim geringsten Anlass gab es doppelte Grogrationen und auch an Wochentagen hatten wir Pudding, zum Beispiel wenn der Baron hörte, dass einer der Männer Geburtstag feierte. Ständig stand im Mitteldeck ein Fass mit Äpfeln, aus dem sich jeder nach Lust und Laune bedienen konnte.

»Ich habe noch nie gehört, dass daraus etwas Gutes entstanden ist«, sagte der Kapitän zu Doktor Livesey. »Wenn man die Männer verwöhnt, werden sie leicht zu Teufeln. Das ist meine Meinung.«

Aber das Apfelfass brachte doch Gutes mit sich, wie man hören wird; denn ohne es hätten wir keine Warnung erhalten und alle durch schnöden Verrat unser Ende gefunden.

Das geschah auf folgende Weise: Wir waren in das Gebiet der Passatwinde gekommen, um die Insel zu erreichen, die wir suchten – genauer darf ich mich nicht ausdrücken –, und segelten nun voll freudiger Erwartung Tag und Nacht auf sie zu. Nach unserer Berechnung musste es der letzte Tag unserer Seereise sein und irgendwann in dieser Nacht oder spätestens am nächsten Vormittag sollten wir die Schatzinsel erblicken.

Es war gerade nach Sonnenuntergang. Ich hatte alle meine Arbeit getan und befand mich auf dem Weg zu meiner Koje, als ich Lust auf einen Apfel bekam. Ich sprang an Deck. Die Wache war vorn und hielt Ausschau nach der Insel. Der Mann am Ruder beobachtete die Segel und pfiff dabei leise vor sich hin. Das war das einzige Geräusch, außer dem Rauschen der Wellen am Bug und an den beiden Seiten des Schiffes.

Ich kletterte ganz in das Apfelfass hinein und entdeckte, dass kaum noch ein Apfel übrig geblieben war. Dann saß ich da im Dunkeln. War es das Plätschern der Wellen oder die schaukelnde Bewegung des Schiffes? Jedenfalls muss ich eingeschlafen sein oder ich war gerade dabei, als ein schwerer Mann sich ganz in der Nähe geräuschvoll niedersetzte. Das Fass schwankte, als er seine Schultern dagegenlehnte, und ich wollte gerade herausspringen, als der Mann zu sprechen begann. Es war die Stimme von John Silver, und noch bevor ich ein Dutzend Worte verstanden hatte, hätte ich mich nicht um alles in der Welt mehr zeigen mögen. Ich blieb liegen, zitternd vor Furcht, und lauschte, von Neugierde gepackt. Denn schon das erste Dutzend Worte ließ mich erkennen, dass das Leben aller anständigen Männer an Bord nun von mir allein abhing.

Was ich im Apfelfass hörte

»Nein, nicht ich«, sagte Silver. »Flint war der Käpt'n. Ich war nur Quartiermeister, wegen meines Holzbeins. Dieselbe Breitseite, die mich mein Bein kostete, nahm dem alten Pew das Augenlicht. Der Chirurg, der mein Bein amputierte, war ein Meister seines Faches, Universität und so weiter, jede Menge Latein und was sonst noch. Aber er wurde wie ein Hund gehängt und an der Sonne getrocknet wie alle andern bei Corso Castle. Das waren Roberts Männer und es kam daher, weil sie die Namen ihrer Schiffe geändert hatten – *Royal Fortune* und so weiter. Wenn ein Schiff getauft ist, soll man es dabei belassen, meine ich. Genauso ging es mit der *Cassandra,* die uns alle von Malabar heil nach Hause brachte, nachdem England die *Vizekönig von Indien* gekapert hatte. So ging es mit der alten *Walross,* Flints erstem Schiff, ich habe es gesehen, triefend von Blut und bis zum Absaufen mit Gold beladen.«

»Ha!«, rief eine andere Stimme. Es war die des jüngsten Matrosen an Bord und sie war voller Bewunderung. »Flint war eben doch der Tollste von allen!«

»Auch Davis konnte sich sehen lassen, das will ich meinen«, erwiderte Silver. »Ich bin aber nie mit ihm gefahren. Zuerst mit

England, dem großen Piraten, und dann mit Flint, das ist meine Geschichte; und jetzt auf eigene Rechnung, wenn man so sagen will. Unter England legte ich mir neunhundert Pfund zurück, bei Flint waren es zweitausend. Das ist nicht schlecht für einen Mann vor dem Mast – und es steht alles sicher auf einer Bank. Es kommt nicht auf das Verdienen an, sondern auf das Sparen, das könnt ihr mir glauben. Wo sind die Männer Englands jetzt? Ich weiß es nicht. Wo sind Flints Leute? Nun, die meisten von ihnen sind hier an Bord und froh, wenn sie ihren Pudding bekommen – vorher haben sie gebettelt, wenigstens einige. Der alte Pew, der seine Augen verloren hat und es hätte besser wissen müssen, gab in einem Jahr zwölfhundert Pfund aus wie ein Lord im Parlament. Und wo ist er jetzt? Ja, er ist tot und unter der Erde. Aber hol mich der Teufel, zwei Jahre vorher hat dieser Mann gehungert. Er ging betteln und er hat gestohlen und Leuten den Hals durchgeschnitten und dabei hat er gehungert – zum Teufel!«

»Und doch bringt das Sparen nichts ein«, sagte der junge Matrose.

»Den Narren bringt es nichts ein, darauf kannst du dich verlassen – nicht das Sparen und auch sonst nichts«, rief Silver. »Aber schau einmal her: Du bist jung, ja, aber so schlau wie keiner. Ich habe das erkannt, als ich dich zum ersten Mal sah. Doch jetzt will ich mit dir reden wie mit einem Mann.«

Man kann sich vorstellen, was ich empfand, als ich diesen abscheulichen alten Halunken so reden hörte. Es waren die gleichen schmeichlerischen Worte, die er jetzt an einen anderen richtete, wie er sie auch für mich gefunden hatte. Ich glaube, ich hätte ihn durch das Fass hindurch umgebracht, wenn ich es nur gekonnt hätte. Inzwischen fuhr er mit seinem Gerede fort, ohne zu ahnen, dass er belauscht wurde.

»Ja, so geht es den Glücksrittern. Sie leben hart und riskieren den Galgen, aber sie essen und trinken wie Kampfhähne. Wenn eine Fahrt zu Ende ist, dann haben sie Hunderte von Pfund statt Pfennigen in ihren Taschen. Das meiste davon geht drauf für Rum und ein lustiges Leben und im Hemd geht's dann wieder zur See. Aber darauf kommt es mir nicht an. Ich lege alles auf die Seite, etwas hierhin, etwas dahin, und nirgendwo zu viel, um keinen Verdacht aufkommen zu lassen. Ich bin jetzt fünfzig, das muss man bedenken. Wenn ich von dieser Reise zurück bin, werde ich mich als Gentleman niederlassen. Und ihr sagt, es ist auch höchste Zeit. Ja, aber ich habe auch in der Zwischenzeit gut gelebt; ich habe mir nichts versagt, was mein Herz begehrte, und weich geschlafen und gut gegessen mein Leben lang, außer wenn ich auf See war. Und wie hab ich angefangen? Vor dem Mast, wie du auch.«
»Schön und gut«, erwiderte der andere. »Aber das andere Geld ist doch nun weg, oder nicht? Nach dieser Fahrt dürft Ihr Euch doch in Bristol nicht mehr sehen lassen.«
»Und wo glaubst du denn, dass es ist?«, fragte Silver spöttisch.
»In Bristol natürlich, auf Banken und an anderen Stellen«, antwortete sein Kamerad.
»Es war dort«, sagte der Koch. »Es war dort, als wir den Anker lichteten. Aber jetzt hat alles meine alte Dame. Und das ›Fernrohr‹ ist bereits verkauft, mit Konzession, Kundschaft und der ganzen Einrichtung. Die Alte ist verschwunden, um sich später wieder mit mir zu treffen. Ich könnte dir sagen, wo sie steckt, denn zu dir hab ich Vertrauen; aber die Kameraden würden nur eifersüchtig sein.«
»Und könnt Ihr Eurer Frau vertrauen?«, fragte der andere.
»Glücksritter haben im Allgemeinen wenig Vertrauen unterei-

nander«, erwiderte der Koch, »und damit haben sie Recht, das kannst du mir glauben. Aber bei mir ist das ein wenig anders. Wenn ein Kamerad Leine ziehen will – ich meine, einer, der mich kennt –, dann kann er das nicht mit dem alten John machen. Es gab welche, die fürchteten sich vor Pew, andere hatten Angst vor Flint; aber vor mir hatte selbst Flint Angst. Gefürchtet, wie er war, und stolz. Flints Mannschaft war die härteste, die je zur See fuhr. Der Teufel selbst hätte sich gefürchtet mit ihr zu fahren. Ich kann dir jedenfalls sagen, dass ich kein Aufschneider bin, und du hast ja selbst gesehen, wie leicht man mit mir auskommt. Aber als ich noch Quartiermeister war, konnte man Flints alte Piratenbande nicht gerade als Lämmer bezeichnen. Ja, auf dem Schiff des alten John kannst du deiner schon sicher sein.«

»Na, jetzt kann ich es Euch ja sagen«, entgegnete der junge Bursche. »Mir wollte dieses Geschäft bis jetzt durchaus nicht gefallen. Aber jetzt, nach dem Gespräch mit Euch, John, habt Ihr meine Hand darauf.«

»Du bist ein tapferer Junge und klug dazu«, antwortete Silver und schüttelte ihm so kräftig die Hand, dass das ganze Fass wackelte. »Ein hübscherer Kerl als Glücksritter ist mir bis jetzt noch nicht vor die Augen gekommen.«

Nun begann ich langsam die Bedeutung ihrer Ausdrücke zu verstehen. Ein Glücksritter war für sie ganz einfach nicht mehr und nicht weniger als ein gewöhnlicher Seeräuber. Die kleine Szene, die ich mit angehört hatte, war der letzte Akt der Überredung eines der anständigsten Matrosen, vielleicht des letzten an Bord, der noch nicht mit ihnen verbündet war. Aber darüber sollte ich bald Gewissheit haben, denn Silver ließ einen leisen Pfiff ertönen und ein dritter Mann trat heran und setzte sich zu den beiden. »Dick ist auf unserer Seite«, sagte Silver.

»Oh, ich wusste, dass Dick mitmacht«, erwiderte die Stimme des Schiffszimmermanns Israel Hands. »Er ist kein Narr, unser Dick.« Er schob seinen Priem in die andere Backe und spuckte aus. Dann fuhr er fort: »Aber nun hört zu, Smutje; eines vor allem möchte ich wissen: Wie lange sollen wir noch hin und her kreuzen wie ein verdammtes Proviantboot? Ich frage nur, wann? Weiter sag ich nichts.«
»Wann! Hol's der Teufel!«, rief Silver. »Na gut, wenn du es wissen willst, werde ich dir sagen, wann. Im allerletzten Augenblick, wenn es sich machen lässt – und das ist, wann! Wir haben einen erstklassigen Seemann, Käpt'n Smollett, und er führt dieses gesegnete Schiff für uns; und dann haben wir den Baron und den Doktor mit einer Karte und so weiter. Ich weiß nicht, wo der Schatz liegt, oder? Und du sagst, du weißt es auch nicht. Schön, und deshalb meine ich, dieser Baron und der Doktor sollen das Zeug finden und uns helfen es an Bord zu bringen, zum Teufel! Wenn es nach mir ginge, dann sollte uns Käpt'n Smollett wenigstens bis in die Passatwinde zurückbringen; dann hätten wir keine verdammten falschen Berechnungen und einen Löffel voll Wasser jeden Tag. Aber ich weiß ja, was ihr für Kerle seid. Ich werde sie alle auf der Insel erledigen, sobald die Moneten an Bord sind, wenn es auch schade drum ist. Aber ihr seid ja nicht glücklich, wenn ihr euch nicht besaufen könnt. Weiß der Teufel, ich habe es satt, mit Männern wie euch auf Fahrt zu gehen.«
»Sachte, sachte, langer John«, rief Israel. »Wer ist dir denn in die Quere gekommen?«
»Nun, wie viele große Schiffe, meinst du, wurden schon vor meinen Augen geentert? Und wie viele flotte Burschen habe ich auf dem Richtplatz in der Sonne trocknen sehen?«, rief Silver. »Und alles nur wegen der verdammten Eile! Ihr sollt mir

zuhören. Ich habe so manches Ding auf See erlebt. Wenn ihr nur euren Kurs halten und einen Strich beim Wind bleiben wolltet, ihr könntet in Kutschen fahren, das ist sicher. Aber ihr nicht! Ich kenne euch. Ihr wollt morgen das Maul voll Rum und dann marschiert ihr zum Galgen.«

»Aber was sollen wir mit ihnen anfangen«, fragte Dick, »wenn wir sie uns vornehmen?«

»Das ist mein Mann!«, rief der Koch voll Bewunderung aus. »Das ist es, was ich Geschäft nenne. Nun, wie denkst du darüber? Sollen wir sie wie Meuterer irgendwo aussetzen? So hätte es England gemacht. Oder sollen wir sie wie Schweine abschlachten? Das wäre Flints oder Billy Bones' Art gewesen.«

»Billy war der Mann dafür«, erwiderte Israel. »›Tote können nicht mehr beißen‹, sagte er. »Nun ist er selbst tot. Jetzt weiß er sicher darüber Bescheid. Wenn je ein harter Bursche in den Hafen gefahren ist, so war es Billy.«

»Du hast Recht«, sagte Silver, »er war hart und schnell bei der Hand. Aber eines musst du dir merken: Ich bin ein ruhiger Mensch, ein richtiger Gentleman, wie ihr sagt. Doch diesmal ist es ernst. Geschäft ist Geschäft, Kameraden. Ich stimme für – Tod. Wenn ich erst einmal im Parlament sitze und in der Kutsche fahre, dann soll mir keiner dieser Seeadvokaten aus der Kajüte unerwartet nach Hause kommen, wie der Teufel zum Gebet. Wartet, sage ich euch; aber wenn die Zeit da ist – warum sollten wir sie laufen lassen!«

»John«, rief der Schiffszimmermann, »du bist ein ganzer Kerl!«

»Dick!«, unterbrach er seine Rede. »Spring doch mal auf, sei ein guter Junge und hol mir einen Apfel aus dem Fass, ich muss mir die Kehle etwas anfeuchten.«

Man wird sich vorstellen können, wie ich erschrak! Wenn ich die

Kraft dazu gefunden hätte, wäre ich bestimmt aus dem Fass gesprungen und davongelaufen. Aber meine Glieder ließen mich im Stich und mein Herz versagte mir den Dienst. Ich hörte, wie Dick aufstand, doch dann schien ihn jemand zurückzuhalten.

Die Stimme von Hands sagte: »Lass das doch! Du wirst doch nicht aus diesem Fass saufen wollen, John. Gib uns lieber eine Runde Rum.«

»Dick«, antwortete Silver, »du hast mein Vertrauen. Denk dran, ich habe eine Marke an dem Fass! Hier ist der Schlüssel, füll eine Kanne ab und bring sie her.«

Ich konnte mir nicht helfen und trotz meiner Angst dachte ich bei mir, dass Mr Arrow auf diese Weise zu dem scharfen Wasser gekommen war, das ihn umgebracht hatte.

Dick verschwand für eine Weile und während seiner Abwesenheit sprach Israel weiter leise mit dem Koch. Ich konnte davon nur wenige Worte verstehen und doch erfuhr ich eine wichtige Neuigkeit; denn außer anderen Bruchstücken, die sich auf die gleiche Sache bezogen, konnte ich auch diesen ganzen Satz vernehmen: »Keiner von ihnen will sich uns anschließen.« Also waren doch noch zuverlässige Männer an Bord.

Als Dick zurückkehrte, nahm einer nach dem andern aus dem Trio die Kanne und trank – der eine »Auf gutes Gelingen!«, der andere »Auf den alten Flint!« und Silver selbst brachte in einer Art Singsang den Spruch hervor: »Dieser Schluck für uns selbst und bleibt dicht am Wind; und jeden Tag Pudding und Beute für alle!«

Da fiel in dem Fass ein heller Lichtschein auf mich. Ich schaute nach oben und sah, dass der Mond aufgegangen war und den Besantopp und das Focksegel in sein Silber tauchte. Fast im selben Augenblick rief die Stimme vom Ausguck: »Land ahoi!«

Der Kriegsrat

Dann gab es auf Deck ein großes Getrampel. Ich konnte hören, wie die Männer aus der Kajüte hervorstolperten und vom Vorderkastell kamen. Im nächsten Augenblick schlüpfte ich aus dem Fass, verschwand unter dem Focksegel und schlich mich zum Heck des Schiffes. Ich kam gerade rechtzeitig an Deck, um mich Hunter und Doktor Livesey anzuschließen, die nach der Luvseite eilten.

Dort war die ganze Mannschaft bereits versammelt. Eine Nebelbank hatte sich mit dem Erscheinen des Mondes aufgelöst. Weit entfernt in südwestlicher Richtung sahen wir zwei niedrige Hügel, die einige Meilen auseinander lagen, und hinter dem einen erhob sich ein dritter höherer Berg, dessen Gipfel noch vom Nebel umgeben war.

Was ich sah, erschien mir wie ein Traum, denn ich hatte mich von der schrecklichen Angst, die ich wenige Minuten vorher ausgestanden hatte, noch nicht ganz erholt. Dann hörte ich die Stimme von Kapitän Smollett, die Befehle gab. Die *Hispaniola* wurde einige Strich näher an den Wind gelegt und segelte nun einen Kurs, der uns der Ostseite der Insel näher brachte.

»Und jetzt, Männer«, sagte der Kapitän, als alle Leinen fest waren, »hat einer von euch das Land vor dem Bug schon einmal gesehen?«

»Ich, Sir«, antwortete Silver. »Mit einem Küstenfahrer, auf dem ich Koch war, haben wir dort einmal Wasser eingenommen.«

»Der Ankerplatz liegt im Süden, hinter einer kleinen Insel, nicht wahr?«, fragte der Kapitän weiter.

»Ja, Käpt'n, es ist die Skelett-Insel, jedenfalls wird sie so genannt.«

»Ich habe hier eine Karte«, sagte Kapitän Smollett. »Wollt Ihr einmal sehen, ob das die Stelle ist?«

Die Augen des langen John funkelten, als er die Karte in die Hand nahm. Aber das Papier sah sehr frisch aus und ich wusste, dass er eine Enttäuschung erleben würde. Es war nicht die Karte, die wir in der Kiste von Billy Bones gefunden hatten. Es war eine genaue Kopie mit allen Angaben – Namen, Höhen und Lotungen –, nur die roten Kreuze und die schriftlichen Bemerkungen fehlten. Sosehr sich Silver auch geärgert haben mag, er besaß doch Selbstbeherrschung genug seine Enttäuschung zu verbergen.

»Ja«, sagte er, »das ist ganz sicher die Stelle und das Ganze ist sehr genau gezeichnet. Ihr hattet Recht, Käpt'n«, fuhr er fort, »mit dem Wind zu segeln und die Insel von Luv her anzusteuern, vor allem wenn Ihr anlegen wollt, um das Schiff zu reinigen; es gibt keinen besseren Platz dafür in diesen Gewässern.«

»Ich danke Euch, Smutje«, sagte Kapitän Smollett. »Später werde ich Euch vielleicht bitten mir zu helfen. Im Augenblick könnt Ihr gehen.«

Dann sprachen Kapitän Smollett, der Baron und Doktor Livesey miteinander auf dem Achterdeck, aber so eilig ich es auch hatte, ihnen meine Geschichte zu erzählen, so konnte ich sie doch nicht vor aller Augen unterbrechen. Während ich mir noch immer eine glaubwürdige Entschuldigung überlegte, rief mich Doktor Livesey zu sich. Er hatte seine Pfeife unten gelassen, und da er dem Tabak verfallen war, wollte er mich schicken, um sie zu holen. Aber sobald ich ihm so nahe war, dass ich sprechen konnte, ohne dass jemand zuhörte, stieß ich hervor: »Doktor, lasst mich reden. Holt den Kapitän und den Baron hinunter in die Kajüte und dann sucht nach irgendeinem Vorwand, um mich zu rufen. Ich habe furchtbare Nachrichten.«

Der Doktor verlor für einen Augenblick die Ruhe, aber sofort war er wieder Herr seiner selbst.

»Ich danke dir, Jim«, sagte er ziemlich laut, als ob er eine Frage an mich gerichtet hätte, »das ist alles, was ich wissen wollte.«

Damit drehte er sich auf dem Absatz herum und schloss sich den anderen beiden Herren wieder an. Sie sprachen eine Weile miteinander, und obwohl keiner von ihnen stutzte oder seine Stimme erhob oder auch nur durch die Zähne pfiff, war es doch klar, dass Doktor Livesey ihnen meine Bitte mitgeteilt hatte.

Kurze Zeit später gingen die drei Herren nach unten. Es dauerte nicht lange und es kam die Meldung, dass Jim Hawkins in der Kajüte gewünscht werde.

Ich fand sie alle drei um den Tisch sitzend, vor ihnen standen eine Flasche spanischer Wein und eine Schale mit Rosinen. Der Doktor rauchte heftig und die Perücke lag auf seinem Schoß. Das war ein Zeichen dafür, dass er erregt war. Das Heckfenster stand offen, denn es war eine warme Nacht und der Mondschein lag auf dem Kielwasser des Schiffes.

»Nun, Hawkins«, begann der Baron, »du willst uns etwas sagen. Was ist es?«

Ich tat, wie mir befohlen war, und machte es so kurz wie möglich. Ich berichtete alle Einzelheiten von Silvers Gespräch. Niemand unterbrach mich, bis ich fertig war, und keiner der drei Herren machte auch nur eine Bewegung. Aber ihre Blicke waren von Anfang bis zum Ende auf mich gerichtet.

»Jim«, sagte Doktor Livesey, »setz dich hin.«

Dann musste ich neben ihnen am Tisch Platz nehmen. Sie schenkten mir ein Glas Wein ein und füllten mir die Hände mit Rosinen. Dann tranken alle drei, einer nach dem andern und jeder mit einer Verbeugung, auf meine Gesundheit, mein Glück und meinen Mut und dankten mir für den Dienst, den ich ihnen erwiesen hatte.

»Nun, Kapitän«, begann der Baron wieder. »Ihr habt also Recht gehabt und ich war falsch dran. Ich gestehe, dass ich ein Esel war, und erwarte Eure Befehle.«

»Kein größerer Esel als ich, Baron«, erwiderte der Kapitän. »Ich habe noch nie von einer Mannschaft gehört, die eine Meuterei plante, ohne dass sie ihre Absicht vorher durch deutliche Anzeichen verraten hätte, sodass jeder Mann mit Augen im Kopf das Unheil voraussehen und entsprechende Schritte unternehmen konnte. Aber diese Mannschaft«, fügte er hinzu, »überrascht mich.«

»Kapitän«, sagte der Doktor, »mit Eurer Erlaubnis, daran ist Silver schuld. Er ist ein erstaunlicher Mann.«

»Er würde, von einer Rahe baumelnd, erstaunlich gut wirken«, erwiderte der Kapitän. »Aber das ist Gerede und führt zu nichts. Ich sehe drei oder vier wichtige Punkte und mit der Erlaubnis Baron Trelawneys möchte ich sie nennen.«

»Ihr seid der Kapitän. Es ist Eure Pflicht zu sprechen«, sagte Baron Trelawney mit würdevoller Miene.
»Als Erstes«, begann Kapitän Smollett, »müssen wir vorwärts, weil wir nicht zurückkönnen. Gäbe ich den Befehl zum Wenden, würden sie sofort meutern. Zweitens haben wir noch Zeit – wenigstens so lange, bis der Schatz gefunden ist. Drittens gibt es auch noch einige treue Matrosen. Nun, meine Herren, früher oder später werden sie losschlagen. Mein Vorschlag ist deshalb: die Gelegenheit beim Schopf ergreifen, wie man sagt, und selbst eines schönen Tages loszuschlagen, wenn es die Kerle am wenigsten erwarten. Ich nehme an, dass wir uns auf Eure eigenen Diener von zu Hause verlassen können, Baron Trelawney?«
»Wie auf mich selbst«, erklärte der Baron.
»Das sind drei«, rechnete der Kapitän, »dazu kommen wir selbst, das ergibt sieben, wobei ich Hawkins hier schon mitgezählt habe. Und nun die zuverlässigen unter den Matrosen?«
»Es sind wahrscheinlich Trelawneys eigene Männer«, sagte der Doktor, »die er noch selbst angeheuert hat, ehe er auf Silver stieß.«
»Nein«, erwiderte der Baron, »Hands war einer von denen, die ich aussuchte.«
»Ich dachte auch, Hands könnte man trauen«, fügte der Kapitän hinzu.
»Wenn man daran denkt, dass dies alles Engländer sind!«, empörte sich der Baron. »Meine Herren, am liebsten möchte ich das ganze Schiff in die Luft jagen!«
»Also, meine Herren«, fuhr der Kapitän fort, »was ich zu sagen habe, ist nicht viel. Wir müssen vor Anker bleiben, wenn Ihr so wollt, und gut Ausschau halten. Ich weiß, das ist für

einen Mann eine harte Probe. Es wäre angenehmer, wenn es zum Aufstand käme. Aber das kann man nicht ändern, bis wir unsere Männer kennen. Beidrehen und auf guten Wind warten – das ist meine Ansicht.«

»Unser Jim hier«, sagte der Doktor, »kann uns mehr helfen als irgendjemand. Die Männer vertrauen ihm und Jim hält die Augen immer offen.«

»Hawkins, ich habe eine außerordentlich gute Meinung von dir«, fügte der Baron hinzu.

Bei diesen Worten war ich ziemlich verzweifelt, denn ich fühlte mich vollständig hilflos. Dennoch sollte die Rettung tatsächlich von mir kommen – durch eine seltsame Verkettung von Umständen. Indessen, wir mochten reden, so viel wir wollten, es waren nur sieben von sechsundzwanzig Männern, auf die wir uns verlassen konnten, und einer von diesen sieben war ein Junge, sodass auf unserer Seite sechs Erwachsene gegen neunzehn auf der anderen Seite standen.

Dritter Teil

Mein Abenteuer an Land

Wie mein Abenteuer an Land begann

Am nächsten Morgen, als ich an Deck kam, hatte sich das Aussehen der Insel völlig verändert. Obwohl der Wind sich jetzt ganz gelegt hatte, hatten wir während der Nacht eine gute Strecke hinter uns gebracht und lagen nun in einer Flaute ungefähr eine halbe Meile südöstlich vor der flachen Ostseeküste. Graufarbige Wälder bedeckten einen großen Teil der Oberfläche der Insel. Diese Eintönigkeit wurde aber in der Nähe der Küste durch gelbe Sandbänke und viele hohe Nadelbäume unterbrochen, die einzeln und in Gruppen die anderen überragten. Aber der Gesamteindruck war monoton und trübselig. Die Berge ragten deutlich mit nackten, kahlen Felsen über die Vegetation hinaus. Alle waren eigenartig geformt und das Fernrohr, das mit drei- oder vierhundert Fuß die höchste Erhebung der Insel war, wies die seltsamste Form auf. Dieser Berg stieg von allen Seiten steil an und war dann plötzlich an der Spitze wie abgeschnitten, ähnlich einem Sockel für ein Denkmal.

Die *Hispaniola* wiegte sich in der Dünung des Meeres. Die Spieren zerrten an den Blöcken, das Ruder schlug hin und her und das ganze Schiff stöhnte, krachte und stampfte wie eine Fabrik. Ich musste mich an den Tauen festklammern und die ganze Welt drehte sich vor meinen Augen. Auf der Fahrt war ich zwar ein ganz guter Matrose, aber dieses Stillliegen und Herumtollen wie eine Flasche war eine Sache, die ich niemals lernte.

Vielleicht war es das, vielleicht war es auch der Anblick der Insel, die grauen melancholischen Wälder, die wilden Felsformationen und die Brandung, die man hören und sehen konnte, wie sie schäumend und donnernd gegen die Steilküste schlug – jedenfalls rutschte mir, wie man so sagt, das Herz in die Hosen, obwohl die Sonne hell und warm schien und die Strandvögel um uns her nach Fischen jagten und schrien. Man hätte meinen sollen, dass sich jeder freute nach einer so langen Fahrt endlich Land zu sehen; aber von diesem ersten Blick an hasste ich jeden Gedanken an die Schatzinsel.

Die Hitze war unerträglich und die Männer schimpften wild über ihre Morgenarbeit. Anderson hatte das Kommando über das Boot, in dem ich mich befand, und anstatt die Mannschaft im Zaum zu halten, murrte er lauter als alle anderen.

»Na«, sagte er mit einem Fluch, »ist nur gut, dass das nicht ewig dauert.«

Ich dachte mir, dass dies ein sehr schlechtes Zeichen war; denn bis zu diesem Tag hatten die Männer ihre Arbeit immer flink und eifrig getan. Aber allein der Anblick der Insel schien Disziplin und Zucht gelockert zu haben.

Die ganze Zeit über stand der lange John beim Steuermann und dirigierte das Schiff in die Einfahrt. Er kannte die Passage wie seine eigene Tasche, und obwohl immer mehr Wasser gelotet wurde, als auf der Karte angegeben war, zögerte John Silver nicht ein einziges Mal auch nur für einen Augenblick.

»Bei Ebbe ist diese Einfahrt schwierig«, sagte er. »Diese Passage hier ist – wenn man so sagen will – wie mit einem Spaten ausgehoben.«

Wir brachten das Schiff genau an die Stelle, wo der Anker in die Karte eingezeichnet war, etwa eine Drittelmeile von beiden Ufern entfernt, die große Insel auf der einen Seite und die Skelett-Insel auf der anderen. Der Boden hier war reiner Sand. Als wir den Anker niederließen, scheuchten wir eine Wolke von Vögeln auf, die kreischend über den Bäumen kreiste; aber in weniger als einer Minute hatten sie sich wieder niedergelassen und alles war so still wie vorher.

Der Platz war ganz von Land umgeben und vom Wald eingeschlossen. Zur Zeit der Flut reichte das Wasser bis an die Baumstämme. Das Ufer war meist flach und die Berggipfel standen um uns herum wie eine Art Amphitheater, der eine hier, der andere dort. Zwei kleine Flüsse, besser gesagt zwei Sümpfe, mündeten in diesen Teich, wie man den Hafen hätte nennen können.

Die Luft stand unbeweglich und außer der Brandung gegen die eine halbe Meile entfernten Küsten und die weiter draußen liegenden Klippen war kein Geräusch zu hören. Ein eigenartiger dumpfer Geruch nach feuchtem Laub und verrotteten Baumstümpfen lag über unserem Ankerplatz. Ich beobachtete den Doktor, wie er diese Luft schnupperte, als ob er ein faules Ei rieche.

»Ich verstehe nichts von Schätzen«, sagte er, »aber ich wette meine Perücke, dass es hier Fieber gibt.«

Das Benehmen der Männer wurde jetzt geradezu bedrohlich. Sie lagen an Deck herum und unterhielten sich knurrend miteinander. Der harmloseste Befehl wurde mit einem finsteren Blick entgegengenommen und nur widerwillig und nachlässig ausgeführt. Sogar die anständigen Matrosen schienen davon angesteckt, denn alle Männer an Bord benahmen sich so. Wie eine Gewitterwolke drohte uns die Meuterei, das war nur zu deutlich.

Doch nicht nur wir aus der Kajüte empfanden die Gefahr. John Silver war ebenfalls unverdrossen bei der Arbeit. Er ging von Gruppe zu Gruppe, verausgabte sich in guten Ratschlägen und keiner der Männer hätte ein besseres Beispiel abgeben können. Er überbot sich geradezu in Bereitwilligkeit und Höflichkeit und hatte für jeden ein Lächeln. Wenn ein Befehl gegeben wurde, war John sofort auf seiner Krücke dabei, und zwar mit dem freundlichsten »Ay, ay, Sir!«, das man sich denken kann. Und wenn gar nichts weiter zu tun war, stimmte er ein Lied nach dem anderen an, als wollte er das Missvergnügen der übrigen Männer verdecken.

Von all den schlimmen Anzeichen jenes schlimmen Nachmittags schien diese offensichtliche Besorgnis des langen John das Schlimmste zu sein.

In der Kajüte hielten wir eine Beratung ab.

»Wenn ich noch einen einzigen Befehl riskiere«, sagte der Kapitän, »wird die ganze Mannschaft im nächsten Augenblick über uns herfallen. So ist also die Lage. Ich bekomme eine grobe Antwort, oder etwa nicht? Und wenn ich dann zurückgebe, haben sie im nächsten Moment die Messer in der Hand. Tue ich das nicht, wird Silver merken, dass etwas nicht stimmt, und der Tanz geht los. Wir haben im Augenblick nur einen Mann, auf den wir uns verlassen können.«

»Und wer ist das?«, fragte der Baron.

»Es ist Silver«, erwiderte der Kapitän. »Er will das Gleiche wie Ihr und ich, nämlich die Leute beruhigen. Wenn er eine Gelegenheit fände, hätte er den Männern den Unmut bald ausgeredet. Ich schlage vor ihm diese Chance zu geben. Erlaubt, Baron, dass die Männer einen Nachmittag an Land gehen. Wenn sie alle gehen, gut, dann verteidigen wir das Schiff. Wenn keiner von ihnen gehen will, auch gut, dann halten wir die Kajüte und Gott möge die beschützen, die das Recht auf ihrer Seite haben. Wenn aber nur einige gehen – denkt an meine Worte, Baron –, dann wird Silver sie so sanft wie Lämmer an Bord wieder zurückbringen.«

Diesem Vorschlag wurde zugestimmt. Alle zuverlässigen Männer bekamen geladene Pistolen. Hunter, Joyce und Redruth wurden in unsere Pläne eingeweiht. Sie nahmen die Neuigkeit mit weniger Überraschung und mit mehr Mut hin als wir. Dann ging der Kapitän auf Deck und sprach zur Mannschaft.

»Jungs«, sagte er, »wir hatten einen heißen Tag und sind alle müde und verstimmt. Ein Ausflug an Land wird deshalb keinem schaden. Ihr könnt die leichten Boote nehmen, und wer Lust hat, kann für den Nachmittag an Land gehen. Mit einem Kanonenschuss werde ich eine halbe Stunde vor Sonnenuntergang das Zeichen zur Rückkehr geben.«

Wahrscheinlich dachten die dummen Kerle, sie würden sich die Schienbeine an dem Schatz stoßen, sobald sie nur an Land wären. Im Nu hatten sie ihre schlechte Laune vergessen und schrien »Hurra!«, dass es aus den weit entfernten Bergen widerhallte und die Vögel noch einmal sich erhoben und kreischend um den Ankerplatz flogen.

Der Kapitän war so klug, dass er den Männern nicht im Weg stand. Im nächsten Augenblick war er verschwunden und überließ es Silver, den Ausflug zu organisieren.

Schließlich war die Gesellschaft beisammen. Sechs Burschen

wollten an Bord bleiben und die übrigen dreizehn, einschließlich Silver, begannen in die Boote zu klettern.
In diesem Augenblick kam mir der erste jener verrückten Gedanken in den Sinn, die so viel dazu beigetragen haben, unser Leben zu retten. Wenn Silver sechs Männer zurückgelassen hatte, so war es klar, dass unsere Partei das Schiff nicht übernehmen und verteidigen konnte. Da aber auch nur sechs Männer übrig geblieben waren, war es ebenso klar, dass die Kajütenpartei meine Unterstützung im Augenblick nicht benötigte. Sofort kam mir der Gedanke mit an Land zu gehen. Im Nu war ich über die Bordwand geklettert, kauerte mich in den Vorderteil des nächsten Bootes und fast im selben Augenblick stieß das Boot ab.
Niemand beachtete mich, nur der vorderste Ruderer sagte: »Bist du das, Jim? Nimm den Kopf weg!« Von dem anderen Boot blickte Silver scharf herüber und wollte wissen, ob ich das sei. Von diesem Augenblick an begann ich zu bedauern, was ich getan hatte.
Jede der beiden Bootsbesatzungen wollte den Strand zuerst erreichen. Das Boot, in dem ich mich befand, hatte aber einen kleinen Vorsprung und war außerdem leichter und auch besser bemannt. So schoss es dem anderen weit voraus. Sein Bug stieß zwischen die Bäume ans Ufer, ich griff einen Ast, schwang mich daran hinaus und ließ mich in das nächste Dickicht fallen. Silver und die anderen waren noch weit über hundert Schritte hinter uns.
»Jim, Jim!«, hörte ich ihn rufen.
Aber man kann sich denken, dass ich darauf nicht achtete. Ich sprang, bückte mich, brach durch das Dickicht und rannte immer geradeaus, bis ich nicht mehr laufen konnte.

Der erste Schlag

*I*ch war so froh dem langen John entwischt zu sein, dass ich begann Vergnügen zu empfinden und mich mit Interesse in der seltsamen Gegend umschaute, wo ich mich befand.

Ich hatte ein Stück Sumpf durchquert, das mit Weiden, Schilf und eigenartigen, fremdländischen Bäumen bewachsen war, und befand mich jetzt am Rand eines offenen, welligen und sandigen Landstriches, der sich etwa eine Meile lang hinzog und auf dem einzelne Kiefern und eine große Anzahl gekrümmter Bäume wuchsen, die in ihrem Wuchs Eichen ähnelten, deren hellgrünes Laub aber eher an Weiden erinnerte. Im Hintergrund der Lichtung erhob sich einer der Berge mit zwei sonderbar schroffen Felsspitzen, die in der Sonne lebhaft leuchteten.

Jetzt empfand ich zum ersten Mal Entdeckerfreude. Die Insel war unbewohnt, meine Schiffskameraden hatte ich hinter mir gelassen und vor mir gab es nichts Lebendiges außer stummen Tieren und Vögeln. Ich schlug unter den Bäumen bald diese, bald jene Richtung ein. Hier und da gab es blühende Pflanzen, die mir unbekannt waren, manchmal sah ich Schlangen und eine hob ihren Kopf und zischte mich an, dabei machte sie ein

Geräusch wie ein sich drehender Kreisel. Ich dachte nicht daran, dass diese Schlange ein tödlicher Feind und das Geräusch die berühmte Klapper war.

Plötzlich rauschte es durch das Schilf. Eine Wildente flog schreiend auf, eine zweite folgte und bald kreiste über die ganze Sumpflandschaft eine große Wolke von kreischenden Vögeln. Ich dachte mir gleich, dass einige meiner Schiffskameraden sich dem Rand des Sumpfes näherten. Ich täuschte mich nicht; denn bald hörte ich sehr entfernt und leise die Laute einer menschlichen Stimme. Als ich weiterhorchte, wurde die Stimme immer lauter und kam immer näher.

Dies versetzte mich in große Angst und ich verkroch mich unter der nächsten Eiche. Dort hockte ich mich hin, mäuschenstill, und lauschte.

Eine andere Stimme antwortete; dann setzte wieder die erste Stimme, die ich nun als die von John Silver erkannte, ihre Geschichte fort und war eine ganze Weile zu hören, nur hin und wieder von der anderen unterbrochen. Dem Ton nach zu schließen, führten die beiden ein ernsthaftes und heftiges Gespräch, aber ich konnte keines ihrer Worte richtig verstehen.

Schließlich schienen die Sprecher eine Pause zu machen und möglicherweise hatten sie sich hingesetzt; denn sie kamen nicht mehr näher und auch die Vögel wurden ruhiger und begannen sich wieder auf ihre Plätze im Sumpf niederzulassen.

Nun begann ich zu merken, dass ich meine Pflicht vernachlässigte. Da ich schon so tollkühn gewesen war mit diesen Desperados an Land zu kommen, hätte ich doch wenigstens ihre Beratungen belauschen sollen. Es war also meine klare und deutliche Aufgabe, mich unter dem Schutz der niedrigen Bäume so nahe wie möglich heranzuschleichen.

Ich konnte die Richtung zu den Sprechern hin recht genau bestimmen, nicht nur nach dem Klang ihrer Stimmen, sondern auch nach dem Verhalten der Vögel, von denen nur noch wenige über den Köpfen der Eindringlinge unruhig hin und her flogen.
Ich kroch auf allen vieren und arbeitete mich langsam aber stetig näher an sie heran. Schließlich schob ich meinen Kopf durch eine Öffnung zwischen den Blättern und konnte in eine kleine grüne, eng mit Bäumen umstandene Lichtung hinunterblicken. Dort standen sich der lange John Silver und ein anderer der Mannschaft im Gespräch gegenüber.
»Kamerad«, sagte Silver gerade, »es ist nur, weil ich dich für goldrichtig halte – goldrichtig und du kannst mir das glauben! Wenn ich nicht wie Pech an dir hängen würde, glaubst du, ich stünde hier, um dich zu warnen? Es ist alles beschlossen, du kannst es weder aufhalten noch ändern. Ich rede nur, weil ich deinen Kopf retten will. Und wenn dies einer von diesen wilden Kerlen wüsste – wohin käm ich, Tom? Na, sag schon, wohin käm ich?«
»Silver«, erwiderte der andere – und ich beobachtete, dass er nicht nur rot im Gesicht war, sondern auch heiser wie eine Krähe sprach, und auch seine Stimme zitterte wie ein gestrafftes Tau –, »Silver«, sagte er, »du bist alt und du bist ein ehrenhafter Mann, jedenfalls hält man dich dafür. Und du hast auch Geld, was viele arme Seeleute nicht haben. Und du bist tapfer oder ich müsste mich irren. Und du willst mir erzählen, dass du dich von dieser Bande von Tagedieben verführen lassen willst? Du nicht! So wahr unser Herrgott jetzt zuschaut, ich würde lieber meine Hand verlieren. Wenn ich gegen meine Pflicht handle –«
Dann wurde er plötzlich durch einen Lärm unterbrochen. Ich

hatte einen der anständigen Männer gefunden – ja, und im selben Augenblick entdeckte ich einen weiteren. Weit draußen im Sumpf ertönte plötzlich ein Laut wie ein Wutschrei, dem ein zweiter antwortete, und dann folgte ein schrecklicher, lang gezogener Schrei. Die Felsen des Fernrohr-Berges warfen das Echo wenigstens ein Dutzend Mal zurück, die ganze Schar der Sumpfvögel erhob sich wieder schwirrend in die Luft und verdunkelte den Himmel und noch lange nachher, als wieder Ruhe eingekehrt war und nur noch das Rauschen der wieder in das Schilf zurückkehrenden Vögel und das Donnern der fernen Brandung die Nachmittagsruhe unterbrachen, gellte mir dieser Todesschrei in den Ohren.

Tom war bei diesem Schrei aufgesprungen wie ein Pferd, dem man die Sporen gibt, aber Silver hatte keine Miene verzogen. Er stand da, stützte sich leicht auf seine Krücke und beobachtete seinen Gefährten wie eine Schlange, die zum Sprung ansetzt.

»John!«, sagte der Matrose und streckte ihm seine Hand hin.

»Weg mit der Hand!«, schrie Silver und sprang einen Schritt zurück. Dabei zeigte er die Schnelligkeit und Sicherheit eines geübten Turners.

»Weg mit der Hand, wenn du es so willst, John Silver«, erwiderte der andere. »Es ist nur das schlechte Gewissen, dass du dich vor mir fürchtest. Aber um Himmels willen sag mir, was das war?«

»Das?«, antwortete Silver lächelnd, aber verschlagener denn je. Seine Augen waren nur noch wie Stecknadelköpfe in dem breiten Gesicht, aber sie glitzerten wie aus Glas. »Das? Ach, ich denke, das wird Alan gewesen sein.«

Nach diesen Worten richtete sich der arme Tom wie ein Held hoch auf.

»Alan!«, schrie er. »Dann Friede seiner Seele, denn er war ein aufrechter Seemann. Und was dich anbelangt, John Silver: Wir sind sehr lange Kameraden gewesen, aber das ist nun vorbei. Wenn ich wie ein Hund sterben soll, so sterbe ich, weil ich von meiner Pflicht nicht weichen kann. Ihr habt Alan umgebracht, stimmt's? Nun, dann töte mich auch, wenn du kannst. Aber ich werde euch trotzen!«

Mit diesen Worten drehte der brave Bursche dem Koch den Rücken zu und machte sich auf den Weg zum Strand. Aber er sollte nicht weit kommen. Mit einem Schrei griff John nach dem Ast eines Baumes, schleuderte die Krücke aus seiner Achselhöhle und jagte dieses ungewöhnliche Wurfgeschoss durch die Luft. Mit der Spitze traf es den armen Tom mit furchtbarer Gewalt mitten in den Rücken, genau zwischen die Schulterblätter. Er streckte seine Arme in die Höhe, stöhnte auf und fiel zu Boden.

Ob er schwer oder nur leicht verletzt war, konnte man nicht sagen. Dem Geräusch nach zu urteilen, hatte ihm das Geschoss wahrscheinlich sofort das Rückgrat zerschmettert. Aber es blieb ihm keine Zeit, sich wieder aufzuraffen. Sogar ohne Bein oder Krücke beweglich wie ein Affe, war Silver im nächsten Augenblick über ihm und stieß sein Messer zweimal bis an den Griff in den schutzlosen Körper. Von meinem Platz unter dem Gebüsch konnte ich ihn laut keuchen hören, als er zustieß.

Ich weiß nicht genau, wie es ist, wenn man ohnmächtig wird, aber ich weiß, dass für eine Weile die ganze Welt vor meinen Augen schwamm und sich wie in einem Nebel um mich drehte. Silver, die Vögel, der hohe Gipfel des Fernrohr-Berges – alles drehte sich vor meinen Augen wild im Kreis herum und alle

Arten von Glocken und entfernten Stimmen dröhnten mir in den Ohren.
Als ich wieder zu mir kam, hatte das Ungeheuer seine Krücke wieder unter dem Arm und seinen Hut auf dem Kopf. Vor ihm lag Tom bewegungslos auf dem Rasen, aber der Mörder kümmerte sich nicht im Geringsten um ihn, sondern reinigte sein blutverschmiertes Messer an einem Grasbüschel. Alles andere war unverändert: Die Sonne brannte noch immer erbarmungslos auf den dampfenden Sumpf und die hohe Bergspitze und ich konnte es noch immer kaum begreifen, dass eben vor meinen Augen ein Mord geschehen und ein Menschenleben grausam ausgelöscht worden war.
Aber jetzt steckte John seine Hand in die Tasche und zog eine Pfeife heraus. Mit ihr brachte er verschiedene Töne hervor, die weithin durch die heiße Luft zu hören waren. Natürlich kannte ich nicht die Bedeutung dieses Signals, aber sofort wurde in mir wieder die Angst lebendig. Es würden mehr Männer kommen! Vielleicht würden sie mich entdecken. Sie hatten bereits zwei der anständigen Männer erschlagen – sollte ich nun nach Tom und Alan an die Reihe kommen?
Sofort begann ich mich zurückzuziehen und kroch so schnell und so lautlos, wie ich konnte, zu dem offeneren Teil des Waldes hin. Dabei hörte ich, wie der alte Seeräuber und seine Genossen einander zuriefen, und diese Zeichen der Gefahr verliehen mir Flügel. Sobald ich aus dem Dickicht heraus war, rannte ich wie nie zuvor drauflos. Ich kümmerte mich kaum um die Richtung meiner Flucht, wenn sie mich nur weit von den Mördern entfernte. Und während ich dahinjagte, wurde meine Angst immer größer und größer, bis sie eine Art von Wahnsinn erreicht hatte.

Konnte irgendein Mensch verlorener sein als ich? Wenn auch die Kanone abgefeuert wurde, wie konnte ich es wagen, zu den Booten hinunterzugehen und mich unter die Feinde zu mischen, die eben diese Bluttat ausgeführt hatten? Würde mir nicht der erste Beste den Hals umdrehen wie einer Schnepfe, wenn er mich sah? Würde sie nicht gerade meine Abwesenheit von meiner Furcht überzeugen und also auch von meinem verhängnisvollen Wissen? Es war aus mit mir, so oder so, dachte ich. Leb wohl, *Hispaniola!* Lebt wohl, Baron, Doktor und Kapitän Smollett! Ich war dem Hungertod ausgeliefert oder ich musste durch die Hände der Meuterer sterben.

Die ganze Zeit über war ich ohne Unterbrechung weitergerannt, und ohne es zu bemerken, dem Fuß des kleinen Berges mit den zwei Spitzen näher gekommen. In diesem Teil der Insel standen die immergrünen Eichen weiter auseinander und machten in Form und Größe mehr den Eindruck von Waldbäumen. Unter ihnen standen vereinzelte Kiefern, von denen manche fünfzig, andere bis zu siebzig Fuß hoch waren. Hier oben war auch die Luft frischer als unten am Rand des Sumpfes.

An dieser Stelle traf mich ein neuer Schrecken. Ich blieb mit klopfendem Herzen stehen.

Der Mann von der Insel

Der Abhang des Berges war steil und steinig. Ein paar Kiesel lösten sich und fielen prasselnd und scheppernd zwischen die Bäume. Unwillkürlich blickte ich in jene Richtung und ich sah eine Gestalt, die mit großer Geschwindigkeit hinter den Stamm einer Kiefer hüpfte. Auf keinen Fall hätte ich sagen können, was es war, ob Bär oder Mensch oder Affe. Es schien dunkel und zottig zu sein, mehr hatte ich nicht gesehen. Aber der Schreck über diese neue Erscheinung gebot mir Halt.

Nun war ich, wie es schien, von beiden Seiten abgeschnitten. Hinter mir die Mörder, vor mir dieses lauernde unbeschreibliche Wesen. Sofort zog ich die Gefahren, die ich kannte, denen vor, die mir unbekannt waren. Selbst Silver schien mir nun weniger schrecklich im Vergleich mit diesem Geschöpf der Wälder. Ich machte also auf dem Absatz kehrt und lenkte meine Schritte zurück in Richtung der Boote, wobei ich scharf über meine Schultern nach hinten spähte.

Sofort erschien die Gestalt wieder, machte einen weiten Bogen um mich und begann mich zu jagen. Ich war müde; aber auch wenn ich so frisch gewesen wäre wie am Morgen, ich erkannte bald, dass ich mich mit einem solchen Gegner in der Schnelligkeit nicht messen konnte. Wie ein Hirsch flitzte das Geschöpf von Stamm zu Stamm. Dabei lief es wie ein Mensch auf zwei Beinen, aber auf eine Weise, wie ich noch nie einen Menschen hatte laufen sehen, denn es beugte sich beim Rennen fast bis auf den Boden. Doch es war ein Mensch, daran konnte ich nicht länger zweifeln.

Mir kam alles wieder in den Sinn, was ich von Menschenfressern gehört hatte. Ich war nahe daran, um Hilfe zu rufen. Aber die bloße Tatsache, dass es ein Mensch war, wenn auch ein wilder, hatte mich wieder etwas beruhigt. Die Angst vor Silver begann dagegen wieder zu wachsen. Ich blieb deshalb stehen und überlegte mir eine Möglichkeit zur Flucht. Dabei erinnerte ich mich blitzartig an meine Pistole.

Sobald mir bewusst wurde, dass ich nicht wehrlos war, begann mein Mut wieder zu steigen. Ich machte also ein entschlossenes Gesicht und ging kühn auf diesen Mann von der Insel zu.

Er hatte sich jetzt hinter einem anderen Baumstamm verborgen. Aber er musste mich genau beobachtet haben, denn sobald ich mich in seine Richtung bewegte, erschien er wieder und kam einen Schritt auf mich zu. Dann zögerte er, ging zurück, kam abermals auf mich zu und warf sich schließlich zu meiner Überraschung und Verwirrung auf die Knie. Dabei streckte er seine gefalteten Hände demütig vor.

Bei diesem Anblick blieb ich wieder stehen.

»Wer seid Ihr?«, fragte ich.

»Ben Gunn«, antwortete er und seine Stimme klang unbeholfen und heiser wie ein verrostetes Schloss. »Ich bin der arme Ben Gunn, ja, der bin ich und ich habe drei Jahre lang mit keinem Christenmenschen mehr gesprochen.«

Nun konnte ich sehen, dass er ein Weißer war wie ich selbst

und recht angenehme Gesichtszüge hatte. Seine Haut war an allen unbedeckten Stellen von der Sonne verbrannt, sogar seine Lippen waren schwarz. Seine hellen Augen leuchteten überraschend aus dem so dunklen Gesicht. Von all den Bettlern, die ich gesehen oder mir vorgestellt hatte, war er der zerlumpteste. Er war mit Fetzen von altem Segeltuch und alten Matrosenkleidern bedeckt und dieses ungewöhnliche Flickwerk wurde durch eine Menge der verschiedensten und unmöglichsten Befestigungen zusammengehalten, durch Messingknöpfe, Holzstäbchen und geteerte Bindfäden. Um seine Hüften trug er einen alten messingbeschlagenen Ledergürtel, welcher der einzige haltbare Gegenstand seiner Ausrüstung war.

»Drei Jahre!«, rief ich. »Habt Ihr Schiffbruch erlitten?«

»Nein, Kamerad«, erwiderte er, »ich wurde ausgesetzt.«

Ich kannte das Wort und wusste, dass es eine schreckliche Strafe bedeutete, die gerade unter Seeräubern üblich war. Der Übeltäter wird dabei mit einem kleinen Vorrat an Pulver und Blei an Land gebracht und auf irgendeiner einsamen und entfernten Insel zurückgelassen.

»Vor drei Jahren ausgesetzt«, fuhr er fort. »Seitdem habe ich von Ziegen gelebt, von Beeren und Muscheln. Wo auch immer ein Mensch sich befindet, sage ich, kann er sich helfen. Aber, Kamerad, mein Herz hungert nach christlicher Nahrung. Du hast nicht zufällig ein Stück Käse in der Tasche, oder? Nein? Ach, so viele lange Nächte hab ich von Käse geträumt – meistens war er geröstet – und dann bin ich aufgewacht und war hier.«

»Wenn ich jemals wieder an Bord kommen sollte«, sagte ich, »sollt Ihr einen ganzen Laib Käse haben.«

»Wenn du jemals wieder an Bord kommen solltest, sagst du?«, wiederholte er. »Aber wer soll dich denn daran hindern?«

»Nicht Ihr, das weiß ich«, war meine Antwort.

»Damit hast du bestimmt Recht«, rief er. »Und nun, Kamerad, wie heißt du eigentlich?«

»Jim«, antwortete ich.

»Jim, Jim«, wiederholte er, offensichtlich sehr erfreut. »Na gut, Jim, ich habe ein so wildes Leben geführt, dass du dich schämen würdest auch nur davon zu hören. Wenn du mich so siehst, wirst du zum Beispiel kaum glauben, dass ich eine fromme Mutter hatte?«

»Hm ja, eigentlich nicht«, antwortete ich.

»Jaja«, sagte er, »und doch ist es so – sie war sogar besonders fromm. Und ich war ein braver, anständiger Junge, der seinen Katechismus so schnell heruntersagen konnte, dass du nicht ein Wort davon verstanden hättest. Und so weit ist es mit mir gekommen, Jim, und es begann mit Murmelspielen auf den geweihten Grabsteinen! Damit begann es, doch es ging viel weiter; aber meine Mutter hat es mir gesagt und das Ganze vorausgesehen, das hat sie getan, sie war eine fromme Frau! Aber die Vorsehung war es, die mich hierher schickte. Auf dieser einsamen Insel hab ich mir alles überlegt und ich bin zur Frömmigkeit zurückgekehrt. Du wirst mich nicht erwischen, dass ich auch nur ein Gläschen Rum trinke. Vielleicht einen Fingerhut voll, auf mein Glück natürlich, bei der ersten Gelegenheit, die sich mir bietet. Ich habe mir vorgenommen wieder ein guter Mensch zu werden und ich sehe auch einen Weg dazu. Und, Jim«, dabei blickte er sich um und senkte seine Stimme zu einem Flüstern, »ich bin reich.«

Nun wusste ich, dass der arme Kerl in der Einsamkeit verrückt geworden war.
»Aber jetzt, Jim, sag mir die Wahrheit! Ist das wirklich nicht Flints Schiff?«, fragte er.
Jetzt kam mir ein glücklicher Einfall.
Ich begann zu ahnen, dass ich einen Verbündeten gefunden hatte, und antwortete ihm sofort: »Es ist nicht Flints Schiff und Flint ist tot. Aber ich will Euch die Wahrheit sagen und danach habt Ihr mich gefragt – es sind einige von Flints Männern an Bord, und das ist das Unglück für uns.«
»Doch nicht ein Mann ... mit einem Bein?«, keuchte er.
»John Silver?«, fragte ich zurück.
»Ja, Silver!«, rief er. »Das war sein Name.«
»Er ist der Koch und der Anführer der Bande dazu.«
Er hielt noch immer meine Hand am Gelenk und nach diesen Worten drehte er sie mir fast herum.
»Wenn dich der lange John geschickt hat«, sagte er, »dann bin ich so gut wie erledigt und ich weiß es. Aber was ist mit dir?«
Ich hatte meinen Entschluss in kürzester Zeit gefasst und als Antwort erzählte ich ihm die ganze Geschichte unserer Reise und schilderte ihm die fatale Lage, in der wir uns befanden. Mit eifrigem Interesse hörte er mir zu. Als ich fertig war, klopfte er mir auf die Schulter.
»Du bist ein guter Kerl, Jim«, sagte er, »und ihr steckt alle in der Falle, ist es nicht so? Nun, ihr müsst einfach Ben Gunn vertrauen – Ben Gunn ist der Mann, der euch helfen wird. Hältst du es für möglich, dass dein Baron sich als ein großzügiger Mann erweist, wenn ich ihm helfe? Denn er sitzt doch in der Falle, wie du mir erzählt hast!«

Ich erklärte ihm, dass der Baron der großzügigste Mann auf der ganzen Welt sei.

»Ja, aber du musst verstehen«, erwiderte Ben Gunn, »mir liegt nicht daran, sein Portier zu werden, mit einer Uniform oder so etwas. Daran liegt mir nichts, Jim. Was ich meine, ist, ob er vielleicht mit sich reden lassen würde über, sagen wir, tausend Pfund von dem Geld, das einem Mann jetzt schon so gut wie gehört?«

»Ich bin sicher, dass er darüber mit sich reden lässt«, sagte ich. »Wir hatten ausgemacht, dass alle Männer beteiligt werden sollten.«

»Und er würde mich nach Hause mitnehmen?«, fügte er hinzu und sein Gesicht war voller Schlauheit.

»Sicher«, rief ich. »Der Baron ist ein Gentleman. Und außerdem werden wir Euch zur Arbeit auf dem Schiff benötigen, wenn wir die andern losgeworden sind.«

»Ja«, erwiderte er, »das wird geschehen.« Er schien sehr erleichtert zu sein.

»Jetzt will ich dir etwas erzählen«, fuhr er fort. »So viel werde ich erzählen und kein Wörtchen mehr. Ich war auf Flints Schiff, als er den Schatz vergrub. Er und noch sechs andere – sechs kräftige Matrosen. Sie waren fast eine Woche an Land, während wir auf der alten *Walross* in der Nähe der Küste kreuzten. Eines schönen Tages ging das Signal hoch und daher kam Flint, allein in einem kleinen Boot. Um seinen Kopf hatte er einen blauen Schal gewickelt. Die Sonne kam gerade hoch und leichenblass sah er aus. Aber er war da und die sechs waren alle tot – tot und begraben. Wie er es gemacht hat, konnte keiner an Bord herauskriegen. Es war Kampf, Mord, Totschlag zumindest – er allein gegen sechs. Billy Bones war der Maat, der lange John war Quartiermeister. Und sie fragten ihn, wo der Schatz geblieben sei. ›Ach‹, sagte er, ›ihr könnt ja an Land gehen, wenn ihr wollt, und dort bleiben‹, sagte er. ›Aber das Schiff wird noch mehr Beute für uns machen, zum Donnerwetter!‹ Das war's, was er sagte.

Ja, und vor drei Jahren fuhr ich auf einem anderen Schiff und wir sichteten diese Insel. ›Jungs‹, sagte ich, ›hier liegt Flints Schatz, wir wollen an Land gehen und ihn suchen.‹ Dem Käpt'n gefiel das nicht. Aber meine Schiffskameraden waren einer Meinung und wir gingen an Land. Zwölf Tage suchten sie nach dem Schatz und mit jedem Tag schimpften sie mehr auf mich, bis eines schönen Morgens alle Männer wieder an Bord gingen. ›Was dich betrifft, Benjamin Gunn‹, sagten sie, ›hier hast du eine Muskete‹, sagten sie, ›und einen Spaten und eine Spitzhacke. Du kannst hier bleiben und allein nach Flints Schatz suchen‹, sagten sie.

So bin ich also nun drei Jahre hier, Jim, und keinen Bissen christlicher Nahrung gab es von jenem Tag an bis heute. Aber jetzt, schau her, schau mich an. Sehe ich aus wie ein Mann, der seine Arbeit vor dem Mast getan hat? Nein, sagst du. Ich bin auch nie einer gewesen, sage ich.«

Dabei zwinkerte er mir listig zu und zwickte mich kräftig in die Seite.

»Genau die gleichen Worte wirst du deinem Baron erzählen, Jim«, fuhr er fort. »Aber die meiste Zeit hat Ben Gunn – das ist das, was du ihm sagen sollst –, hat Ben Gunn mit etwas anderem verbracht. Und dann wirst du ihn kneifen, so wie ich's jetzt bei dir mache.«

Wieder zwickte er mich vertraulich in die Seite.

»Dann«, fuhr er fort, »wirst du dich aufrichten und Folgendes sagen: Gunn ist ein guter Mann – wirst du sagen – und er setzt viel mehr Vertrauen – viel mehr Vertrauen, merk dir das – in einen Ritter von Geburt als in diese Glücksritter, von denen er selbst einer gewesen ist.«

»Gut«, erwiderte ich, »ich verstehe zwar kein Wort von dem, was Ihr gesagt habt, aber darauf kommt es ja auch gar nicht an. Wichtiger ist: Wie soll ich wieder an Bord kommen?«

»Ja, natürlich«, entgegnete er, »das ist der Haken. Aber dafür gibt es mein Boot, das ich mit meinen eigenen Händen gebaut habe. Ich habe es unter dem weißen Felsen versteckt. Wenn es zum Schlimmsten kommt, können wir es nach Einbruch der Dunkelheit versuchen. Ha!«, unterbrach er sich. »Was ist das?«

Gerade in diesem Augenblick, obwohl die Sonne noch ein oder zwei Stunden vom Horizont entfernt war, erscholl ein donnernder Kanonenschuss und alle Echos der Insel erwachten und gaben ihn wieder.

»Der Kampf hat begonnen!«, schrie ich. »Folgt mir!«

Meine Angst war vergessen und ich rannte in die Richtung des Ankerplatzes davon. Dicht neben mir eilte der Mann von der Insel in seinen Ziegenfellen mühelos und leichtfüßig dahin.

Nach einer beträchtlichen Pause folgte dem Kanonenschuss eine Salve von Musketen und Pistolen.

Wieder folgte eine Pause und dann erblickte ich, kaum eine Viertelmeile von uns entfernt, die englische Flagge, die über den Bäumen im Wind flatterte.

Vierter Teil

Das Blockhaus

Der Doktor setzt die Erzählung fort:

Wie das Schiff aufgegeben wurde

Es war etwa halb zwei – drei Glas, wie man unter Seeleuten sagt –, als die beiden Boote von der *Hispaniola* abstießen und an Land ruderten. Der Kapitän, der Baron und ich besprachen in der Kajüte die Lage. Wenn sich nur eine kleine Brise Wind geregt hätte, wir wären über die sechs an Bord zurückgebliebenen Meuterer hergefallen, hätten das Ankertau gekappt und wären aufs Meer hinausgesegelt. Aber der Wind blieb aus, und um unsere Hilflosigkeit noch zu verschlimmern, kam Hunter mit der Nachricht herunter, dass Jim Hawkins in ein Boot geschlüpft und mit den andern an Land gegangen war.

Wir zweifelten keinen Augenblick an Jim Hawkins, aber wir machten uns Sorgen um seine Sicherheit. Bei der Stimmung, die die Männer beherrschte, schien es uns durchaus fraglich, ob wir den Jungen jemals wieder sehen würden. Wir eilten an Deck. Es war so heiß, dass das Pech aus den Ritzen lief. Der widerliche Gestank an diesem Ort machte mich fast krank; wenn es irgendwo nach Fieber und Ruhr roch, dann an diesem abscheulichen Ankerplatz. Die sechs Halunken saßen murrend unter einem Segel auf dem Vorderdeck. Am Ufer konnten wir

in der Nähe der Flussmündung die Boote sehen. Sie waren festgemacht und in jedem saß ein Mann.
Das Warten wurde zur Qual. So wurde beschlossen, dass Hunter und ich mit der Jolle an Land fahren sollten, um Erkundigungen einzuziehen.
Die beiden Boote hatten sich nach rechts gehalten, daher ruderten Hunter und ich geradeaus in die Richtung, wo das auf der Karte angegebene Blockhaus lag. Die beiden Männer, die als Wachen in den Booten saßen, schien unser Erscheinen zu verwirren. Ihr Pfeifen verstummte und ich konnte sehen, wie die beiden berieten, was sie tun sollten. Hätten sie ihren Posten verlassen, um Silver zu verständigen – es wäre vielleicht alles anders gekommen. Aber wahrscheinlich hatten sie ihre Befehle und so entschlossen sie sich ruhig in den Booten sitzen zu bleiben und wieder ihr Liedchen zu pfeifen.
Die Küste machte hier eine kleine Biegung und ich steuerte so, dass ich das Ufer zwischen uns und die beiden Boote brachte. Auf diese Weise hatten wir sie schon vor dem Anlegen aus den Augen verloren. Ich sprang aus der Jolle und rannte, so schnell ich es wagen konnte, vorwärts. Zur Kühlung band ich ein großes seidenes Taschentuch unter meinen Hut und zum Schutz hielt ich zwei geladene Pistolen in den Händen.
Ich war noch nicht hundert Schritte weit gelaufen, da stieß ich schon auf das Blockhaus.
Vor mir, fast auf der Spitze eines Hügels, sprudelte eine Quelle mit klarem Wasser. Auf dem Hügel aber und um die Quelle herum hatte man ein starkes Blockhaus errichtet, das notfalls etwa vierzig Personen aufnehmen konnte. Auf allen Seiten waren Schießscharten angebracht. Rings um das Haus hatte man einen weiten Platz gerodet und das Ganze wurde vervoll-

ständigt durch einen sechs Fuß hohen Palisadenzaun, der weder eine Tür noch sonst eine Öffnung hatte. Er war zu stark, um ohne Mühe und Zeitaufwand niedergerissen zu werden, aber auch zu offen, um den Belagerern Schutz zu gewähren. Die Leute im Blockhaus waren auf jede Weise im Vorteil. Sie standen ruhig und geschützt und konnten ihre Gegner wie Rebhühner abknallen. Sie brauchten nur aufmerksame Wachen und Verpflegung. Wenn sie nicht gerade überrascht wurden, konnten sie den Platz gegen ein Regiment verteidigen.

Was mich besonders anzog, war die Quelle. Wir waren zwar in der Kajüte der *Hispaniola* gut untergebracht, hatten genügend Waffen und Munition, ausreichende Verpflegung und ausgezeichnete Weine, aber eine Sache hatten wir doch übersehen – es fehlte uns an Wasser. Während ich darüber nachdachte, erscholl plötzlich der Todesschrei eines Mannes weithin über die Insel. Ein gewaltsamer Tod war für mich nichts Unbekanntes – ich habe unter dem Herzog von Cumberland gekämpft und bin selbst in der Schlacht bei Fontenoy verwundet worden –, aber mein Herz begann mir doch bis zum Hals zu schlagen. »Jim Hawkins ist dahin«, war mein erster Gedanke.

Es ist schon etwas wert, ein alter Soldat zu sein, aber von noch größerem Vorteil ist es, ein Arzt gewesen zu sein. In diesem Beruf gibt es kein Zögern. Mein Entschluss war sofort gefasst. Ohne weiter Zeit zu verlieren, kehrte ich zum Ufer zurück und sprang in die Jolle. Zum Glück war Hunter ein tüchtiger Ruderer. Das Boot flog nur so über das Wasser und bald waren wir längsseits und ich wieder an Bord.

Ich fand alle sehr erschüttert, das war nur natürlich. Der Baron saß da und war weiß wie ein Leintuch. Die gute Seele dachte an all das Unheil, in das sie uns geführt hatte. Und einem der sechs Männer vom Vorderdeck ging es nicht besser.

Ich erklärte dem Kapitän meinen Plan und wir wurden uns über die Einzelheiten der Durchführung einig.

Den alten Redruth schickten wir mit drei oder vier geladenen Musketen und einer Matratze zum Schutz in den Gang zwischen der Kajüte und dem Vorderdeck. Hunter brachte inzwischen das Boot unter das Heckfenster und Joyce und ich begannen es mit Pulverkisten, Musketen, Zwiebacksäcken, Fleischtonnen, einem Fass Kognak und meinem unersetzlichen Arzneikasten zu beladen.

In der Zwischenzeit blieben der Baron und der Kapitän an Deck und der Letztere rief den Schiffszimmermann an, der jetzt wohl der Anführer der an Bord befindlichen Seeräuber war.

»Mister Hands«, sagte er, »hier stehen zwei von uns und jeder hat ein Paar geladene Pistolen in der Hand. Wenn einer von euch ein Zeichen gibt, ist er ein toter Mann.«

Sie waren alle wirklich überrascht und nach einer kurzen Beratung trotteten sie einer nach dem andern die vordere Treppe hinunter. Ohne Zweifel hatten sie die Absicht uns in den Rücken zu fallen. Als sie aber Redruth sahen, der sie in dem verdeckten Gang erwartete, kehrten sie sofort um. Dann erschien einer von ihnen wieder vorsichtig an Deck.

»Hinunter, du Hund!«, schrie der Kapitän.

Da verschwand der Kerl wieder und wir hörten einstweilen nichts mehr von diesen sechs ängstlichen Seemännern.

Wir hatten die Sachen, wie sie kamen, in die Jolle geworfen und diese so weit beladen, wie wir es wagen durften. Joyce und ich

stiegen durch das Heckfenster und wieder ruderten wir zum Ufer, so schnell es unsere Kraft erlaubte.
Diese zweite Fahrt schien die Wachen am Ufer ziemlich zu beunruhigen. Wieder verstummte ihr Pfeifen, und gerade als wir sie hinter der kleinen Landzunge aus den Augen verloren, sprang einer von ihnen ans Ufer und verschwand. Ich war nahe daran, meinen Plan zu ändern und ihre Boote zu zerstören, aber ich fürchtete Silver und die andern könnten sich in der Nähe aufhalten. Sicher war alles verloren, wenn wir zu viel wagten.
Bald berührten wir den Strand an der gleichen Stelle wie vorher und begannen die Vorräte in das Blockhaus zu schaffen. Zu dritt unternahmen wir den ersten Gang dorthin, schwer beladen, und warfen unsere Kisten über den Palisadenzaun. Dann ließen wir Joyce als Wache zurück – freilich nur einen Mann, aber er hatte ein halbes Dutzend Musketen zur Verfügung. Hunter und ich kehrten zur Jolle zurück, um uns noch einmal zu beladen.
Der Baron wartete am Heckfenster auf mich. Seine Schwäche hatte er inzwischen überwunden. Er fing die Leine und machte das Boot fest. Wieder beluden wir hastig die Jolle, als hinge unser Leben davon ab. Die Ladung bestand diesmal aus Fleisch, Schießpulver und Zwieback, dazu kamen noch je eine Muskete und ein Entermesser für den Baron, für Redruth, für den Kapitän und für mich. Die übrigen Waffen und den Rest des Pulvers warfen wir in zweieinhalb Faden Tiefe über Bord. Auf dem reinen Sandboden unter uns konnten wir den blanken Stahl in der Sonne glänzen sehen.
Redruth zog sich von seinem Posten in dem Gang zurück und kletterte hinunter ins Boot, das wir dann um das Schiff herumruderten, um Kapitän Smollett aufzunehmen.

»He, Männer«, rief er, »hört ihr mich?«
Vom Vorderdeck war keine Antwort zu vernehmen.
»Ich meine Euch, Abraham Gray – zu Euch spreche ich!«
Noch immer kam keine Antwort.
»Gray«, wiederholte Smollett etwas lauter, »ich verlasse dieses Schiff und ich befehle Euch Eurem Kapitän zu folgen. Ich weiß, dass Ihr im Grunde ein anständiger Kerl seid, und ich möchte sogar behaupten, dass nicht einer von euch Kerlen so schlecht ist, wie er sich stellt. Ich habe meine Uhr hier in der Hand und gebe Euch dreißig Sekunden Zeit mit uns zu kommen.«
Dann trat eine Pause ein.
»Komm, mein Junge«, fuhr der Kapitän fort, »und lass nicht so lange auf dich warten. Mit jeder Sekunde riskiere ich mein Leben und das der Herren hier dazu.«
Plötzlich entstand ein Durcheinander, man hörte das Geräusch von Schlägen und heraus stürzte Abraham Gray. Er hatte eine Wunde auf seiner Backe und rannte zum Kapitän wie ein Hund, dem gepfiffen wird.
»Ich gehe mit Euch, Käpt'n«, sagte er.
Im nächsten Augenblick sprang er mit dem Kapitän zu uns ins Boot, wir stießen ab und fuhren los.
Vom Schiff waren wir glücklich losgekommen, aber wir waren noch nicht an Land und in unserem Blockhaus.

Der Doktor fährt in seiner Erzählung fort:

Die letzte Fahrt der Jolle

Diese fünfte Fahrt verlief ganz anders als die vorherigen. Zunächst war die Nussschale von einem Boot, in dem wir saßen, entschieden überladen. Fünf erwachsene Männer – davon drei, nämlich Trelawney, Redruth und der Kapitän, über sechs Fuß groß –, das war mehr, als man dem Boot zumuten konnte. Dazu kamen das Schießpulver, das Fleisch und die Brotsäcke. Das Boot lag so tief, dass der hintere Bootsrand vom Wasser überspült wurde.

Zweitens hatte nun die Ebbe eingesetzt und eine starke Strömung lief westwärts durch die Bucht und dann nach Süden zur Durchfahrt in das offene Meer, durch die wir am Morgen hereingekommen waren. Sogar die kleinen Wellen, die dadurch entstanden, waren für unser überladenes Boot gefährlich. Aber das Schlimmste war, dass wir von unserem richtigen Kurs abgetrieben wurden und uns von dem eigentlichen Landeplatz hinter der Landzunge entfernten. Wenn wir mit der Strömung fuhren, dann mussten wir bei den beiden Booten ans Ufer gelangen, wo die Piraten jeden Augenblick auftauchen konnten.

»Ich kann den Kurs auf das Blockhaus nicht einhalten«, sagte ich zu dem Kapitän. Ich saß am Steuer, während er und Redruth, die beide ausgeruht waren, die Ruder bedienten. »Die Strömung treibt unser Boot ab. Könnt ihr nicht etwas kräftiger rudern?«

»Dann schlägt das Boot voll Wasser«, gab er zurück. »Ihr müsst dagegen halten, wenn es möglich ist – dagegenhalten, bis Ihr spürt, dass es gelingt.«

Ich versuchte es und stellte dabei fest, dass uns die Strömung nach Westen trieb, wenn ich das Boot nicht genau nach Osten oder genau im rechten Winkel zu der Richtung hielt, die wir nehmen wollten.

»Mit diesem Kurs kommen wir nie an Land«, sagte ich.

»Wenn es der einzige Kurs ist, den wir halten können, dann müssen wir ihn eben nehmen«, erwiderte der Kapitän. »Wir müssen gegen die Strömung steuern. Ihr müsst wissen«, fuhr er fort, »wenn wir einmal leewärts vom Landeplatz abgetrieben sind, dann ist es schwer zu sagen, wo wir ans Ufer kommen, ganz abgesehen davon, dass die beiden Boote uns angreifen können. Doch auf dem Kurs, den wir halten, muss die Strömung einmal nachlassen; dann können wir an der Küste entlang zurücksteuern.«

Plötzlich begann der Kapitän wieder zu sprechen und ich hatte den Eindruck, dass seine Stimme ein wenig verändert klang.

»Die Kanone!«, sagte er.

Wir hatten den langen Neunpfünder völlig vergessen. Zu unserem Schrecken waren nun die fünf Halunken eifrig damit beschäftigt, ihm die Jacke auszuziehen, wie sie die schwere Segeltuchdecke nannten, die ihn während der Fahrt verhüllte.

»Israel war Flints Geschützmeister«, sagte Gray mit heiserer Stimme.

Ich konnte sehen und hören, wie Israel Hands, der Schurke mit seinem Schnapsgesicht, eine Kanonenkugel auf das Deck plumpsen ließ.
»Wer ist der beste Schütze?«, fragte der Kapitän.
»Baron Trelawney, ohne jeden Zweifel«, erwiderte ich.
»Baron Trelawney, wollt Ihr bitte so freundlich sein und mir einen dieser Männer dort abknallen? Am besten Hands, wenn es möglich ist«, sagte der Kapitän.
Trelawney war kalt wie Stahl. Er kontrollierte das Schloss seines Gewehres.
»Aufgepasst!«, rief der Kapitän.
Der Baron erhob seine Büchse, wir hörten auf zu rudern und lehnten uns über die andere Seite, um das Gleichgewicht zu halten. Alles klappte so gut, dass wir nicht einen Tropfen Wasser ins Boot bekamen.
Sie hatten jetzt die Kanone auf der Lafette gedreht und Hands, der mit dem Ladestock an der Rohrmündung arbeitete, bot das beste Ziel. Doch wir hatten kein Glück; denn gerade als Trelawney schoss, bückte sich Hands, die Kugel pfiff über ihn hinweg und es war einer der anderen vier, der zu Boden stürzte.
Der Schrei, den er ausstieß, wurde nicht nur von seinen Gefährten an Bord, sondern auch von vielen Stimmen am Ufer wiederholt. Als ich in diese Richtung blickte, sah ich die anderen Piraten unter den Bäumen hervorstürmen und auf ihre Plätze in den Booten eilen.
»Da kommen die Boote«, sagte ich.
»Dann schnell vorwärts«, schrie der Kapitän. »Jetzt dürfen wir uns nicht mehr darum kümmern, ob wir Wasser ins Boot bekommen. Wenn wir das Ufer nicht erreichen, ist alles verloren!«

»Nur eines der Boote ist bemannt«, fuhr ich fort. »Die Mannschaft des anderen wird wohl am Ufer entlanglaufen, um uns den Weg abzuschneiden.«
In der Zwischenzeit waren wir für ein so überladenes Boot ein gutes Stück vorangekommen. Trotzdem hatten wir nur wenig Wasser im Boot. Die einzige wirkliche Gefahr war das Geschütz.
»Ich würde es wagen«, sagte der Kapitän, »und anhalten, um noch einen Mann unschädlich zu machen.«
Aber es war klar, dass sie der Meinung waren, es gebe nichts, was sie hindern könnte ihren Schuss abzufeuern. Sie hatten sich nicht einmal nach ihrem gefallenen Kameraden umgedreht, obwohl er nicht tot war. Ich konnte sehen, wie er versuchte fortzukriechen.
»Fertig!«, schrie der Baron.
»Festhalten!«, schrie der Kapitän so schnell wie ein Echo.
Mit aller Macht legten er und Redruth sich nach hinten, sodass das Heck des Bootes buchstäblich unter Wasser gedrückt wurde. Im selben Moment krachte der Schuss. Dies war der erste, den Jim gehört hatte, denn der Schall vom Gewehrschuss des Barons hatte ihn nicht erreicht. Wo die Kugel einschlug, konnte keiner von uns mit Sicherheit sagen. Ich nehme an, sie flog über unsere Köpfe und ihr Luftdruck trug noch zu unserem Unglück bei.
Jedenfalls sank das Boot ganz langsam mit dem Heck voran drei Fuß in die Tiefe. Der Kapitän und ich hatten einander gegenübergesessen und blieben nun auf unseren Füßen stehen. Die anderen drei fielen der Länge nach ins Wasser und kamen nass und prustend wieder nach oben.
So weit war das Unglück nicht groß. Wir waren alle noch am

Leben und wir konnten sicher ans Ufer waten. Aber alle unsere Vorräte lagen auf dem Grund der Bucht, und was die Sache noch verschlimmerte, es waren nur noch zwei von unseren fünf Gewehren schussbereit geblieben. Meines hatte ich instinktiv von den Knien genommen und über meinen Kopf gehalten. Der Kapitän hatte sein Gewehr an einem Riemen über die Schulter getragen, natürlich, wie es ein kluger Mann macht, mit dem Schloss nach oben. Die anderen drei Musketen waren mit dem Boot gesunken.

Unsere Bestürzung wuchs, als wir aus dem Wald entlang dem Ufer Stimmen hörten, die immer näher kamen. Es bestand für uns nicht nur die Gefahr, in unserem jämmerlichen Zustand vom Blockhaus abgeschnitten zu werden, wir mussten auch fürchten, dass Hunter und Joyce, von einem halben Dutzend der Piraten angegriffen, kaum den Mut und die Standhaftigkeit aufbrachten, um sich entsprechend zur Wehr zu setzen. Hunter war zuverlässig, das wussten wir. Aber Joyce war ein schwieriger Fall – ein höflicher und angenehmer Mann als Diener und um die Kleider auszubürsten, aber nicht gerade ein geübter Kämpfer.

Mit all diesen Gedanken im Kopf wateten wir, so schnell wir konnten, ans Ufer und ließen die arme Jolle und gut die Hälfte des Pulvers und der Lebensmittel im Wasser zurück.

Der Doktor setzt die Erzählung fort:

Das Ende der Kämpfe des ersten Tages

Wir liefen, so schnell uns die Füße tragen wollten, quer durch den Streifen Wald, der uns noch vom Blockhaus trennte, und mit jedem Schritt näherten sich die Stimmen der Seeräuber. Bald konnten wir auch ihre schnellen Tritte hören und das Krachen der Zweige, wenn sie durch das Dickicht brachen.
Ich sah ein, dass es bald zu einem ernsten Kampf kommen musste, und kontrollierte das Zündschloss an meinem Gewehr.
»Kapitän«, sagte ich, »Baron Trelawney ist ein Scharfschütze. Gebt ihm Euer Gewehr, denn sein eigenes ist unbrauchbar.«
Sie tauschten ihre Gewehre aus und Trelawney, schweigend und ruhig, wie er es seit Beginn der Schwierigkeiten gewesen war, blieb einen Augenblick stehen, um sich davon zu überzeugen, ob das Gewehr schussbereit war.
Vierzig Schritte weiter gelangten wir an den Rand des Waldes und sahen das Blockhaus vor uns liegen. Wir näherten uns der Umzäunung etwa in der Mitte der Südseite und fast gleichzeitig erschienen laut schreiend sieben Piraten – an ihrer Spitze Job Anderson, der Bootsmann – an der Südwestecke der Palisaden.

Sie blieben völlig überrascht stehen, und noch ehe sie sich von ihrem Schrecken erholt hatten, fanden nicht nur der Baron und ich, sondern auch Hunter und Joyce im Blockhaus Zeit zum Schießen. Die vier Schüsse krachten zwar nur einer nach dem andern, aber sie blieben nicht ohne Wirkung. Einer der Gegner stürzte sofort zu Boden und die übrigen machten ohne Zögern kehrt und flüchteten zurück in den Wald.
Wir luden unsere Gewehre wieder und gingen den Palisaden entlang zu dem gefallenen Feind. Er war mausetot – die Kugel hatte ihn ins Herz getroffen.
Wir begannen uns über den Erfolg zu freuen, da knallte eine Pistole im Gebüsch, eine Kugel pfiff nahe an meinem Ohr vorbei und der arme Tom Redruth wankte und fiel der Länge nach zu Boden. Wir beide, der Baron und ich, erwiderten den Schuss, aber es gab nichts, wonach wir zielen konnten, und wahrscheinlich verschwendeten wir nur unser Pulver. Dann luden wir wieder und wandten unsere Aufmerksamkeit dem armen Tom zu.
Der Kapitän und Gray untersuchten ihn bereits und schon ein flüchtiger Blick genügte mir, um zu sehen, dass es mit ihm zu Ende war.
Ich glaube, dass die Schnelligkeit, mit der wir die Schüsse erwiderten, die Meuterer wieder verscheucht hatte, denn wir konnten ohne weitere Belästigung den armen alten Wildhüter über die Palisaden heben. Er stöhnte und blutete und wir trugen ihn ins Blockhaus.
Der arme alte Bursche! Er hatte nicht ein Wort der Überraschung, der Klage oder Furcht oder auch nur der Zustimmung geäußert vom Beginn unserer Schwierigkeiten an bis zu dem Augenblick, da wir ihn im Blockhaus zum Sterben niederleg-

ten. Jeden Befehl hatte er schweigend, unverdrossen und ordentlich ausgeführt; er war bei weitem der Älteste in unserer Gruppe und nun musste gerade er, dieser mürrische alte treue Diener sterben.
Der Baron ließ sich neben ihm auf seine Knie nieder, küsste seine Hand und weinte wie ein Kind.
»Muss ich gehen, Doktor?«, fragte Tom Redruth.
»Tom, alter Bursche«, erwiderte ich. »Ihr werdet heimgehen.«
»Ich wollte, ich hätte ihnen vorher noch eins mit meinem Gewehr versetzen können«, gab er zur Antwort.
»Tom«, rief der Baron, »sag, dass du mir verzeihst!«
»Würde sich das schicken, Herr Baron, wenn ich Euch verzeihe?«, antwortete er. »Aber wie dem auch sei, ich vergebe Euch, amen!«
Nach einer kleinen Weile des Schweigens bat er, es möchte ihm jemand ein Gebet vorlesen. »Das ist so üblich, Herr«, fügte er entschuldigend hinzu. Und bald danach, ohne ein weiteres Wort, verschied er.
Inzwischen hatte der Kapitän, der, wie ich beobachtet hatte, um Brust und Taschen unförmlich dick aussah, eine Menge der verschiedensten Dinge zum Vorschein gebracht: die britische Flagge, eine Bibel, eine Rolle starken Bindfaden, Feder, Tinte, das Logbuch und einige Pfund Tabak. Innerhalb der Umzäunung hatte er einen schlanken Fichtenstamm gefunden, der gefällt und von allen Zweigen befreit war. Mit Hunters Hilfe hatte er ihn an der Ecke des Blockhauses, wo sich die Stämme kreuzten und ein Dreieck bildeten, aufgestellt.
Dann war er auf das Dach geklettert und hatte mit eigener Hand die Fahne gehisst.
Dies schien ihn sehr zu befriedigen. Er kam wieder ins Block-

haus und begann die Vorräte zu zählen, als ob es nichts anderes zu tun gebe. Aber Toms Hinscheiden war ihm trotzdem sehr nahe gegangen. Als alles vorbei war, trat er mit einer zweiten Fahne heran und breitete sie voll Ehrfurcht über den Toten. Dann nahm er mich auf die Seite.

»Doktor Livesey«, sagte er, »in wie vielen Wochen erwartet Ihr und der Baron das Schiff, das uns folgen sollte?«

Ich sagte ihm, das sei keine Frage von Wochen, sondern von Monaten. Blandly sollte nach uns suchen lassen, wenn wir nicht bis Ende August zurückkehrten, aber nicht früher und nicht später. »Ihr könnt es Euch selbst ausrechnen«, fügte ich hinzu.

In diesem Augenblick flog eine Kanonenkugel brüllend und pfeifend hoch über das Dach des Blockhauses hinweg und schlug weit entfernt von uns in den Wald ein.

»Oho!«, rief der Kapitän. »Knallt nur so weiter! Ihr habt sowieso schon recht wenig Pulver, ihr Burschen!«

Beim zweiten Versuch hatten sie schon besser gezielt. Die Kugel schlug innerhalb der Palisaden ein, wirbelte eine Sandwolke in die Luft, richtete aber keinen Schaden an.

»Kapitän«, sagte der Baron, »das Blockhaus kann vom Schiff aus nicht gesehen werden. Es ist die Fahne, auf die sie zielen. Wäre es nicht schlauer, sie herunterzunehmen?«

»Die Flagge streichen?«, rief der Kapitän. »Nein, das werde ich nicht tun!« Und da er es ausgesprochen hatte, stimmten wir alle, glaube ich, ihm zu. Denn es war nicht nur der Ausdruck eines tapferen und echten seemännischen Gefühls, sondern es war auch politisch richtig: Es zeigte unseren Feinden, dass wir ihre Kanonade verachteten.

Der Kapitän setzte sich hin und schrieb in sein Logbuch. Der

Anfang seiner Eintragung hatte folgenden Wortlaut: »*Alexander Smollett, Kapitän; David Livesey, Schiffsarzt; Abraham Gray, Zimmermannsmaat; John Trelawney, Schiffseigner; John Hunter und Richard Joyce, Diener des Schiffsherrn und Landratten – das ist alles, was von der Besatzung des Schiffes treu geblieben ist. Wir kamen heute an Land und hissten auf dem Blockhaus der Schatzinsel die britische Flagge. Unsere Vorräte reichen zehn Tage bei kleinen Rationen. Thomas Redruth, Diener des Schiffsherrn, Landratte, wurde von den Meuterern erschossen. James Hawkins, Schiffsjunge –*«

Zur selben Zeit dachte auch ich über das Schicksal des armen Jim Hawkins nach.

Da ertönte ein Ruf von der Landseite her.

»Es ruft uns jemand«, sagte Hunter, der die Wache hatte.

»Doktor! Baron! Kapitän! Hallo, Hunter! Seid Ihr das?«, hörten wir es rufen.

Und ich kam gerade noch rechtzeitig aus der Tür, um zu sehen, wie Jim Hawkins gesund und munter über die Palisaden kletterte.

Jim Hawkins nimmt die Erzählung wieder auf:

Die Besatzung im Blockhaus

Sobald Ben Gunn die Fahne sah, blieb er stehen, ergriff mich beim Arm und setzte sich nieder.

»Auf jeden Fall«, sagte er, »sind deine Freunde schon da.«

»Es ist viel wahrscheinlicher, dass es die Meuterer sind«, antwortete ich.

»Das?«, rief er. »Nein, an einem Ort wie diesem, wo nur Glücksritter hinkommen, würde Silver bestimmt die Piratenflagge hissen, das wirst du nicht bezweifeln.«

»Gut«, sagte ich, »umso mehr Glück für mich zu laufen und mich meinen Freunden anzuschließen.«

»Nein, mein Freund«, erwiderte Ben, »das wirst du nicht tun. Du bist ein guter Junge oder ich müsste mich sehr täuschen. Aber du bist eben nur ein Junge, alles in allem. Nun, Ben Gunn ist nicht dumm. Nicht einmal Rum könnte mich dorthin bringen, wohin du gehst – nicht einmal Rum, bis ich deinen echten Gentleman gesehen und sein Ehrenwort erhalten habe.

Und wenn Ben Gunn gebraucht wird, dann weißt du, Jim, wo er zu finden ist. Nämlich genau dort, wo du ihn heute gefunden hast. Und der, der zu mir kommt, muss so ein weißes Ding in der Hand halten und er muss allein kommen. Ja, und du wirst zu ihm sagen: ›Ben Gunn‹, wirst du sagen, ›Ben Gunn hat seine besonderen Gründe dafür.‹«

»Gut«, sagte ich, »ich glaube, ich verstehe Euch. Ihr habt einiges vorzuschlagen und wollt mit dem Baron oder dem Doktor sprechen; Ihr seid dort zu treffen, wo ich Euch gefunden habe. Ist das alles?«

»Du wirst es nicht vergessen?«, fragte er ängstlich. »Sehr viel Vertrauen und seine besonderen Gründe, sagst du. Seine besonderen Gründe, das ist die Hauptsache, so von Mann zu Mann. Also gut« – dabei hielt er mich noch immer fest – »ich schätze, du kannst gehen, Jim. Und wenn du Silver treffen solltest, Jim, dann wirst du doch nicht Ben Gunn verraten? Nicht einmal wilde Pferde würden es aus dir herausbringen, oder? Nein, sagst du. Und wenn die Piraten an Land lagern, Jim, was würdest du dazu sagen, wenn es am Morgen einige Witwen gäbe?«

Hier wurde er durch einen lauten Knall unterbrochen und eine Kanonenkugel flog krachend durch die Bäume und bohrte sich keine hundert Schritte von dem Platz entfernt, wo wir standen und miteinander redeten, in den Sand. Im nächsten Augenblick waren wir beide nach verschiedenen Richtungen davongerannt. Schließlich glaubte ich zum Blockhaus zurückkehren zu können und wurde bald von den treuen Männern freundlich empfangen.

Ich hatte meine Geschichte schnell erzählt und begann mich umzuschauen. Das Dach, die Wände und der Boden des Blockhauses waren aus rohen Fichtenstämmen zusammengezimmert. Der Boden lag an mehreren Stellen einen bis eineinhalb Fuß über der Sandfläche. An der Tür befand sich ein kleiner

Vorbau und darunter floss die kleine Quelle in ein ziemlich eigenartiges künstliches Becken – es war nichts anderes als ein großer eiserner Schiffskessel, dessen Boden man ausgeschlagen hatte und der, wie der Kapitän sich ausdrückte, »bis zur Lademarke« in den Sandboden eingegraben war.

Außer den Holzwänden war von dem Haus wenig übrig geblieben. Nur in einer Ecke lagen einige Steinplatten, die einen Herd darstellten, und darauf ein alter rostiger Korb aus Eisen für das Feuer.

Der kühle Abendwind, von dem ich gesprochen habe, pfiff durch jede Ritze des rohen Bauwerks und bedeckte den Boden mit einem unaufhörlichen feinen Sandregen. Der Sand lag in unseren Augen, gelangte zwischen die Zähne, befand sich in unserem Essen und tanzte in der Quelle am Boden des Kessels wie Hafergrütze, die zu kochen beginnt. Unser Schornstein war ein viereckiges Loch im Dach und nur ein Teil des Rauches fand da seinen Weg hinaus, der Rest wirbelte im Haus herum und war der Grund dafür, dass wir ständig husten mussten und uns die Augen tränten.

Wenn man uns erlaubt hätte untätig herumzusitzen, wären wir alle trübsinnig geworden. Aber Kapitän Smollett war nicht der Mann dafür. Er rief alle Männer zusammen und teilte die Wachen ein. Der Doktor, Gray und ich bildeten die eine, der Baron, Hunter und Joyce die andere.

Müde waren wir alle; trotzdem wurden zwei ausgeschickt, um Feuerholz zu sammeln, zwei andere mussten für Redruth ein Grab ausheben. Der Doktor wurde zum Koch ernannt und ich musste vor der Tür Posten stehen. Der Kapitän selbst ging von einem zum andern, munterte uns auf und fasste mit an, wo es nötig war.

Von Zeit zu Zeit kam der Doktor an die Tür, um ein wenig Luft zu schöpfen und seine Augen auszuruhen, die ihm beinahe aus dem Kopf geräuchert wurden. Jedes Mal sprach er dabei einige Worte mit mir.

»Dieser Smollett«, sagte er einmal, »ist ein besserer Mann als ich. Und das will etwas heißen, Jim, wenn ich das sage.«

Vor dem Abendessen begruben wir den alten Tom im Sand. Barhäuptig standen wir eine Weile im Wind um sein Grab herum. Eine ziemliche Menge Feuerholz war gesammelt worden, aber dem Kapitän war es nicht genug. Er betrachtete es und schüttelte den Kopf. Dann sagte er, dass wir uns morgen »etwas mehr dranhalten müssten«. Dann aßen wir unser Fleisch und jeder bekam ein Glas steifen Grog aus Branntwein. Danach setzten sich die drei Anführer in einer Ecke zusammen und besprachen unsere Aussichten.

Es schien, als wären sie am Ende ihrer Weisheit angekommen, denn unsere Vorräte waren so gering, dass uns der Hunger zur Übergabe zwingen würde, lange bevor Hilfe kommen konnte. Man kam zu dem Schluss, dass unsere größte Hoffnung darin lag, möglichst viele der Seeräuber abzuschießen, bis sie entweder ihre Flagge streichen würden oder mit der *Hispaniola* davonsegelten. Aus neunzehn waren bereits fünfzehn geworden, zwei weitere waren verwundet und mindestens einer – der Mann, der an der Kanone getroffen worden war – schwer verletzt, wenn nicht schon gestorben. Jede Gelegenheit zu einem Schuss mussten wir also nutzen, dabei aber unser Leben mit größter Vorsicht schonen. Außerdem standen uns noch zwei tüchtige Bundesgenossen zur Seite: der Rum und das ungesunde Klima.

Was den ersteren anlangte, so konnten wir die Piraten brüllen und singen hören bis spät in die Nacht, obwohl wir etwa eine halbe Meile von ihnen entfernt waren. Zum zweiten aber wettete der Doktor seine Perücke, dass die Hälfte von ihnen binnen einer Woche auf dem Rücken liegen werde, da sie ihr Lager in der sumpfigen Gegend aufgeschlagen hatten und ohne alle Arzneimittel waren.

Ich war todmüde, das kann man sich vorstellen. Als ich endlich einschlief, nachdem ich mich noch lange unruhig hin und her gewälzt hatte, schlief ich wie ein Stück Holz.

Ich erwachte durch ein Geräusch und den Klang von Stimmen. Die anderen waren längst auf, hatten bereits gefrühstückt und den Stoß Brennholz etwa um die Hälfte vergrößert.

»Parlamentärflagge!«, hörte ich jemanden sagen. Dann, sofort danach, vernahm ich den überraschten Ruf: »Silver selbst!«

Bei diesen Worten sprang ich hoch, rieb mir die Augen und lief zu einer Schießscharte in der Wand.

Silvers Botschaft

Tatsächlich standen zwei Männer draußen vor den Palisaden, einer von ihnen schwenkte ein weißes Tuch und der andere – es war kein Geringerer als Silver höchstpersönlich – stand gelassen daneben.

Es war noch sehr früh und der kälteste Morgen, den ich auf unserer Reise erlebt habe. Die Kälte ging mir durch Mark und Bein. Der Himmel war klar und wolkenlos und die Gipfel der Bäume lagen in einem rosigen Licht. Aber wo Silver mit seinem Begleiter stand, lag alles noch im Schatten und sie wateten bis zu den Knien in einem weißen Dunst, der während der Nacht aus dem Sumpf gekrochen war. Kälte und Nebel, beide erzählten eine erbärmliche Geschichte dieser Insel. Es war wirklich ein feuchter, fiebriger und ungesunder Ort.

»Bleibt drinnen, Männer«, sagte der Kapitän. »Zehn zu eins, dass dies ein Trick ist.«

Dann rief er den Seeräuber an.

»Wer da? Bleibt stehen oder wir schießen!«

»Parlamentärflagge!«, schrie Silver.

Der Kapitän stand unter der Tür und hielt sich sorgfältig aus dem Bereich eines heimtückischen Schusses, falls ein solcher abgegeben werden sollte. Er wandte sich um und sprach zu uns: »Die Wache des Doktors auf Posten! Doktor Livesey, Ihr nehmt die Nordseite, wenn es Euch recht ist; Jim die Ostseite und Gray den Westen! Die Freiwache, alle Mann Musketen laden! Schnell, Männer, und seid vorsichtig!«

Dann wandte er sich wieder den Meuterern zu.

»Was wollt ihr mit eurer Parlamentärflagge?«, rief er.

Diesmal antwortete der andere Mann.

»Käpt'n Silver möchte an Bord kommen und Vorschläge machen«, schrie er herüber.

»Kapitän Silver! Den kenne ich nicht. Wer ist das?«, schrie der Kapitän zurück und wir hörten ihn leise zu sich sagen: »Käpt'n ist er jetzt? Meine Güte, das nenne ich eine schnelle Beförderung.«

Der lange John antwortete selbst.

»Ich bin es. Diese armen Kerle haben mich zum Kapitän gewählt, Herr, nachdem Ihr desertiert seid« – und er betonte das Wort »desertiert« ganz besonders. »Wir wollen uns unterwerfen, wenn wir uns einig werden können, und auch nichts nachtragen. Alles, was ich will, ist Euer Wort, Käpt'n Smollett, dass Ihr mich gesund aus diesen Palisaden wieder herauslasst und mir eine Minute Frist gewährt, um außer Schussweite zu kommen, ehe ein Gewehr abgefeuert wird.«

»Mann«, erwiderte Kapitän Smollett, »ich habe nicht die geringste Lust mit Euch zu sprechen. Wenn Ihr mit mir sprechen wollt, könnt Ihr kommen, das ist alles. Wenn ein Verrat geplant ist, dann nur von Eurer Seite und in diesem Falle gnade Euch Gott!«

»Das genügt, Käpt'n«, brüllte der lange John erfreut. »Ein

Wort von Euch genügt mir. Ich weiß, dass Ihr ein Ehrenmann seid, darauf könnt Ihr Euch verlassen.«

Wir konnten sehen, dass der Mann mit der Parlamentärflagge versuchte Silver zurückzuhalten. Das war kein Wunder nach der hochmütigen Antwort des Kapitäns. Aber Silver lachte ihn aus, klopfte ihm auf die Schulter, als wäre der Gedanke an eine Gefahr völlig abwegig, hob sein Bein in die Höhe und kletterte mit außerordentlicher Kraft und Geschicklichkeit über den Zaun. Wohlbehalten landete er auf unserer Seite.

Ich muss gestehen, dass ich von dem, was vorging, viel zu sehr gefesselt war, um als Wache von irgendeinem Nutzen zu sein. In der Tat hatte ich schon meine Schießscharte auf der Ostseite verlassen und war hinter den Kapitän gekrochen, der sich nun auf die Schwelle gesetzt hatte, die Ellbogen auf den Knien und den Kopf in die Hände gestützt. Er blickte auf das Wasser der Quelle, das aus dem alten Eisenkessel sprudelte und in den Sand lief. Leise pfiff er die Melodie eines Volksliedes vor sich hin.

Für Silver war es eine furchtbare Arbeit, den Hügel heraufzusteigen. Gegen den steilen Abhang, die dicken Baumstümpfe und den weichen Sand waren er und seine Krücke hilflos wie ein Schiff in einer Flaute. Aber schweigend überwand er diese Schwierigkeiten und stand schließlich vor dem Kapitän, den er überaus höflich grüßte. Er hatte seine besten Kleider angezogen. Ein riesiger, mit Messingknöpfen beladener blauer Rock reichte ihm fast bis zu den Knien und nach hinten auf seinem Kopf saß ein Hut mit schönen Tressen.

»Da seid Ihr also, Mann«, sagte der Kapitän und hob den Kopf. »Ihr könnt Euch setzen.«

»Gut, gut, Käpt'n«, antwortete der Schiffskoch und setzte sich wie befohlen in den Sand. »Ihr werdet mir nachher wieder in die Höhe helfen müssen, das ist alles. Ihr habt ein ganz behagliches Plätzchen hier. Ah, da ist ja auch Jim! Einen schönen guten Morgen wünsche ich dir, Jim! Doktor, Euer gehorsamer Diener! So seid ihr also alle beisammen wie eine glückliche Familie, wenn man so sagen darf.«

»Wenn Ihr etwas zu sagen habt, Mann, dann sagt es besser gleich«, versetzte der Kapitän.

»Ganz richtig, Käpt'n Smollett«, antwortete Silver. »Dienst ist Dienst, das ist sicher. Nun gut, seht, in der letzten Nacht, das habt Ihr geschickt angefangen. Ich will es nicht abstreiten, es war ein gelungener Überfall. Einige von Euch verstehen mit einer Handspeiche ganz schön umzugehen. Und ich will auch nicht ableugnen, dass einige von meinen Leuten erschrocken waren – vielleicht waren sie alle erschrocken, ja vielleicht war sogar ich selbst erschrocken. Vielleicht ist auch das der Grund dafür, dass ich jetzt hier bin, um zu verhandeln. Aber ich gebe Euch mein Wort, Käpt'n, ein zweites Mal wird es nicht mehr gelingen, zum Donnerwetter! Wir werden Wachen aufstellen und auch mit dem Rum etwas vorsichtiger sein. Vielleicht denkt Ihr, dass wir alle stockvoll besoffen waren. Aber ich sage Euch, dass ich vollständig nüchtern war; ich war nur hundemüde. Und wenn ich nur eine Sekunde früher aufgewacht wäre, dann hätte ich Euch dabei erwischt, in der Tat. Er war noch nicht tot, als ich zu ihm kam, noch nicht.«

»Und jetzt?«, sagte Kapitän Smollett möglichst kühl.

Was Silver erzählte, war für ihn ein Rätsel, doch aus seiner Stimme konnte man das nicht entnehmen. Ich aber begann etwas zu ahnen. Ich erinnerte mich an die letzten Worte von Ben Gunn. Ich nahm an, dass er den Seeräubern einen Besuch abgestattet hatte, während diese alle betrunken um ihr Feuer lagen, und ich rechnete mir dabei aus, dass wir es nur noch mit vierzehn Gegnern zu tun hatten.

»Nun, es ist also so«, sagte Silver. »Wir wollen diesen Schatz und wir werden ihn auch bekommen – das ist für uns die Hauptsache. Ihr wollt möglichst bald Euer Leben in Sicherheit bringen, schätze ich, und das ist für Euch die Hauptsache. Ihr habt eine Karte oder nicht?«

»Das kann sein«, erwiderte der Kapitän.

»Oh ja, Ihr habt sie, ich weiß es«, gab der lange John zurück. »Ihr braucht mit einem Mann wie mir nicht so rau umzugehen, das hilft Euch keinen Schritt weiter, darauf könnt Ihr Euch verlassen. Was ich sagen will, ist dies: Wir wollen die Karte. Nun, ich selbst wollte Euch allen nie irgendetwas Böses tun.«

»Das zieht bei mir nicht, Mann«, unterbrach ihn der Kapitän. »Wir wissen genau, was ihr wolltet, aber wir kümmern uns nicht darum. Ihr seht doch nun selbst, dass es Euch nicht gelingen wird.«

Dabei schaute ihn der Kapitän ruhig an und begann sich eine Pfeife zu stopfen.

»Wenn Abe Gray –«, brauste Silver auf.

»Genug jetzt!«, rief Kapitän Smollett. »Gray hat mir nichts erzählt und ich habe ihn nichts gefragt. Am liebsten wäre es mir, ihn und Euch und die ganze Insel in die Luft zu sprengen. So, das ist meine Meinung in dieser Sache!«

Dieser kleine, aber temperamentvolle Ausbruch schien Silver etwas abzukühlen. Er wollte vorher schon ausfällig werden, aber nun nahm er sich wieder zusammen.

»Schön und gut«, sagte er. »Ich kann den Herren keine Vorschriften machen darüber, was sie zu tun oder zu lassen haben, so wie die Dinge liegen. Aber ich sehe, Käpt'n, dass Ihr Euch eine Pfeife genehmigt, ich werde also so frei sein das Gleiche zu tun.«

Und er stopfte sich eine Pfeife und zündete sie an. Dann saßen die beiden Männer eine Weile schweigend und rauchend da. Bald schauten sie einander ins Gesicht, bald drückten sie den Tabak nach und zwischendurch beugten sie sich zur Seite, um auszuspucken. Es war ein Schauspiel besonderer Art, ihnen dabei zuzusehen.

»Nun«, fing Silver wieder an, »so steht also die Sache. Ihr gebt uns die Karte, damit wir an den Schatz kommen können, und hört auf arme Seeleute abzuknallen und ihnen im Schlaf die Köpfe einzuschlagen. Tut ihr das, dann lassen wir Euch die Wahl: Entweder Ihr kommt mit uns an Bord, wenn der Schatz einmal verladen ist, dann habt Ihr mein Ehrenwort, dass wir euch irgendwo sicher an Land setzen. Oder wenn Euch das nicht gefallen sollte, weil einige meiner Leute raue Burschen sind und Euch noch einiges heimzuzahlen haben, weil Ihr sie so geschliffen habt, dann könnt ihr auch hier bleiben, jawohl. Wir werden Mann für Mann unsere Vorräte mit Euch teilen und ich gebe Euch wie vorher mein Ehrenwort das erste Schiff, das wir sichten werden, anzurufen und hierher zu schicken, um Euch aufzunehmen. Nun seht ihr, dass das ein guter Vorschlag ist. Einen besseren könnte man Euch kaum machen, nicht wahr? Und ich hoffe« – dabei hob er seine Stimme – »dass alle Männer in diesem Blockhaus hier sich meine Worte überlegen werden, denn was ich zu dem einen gesprochen habe, das gilt für alle.«

Kapitän Smollett erhob sich von seinem Platz und klopfte die Asche aus seiner Pfeife in die linke Hand.

»Ist das alles?«, fragte er.
»Es ist unser allerletztes Wort, zum Donnerwetter!«, antwortete John. »Lehnt es ab und Ihr werdet nichts mehr von mir sehen als Gewehrkugeln.«
»Sehr gut«, sagte der Kapitän. »Nun hört mich an. Wenn Ihr hier heraufkommt, einer nach dem andern, unbewaffnet, so will ich mich verpflichten Euch alle in Eisen zu legen und nach Hause zu bringen vor ein anständiges Gericht in England. Wenn ihr das nicht wollt – mein Name ist Alexander Smollett, ich habe die Farben meines Königs gehisst und ich werde Euch alle zum Teufel jagen. Ihr könnt den Schatz nicht finden. Ihr könnt auch das Schiff nicht steuern – es ist kein Einziger unter Euch, der etwas von Navigation versteht. Ihr könnt auch nicht gegen uns kämpfen – Gray ganz allein ist fünfen von Euch Kerlen entkommen. Euer Schiff liegt fest, Meister Silver, und Ihr selbst befindet Euch an einer Leeküste, das werdet Ihr bald merken. Hier stehe ich und sage es Euch und es sind die letzten freundlichen Worte, die Ihr von mir hören werdet; denn, bei Gott, ich werde Euch eine Kugel nachjagen, sobald ich Euch das nächste Mal sehe. Mach dich los, Kerl! Scher dich fort von hier, und zwar plötzlich!«
Silvers Gesicht musste man gesehen haben. Seine Augen traten vor Wut aus ihren Höhlen. Er schüttelte die Glut aus seiner Pfeife.
»Helft mir auf!«, schrie er.
»Ich nicht«, erwiderte der Kapitän.
»Wer hilft mir aufstehen?«, brüllte er.
Keiner von uns bewegte sich. Mit den widerlichsten Verwünschungen auf den Lippen kroch er auf dem Sand hin und her, bis er den Vorbau zu fassen bekam und sich selbst auf seiner

Krücke wieder hochziehen konnte. Dann spuckte er auf den Boden.

»Da!«, schrie er. »Da seht, was ich von Euch halte! Ehe eine Stunde vergangen ist, werde ich Euer altes Blockhaus wie ein leeres Rumfass verheizen. Lacht nur, zum Teufel, lacht nur! Ehe eine Stunde herum ist, wird Euch das Lachen vergangen sein. Die dabei ins Gras beißen, werden noch am besten dran sein.«

Und mit einem schrecklichen Fluch humpelte er davon, stolperte durch den Sand hinab, gelangte nach vier oder fünf vergeblichen Versuchen mithilfe des Mannes mit der Parlamentärflagge über die Palisaden und verschwand einen Augenblick später unter den Bäumen.

Der Angriff

Sobald Silver verschwunden war, ging der Kapitän, der ihn genau beobachtet hatte, in das Innere des Hauses und fand, außer Gray, keinen Einzigen von uns auf seinem Posten.

»Auf die Stationen!«, brüllte er. Dann, als wir alle auf unsere Posten geschlichen waren, sagte er: »Gray, ich werde Euren Namen ins Logbuch eintragen, Ihr habt wie ein echter Seemann Eure Pflicht getan. Baron Trelawney, Euer Verhalten überrascht mich. Doktor, ich dachte, Ihr hättet einmal die Uniform des Königs getragen! Wenn Ihr so bei Fontenoy Eure Pflicht erfüllt habt, wärt Ihr besser in Eurer Koje geblieben!«

Die Männer von der Wache des Doktors standen wieder an ihren Schießscharten, die übrigen waren damit beschäftigt, die Reservegewehre zu laden, und jeder hatte, wie man sich denken kann, ein rotes Gesicht und ließ den Kopf hängen, wie man so sagt. Der Kapitän schaute uns eine Weile schweigend zu. Dann begann er zu sprechen.

»Freunde«, sagte er, »ich habe Silver eine Breitseite verabreicht. Mit Absicht habe ich ihn so in Fahrt gebracht, und ehe noch eine Stunde vergangen ist, werden sie uns, wie er gesagt hat, entern. Ich brauche euch nicht zu sagen, dass wir ihnen an Zahl unterlegen sind, aber wir kämpfen unter der Deckung dieses Hauses, und noch vor einer Minute hätte ich gesagt, wir kämpfen mit Disziplin. Ich habe nicht den geringsten Zweifel, dass wir sie schlagen können, wenn ihr nur wollt.«

Dann machte er die Runde und schaute, ob alles klar war, wie er sich ausdrückte.

Auf den beiden Schmalseiten des Hauses, nach Osten und Westen, gab es nur zwei Schießscharten; auf der Südseite, wo der Vorbau sich befand, waren noch einmal zwei und auf der Nordseite fünf. Für uns sieben waren etwa zwanzig Gewehre vorhanden. Das Brennholz war zu vier Stapeln geschichtet – Tische hätte man sie fast nennen können –, und zwar einer in der Mitte jeder Seite. Auf jedem dieser Tische lagen Munition und vier geladene Gewehre griffbereit für die Verteidiger. Dazwischen lagen in einer Reihe die Entermesser.

»Doktor, Ihr übernehmt die Tür«, befahl der Kapitän. »Haltet die Augen offen und Euch selbst geschützt. Bleibt drinnen und feuert durch den Vorbau. Hunter, Ihr übernehmt hier die Ostseite und Ihr, Joyce, bleibt auf der Westseite. Baron Trelawney, Ihr seid der beste Schütze – Ihr und Gray werdet dicse lange Nordseite mit den fünf Schießscharten übernehmen; dort besteht die größte Gefahr. Wenn sie da herankommen und durch unsere eigenen Schießscharten auf uns schießen werden, dann sieht es schlecht aus für uns. Hawkins, weder du noch ich verstehen viel vom Schießen; wir werden also laden, und wo es nötig ist, zur Hand gehen.«

Die Kälte war vorbei. Sobald die Sonne über den Baumgürtel emporgestiegen war, brannte sie mit aller Macht auf die Lichtung und sog im Nu den Nebel auf. Bald glühte der Sand und das Harz in den Stämmen des Blockhauses begann zu schmelzen. Jacken und Röcke wurden ausgezogen, die Hemden am Hals geöffnet und die Ärmel bis zu den Schultern hochgekrempelt. So standen wir da, jeder auf seinem Posten, in fieberhafter Hitze und Erwartung. Eine Stunde verging.

»Mit Verlaub, Käpt'n«, fragte Joyce, »wenn ich einen sehe, soll ich doch feuern?«

»Das habe ich Euch gesagt«, antwortete der Kapitän.

So vergingen einige Sekunden, bis Joyce plötzlich sein Gewehr hob und feuerte. Der Knall war kaum verhallt, als er von draußen mit einer knatternden Salve wiederholt wurde. Es fiel Schuss um Schuss, einer nach dem andern wie im Gänsemarsch, von allen Seiten der Umzäunung. Mehrere Kugeln trafen das Blockhaus, aber keine fand hinein. Als sich der Pulverdampf wieder verzogen hatte, lagen die Palisaden und der Wald ringsum ebenso still und verlassen da wie vorher. Kein Zweig bewegte sich, kein Blinken eines Gewehrlaufs verriet uns die Nähe der Feinde.

»Habt Ihr den Mann getroffen?«, fragte der Kapitän.

»Nein«, erwiderte Joyce, »ich glaube nicht, Käpt'n.«

»Es ist noch immer das Beste, die Wahrheit zu sagen«, murmelte Kapitän Smollett. »Lade sein Gewehr, Hawkins!« Aus dem Norden waren viele Schüsse gekommen, sieben schätzte der Baron, acht oder neun zählte Gray. Im Osten und auf der Westseite war nur je ein Schuss abgefeuert worden. Also war es klar, dass der Angriff auf der Nordseite erfolgen würde und dass wir auf den anderen drei Seiten nur durch einige Feindseligkeiten abgelenkt werden sollten. Aber Kapitän Smollett veränderte seine Einteilung nicht. Wenn es den Meuterern gelingen sollte, die Palisaden zu überklettern, so schloss er,

dann würden sie jede ungeschützte Schießscharte besetzen und uns in unserer eigenen Festung wie Ratten abknallen.
Aber es blieb uns nicht viel Zeit zum Überlegen. Plötzlich sprang eine kleine Gruppe der Piraten mit lautem Hurra aus dem Wald auf der Nordseite und rannte auf die Palisaden zu. Im selben Augenblick wurde unter den Bäumen das Feuer wieder eröffnet, eine Gewehrkugel pfiff durch die Tür und zersplitterte die Muskete des Doktors.
Wie Affen kletterten die Angreifer über den Zaun. Der Baron und Gray schossen wieder und wieder.
Zwei hatten ins Gras gebissen, einer war geflohen und vieren war es gelungen, innerhalb unserer Verteidigungsanlage Fuß zu fassen. Unterdessen lieferten uns sieben oder acht Männer unter dem Schutz der Bäume ein heftiges, aber wirkungsloses Feuer auf das Blockhaus, denn jeder von ihnen war offenbar mit mehreren Gewehren versehen.
Die vier, denen es gelungen war, die Palisaden zu überwinden, stürmten geradewegs und schreiend auf das Haus zu, während die Männer unter den Bäumen ihnen zuriefen, um sie zu ermutigen. Mehrere Schüsse wurden abgegeben, aber die Männer rannten so schnell, dass anscheinend keiner getroffen wurde. Im nächsten Augenblick hatten die vier Piraten den Abhang erklommen und stürzten sich auf uns.
Vor der mittleren Schießscharte erschien der Kopf des Bootsmanns Job Anderson.
»Auf sie, alle Mann – alle Mann!«, brüllte er mit donnernder Stimme.
In diesem Augenblick packte ein anderer Pirat Hunters Gewehr vorn beim Lauf, drehte es ihm aus der Hand, zog es durch die Schießscharte und streckte den armen Kerl mit einem

einzigen mächtigen Schlag besinnungslos zu Boden. Inzwischen war ein dritter ungestört um das Haus gerannt, erschien plötzlich in der Tür und fiel mit seinem Entermesser über den Doktor her.

Unsere Lage hatte sich vollständig gewendet. Noch einen Augenblick vorher hatten wir aus der Deckung auf einen exponierten Feind geschossen; nun waren wir ohne Schutz und konnten keinen Schuss erwidern. Das Blockhaus war voller Rauch und gerade ihm verdankten wir unsere verhältnismäßige Sicherheit. In meine Ohren drangen wirre Schreie, krachende Pistolenschüsse und ein lautes Aufstöhnen.

»Hinaus, Burschen, hinaus! Bekämpft sie im Freien! Nehmt die Entermesser!«, schrie der Kapitän.

Ich griff mir ein Messer von dem Stapel und ein anderer griff zur gleichen Zeit danach. Er versetzte mir einen Schlag über den Knöchel, den ich aber kaum spürte. Ich stürzte zur Tür hinaus in das helle Sonnenlicht. Jemand war dicht hinter mir, aber ich wusste nicht, wer es war. Gerade vor mir verfolgte der Doktor seinen Angreifer den Abhang hinunter und versetzte ihm einen kräftigen Hieb quer über das Gesicht, sodass er zappelnd zu Boden ging.

»Um das Haus herum, Burschen! Herum ums Haus!«, schrie der Kapitän und sogar in diesem Durcheinander bemerkte ich, dass sich seine Stimme verändert hatte.

Mechanisch gehorchte ich dem Befehl und rannte mit erhobenem Entermesser um die Ecke des Hauses nach der Ostseite. Im nächsten Augenblick stand ich Anderson gegenüber. Er brüllte laut auf und schwang seinen in der Sonne blitzenden Säbel hoch über den Kopf. Mir blieb keine Zeit zum Erschrecken, und noch während die Waffe über mir drohte, sprang ich blitzschnell zur Seite. Dabei konnte ich in dem weichen Sand keinen Halt mehr finden und rollte kopfüber den Hang hinunter.

Als ich aus der Tür gestürzt war, hatten die anderen Meuterer gerade die Palisaden gestürmt, um uns den Garaus zu machen. Ein Kerl mit einer roten Nachtmütze auf dem Kopf und das Messer zwischen den Zähnen war gerade oben angekommen und hatte ein Bein darüber geworfen. Nun, dies alles ging so schnell, dass ich noch das gleiche Bild vor mir sah, als ich wieder auf den Füßen stand. Der Bursche mit der roten Nachtmütze hing immer noch oben auf den Palisaden und ein anderer tauchte gerade mit seinem Kopf daneben auf. Und doch war in diesem kurzen Augenblick der Kampf vorbei und wir hatten gesiegt.

Gray, der mir auf dem Fuß gefolgt war, hatte den großen Bootsmann niedergeschlagen, noch ehe dieser sich von seinem Hieb in die Luft erholt hatte. Ein anderer war an einer Schießscharte niedergeschossen worden, als er gerade in das Haus feuern wollte. Er lag in den letzten Zügen, die rauchende Pistole noch in der Hand. Einen dritten hatte der Doktor mit einem Schlag erledigt, wie ich gesehen hatte. Von den vieren, welche die Palisaden überwunden hatten, war nur einer am Leben geblieben und dieser kletterte jetzt unter Todesängsten wieder hinaus. Sein Entermesser hatte er zurückgelassen.

»Schießt! Schießt aus dem Haus!«, schrie der Doktor. »Und ihr, Burschen, zurück in Deckung!«

Aber seine Worte fanden keine Beachtung. Es wurde kein Schuss mehr abgegeben. Dem letzten Eindringling gelang die Flucht und er verschwand mit den übrigen im Wald. In drei Sekunden war von den Angreifern nichts mehr zurückgeblie-

ben, außer den fünf Männern, die gefallen waren, vier innerhalb der Palisaden und einer davor.
Der Doktor, Gray und ich rannten eilig in Deckung. Die Überlebenden konnten bald dorthin zurückkehren, wo sie ihre Musketen liegen gelassen hatten, und jeden Augenblick das Feuer wieder eröffnen.
Im Haus hatte sich der Rauch inzwischen verzogen. Mit einem Blick erfassten wir den Preis, den uns der Sieg gekostet hatte. Hunter lag besinnungslos auf dem Boden neben seiner Schießscharte und Joyce lag neben der seinen, durch den Kopf geschossen, und rührte sich nicht mehr. In der Mitte des Raumes stützte der Baron den Kapitän, einer so bleich wie der andere.
»Der Kapitän ist verwundet«, sagte Baron Trelawney.
»Sind sie ausgerissen?«, fragte Kapitän Smollett.
»Alle, die noch rennen konnten, das dürft Ihr mir glauben«, erwiderte der Doktor. »Aber fünf von ihnen werden nie wieder laufen.«
»Fünf!«, rief der Kapitän. »Das ist mehr, als ich erwartete. Fünf gegen drei, also bleiben wir vier gegen neun. Damit steht das Verhältnis günstiger als am Anfang. Wir waren damals sieben gegen neunzehn – wenigstens glaubten wir es, und das ist genauso schlimm.«

Fünfter Teil

Mein Abenteuer auf dem Meer

Wie mein Abenteuer auf dem Meer begann

Die Meuterer kamen nicht mehr zurück und auch aus dem Wald fiel kein Schuss mehr. Sie hatten ihre Ration für diesen Tag bekommen, wie der Kapitän sich ausdrückte, und wir hatten unsere Ruhe und genug Zeit die Verwundeten zu pflegen und zu Mittag zu essen. Trotz der Gefahr kochten der Baron und ich draußen vor dem Blockhaus, doch wir wussten kaum, was wir taten, da uns das laute Stöhnen der Patienten des Doktors sehr nahe ging.

Von den acht Männern, die in diesem Kampf gestürzt waren, atmeten nur noch drei: der Pirat, den eine Kugel an der Schießscharte getroffen hatte, Hunter und Kapitän Smollett. Doch auch von diesen waren die ersten zwei so gut wie tot.

Tatsächlich starb der Meuterer unter dem Messer des Doktors und für Hunter taten wir, was wir konnten, aber er erlangte das Bewusstsein nicht wieder. Er lebte noch den ganzen Tag und keuchte so laut wie der alte Seeräuber, den damals zu Hause der Schlag getroffen hatte. Seine Rippen waren durch den Schlag gebrochen worden und beim Stürzen hatte er einen Schädelbruch erlitten. Ohne noch ein Zeichen oder einen Laut von sich zu geben, ging er in der folgenden Nacht zu seinem Schöpfer.

Auch die Wunden des Kapitäns waren schwer, aber nicht lebensgefährlich. Kein Organ war ernstlich verletzt. Andersons Kugel – denn es war Job, der ihn zuerst getroffen hatte – hatte ihm das Schulterblatt zerschlagen, die Lunge aber nur leicht gestreift. Die zweite Kugel hatte ihm nur einige Muskeln am Oberschenkel verletzt. Der Doktor sagte, dass der Kapitän sich bestimmt erholen werde, aber er dürfe die kommenden Wochen weder gehen noch seinen Arm bewegen, ja nicht einmal viel sprechen, wenn er es fertig bringe.
Der Hieb, den ich über die Knöchel bekommen hatte, war nicht mehr als ein Flohbiss. Doktor Livesey klebte ein Pflaster darauf und zog mich dafür auch noch an den Ohren.
Nach dem Essen saßen der Baron und der Doktor an der Seite des Kapitäns und berieten. Als sie sich ausgesprochen hatten – es war kurz nach Mittag –, nahm der Doktor seinen Hut und seine Pistolen, steckte sich ein Entermesser in den Gürtel und schob die Karte in seine Tasche. Dann nahm er ein Gewehr über die Schulter, kletterte an der Nordseite über die Palisaden und verschwand mit schnellen Schritten zwischen den Bäumen.
Gray und ich saßen zusammen am anderen Ende des Blockhauses, um die Offiziere bei der Beratung nicht zu stören. Gray nahm seine Pfeife aus dem Mund und vergaß fast weiter daran zu ziehen, so überrascht war er von diesem Vorgang.
»He, im Namen des Teufels«, sagte er, »ist Doktor Livesey verrückt geworden?«
»Sicher nicht«, erwiderte ich. »Er ist der Letzte aus unserer Mannschaft, dem dies passieren könnte!«
»Na schön, Kamerad«, gab Gray zurück, »vielleicht ist er auch nicht verrückt. Aber wenn er es nicht ist, dann bin ich es, darauf kannst du dich verlassen.«

»Ich nehme an«, erwiderte ich, »der Doktor hat eine Idee, und wenn mich nicht alles täuscht, dann will er Ben Gunn aufsuchen.«

Ich hatte Recht, wie sich später zeigte. Aber inzwischen kam mir, da das Haus so stickig heiß war und die kleine Sandfläche innerhalb der Palisaden in der Mittagssonne glühte, ein anderer Gedanke, der ganz und gar nicht so in Ordnung war. Ich begann nämlich den Doktor zu beneiden, der nun im kühlen Schatten der Bäume dahinging, umgeben von Vögeln und dem angenehmen Duft der Fichten, während ich hier in der Hitze briet und meine Kleider an dem weichen Harz anklebten. Dazu war so viel Blut um mich her und so viele Leichen lagen herum, dass mich ein Abscheu vor diesem Platz packte, der fast an Furcht grenzte.

Während ich den Boden des Blockhauses säuberte und dann das Geschirr abwusch, wurden Neid und Abscheu in mir immer größer und stärker. Schließlich, in der Nähe eines Zwiebacksackes, als mich niemand beobachtete, tat ich den ersten Schritt zu meiner Flucht und füllte mir beide Taschen meines Rockes mit Schiffszwieback.

Sicher war ich ein Narr, denn ich war dabei, einen dummen und tollkühnen Streich auszuführen; aber ich war entschlossen ihn mit aller in meiner Macht liegenden Vorsicht und Überlegung auszuführen. Dieser Zwieback würde mich zumindest bis über den nächsten Tag vor dem Verhungern bewahren, falls mir irgendetwas zustoßen sollte. Als Nächstes griff ich nach einem Paar Pistolen, und als ich dann noch ein Pulverhorn und Kugeln hatte, fühlte ich mich gut bewaffnet.

Was den Plan anbelangte, den ich mir ausgedacht hatte, so war er gar nicht so schlecht. Ich wollte hinuntergehen zu der sandigen Landzunge, die den Ankerplatz im Osten vom offenen Meer trennte, den weißen Felsen aufsuchen, den ich am vergangenen Abend entdeckt hatte, und feststellen, ob Ben Gunn dort wirklich sein Boot versteckt hatte. Ich glaube auch heute noch, dass dieses Unternehmen der Mühe wert war. Aber ich war überzeugt, dass man mir nicht erlauben würde die Einzäunung zu verlassen. Also blieb mir nichts anderes übrig als mich auf Französisch zu verabschieden, und wenn niemand mich beobachtete hinauszuschlüpfen. Das war natürlich ein so falsches Handeln, dass die ganze Sache dadurch zu einem Unrecht wurde. Aber ich war eben nur ein Junge und ich hatte mich dazu entschlossen.

Schließlich bot sich mir, wie die Dinge lagen, eine ausgezeichnete Gelegenheit. Der Baron und Gray waren damit beschäftigt, dem Kapitän den Verband zu erneuern. Der Weg war also frei! Ich kletterte schnell über die Palisaden und verschwand im Dickicht unter den Bäumen. Noch ehe meine Abwesenheit bemerkt wurde, war ich außer Rufweite für meine Kameraden.

Das war meine zweite Torheit und sie war weit schlimmer als meine erste, denn ich ließ nur zwei gesunde Männer zum Schutz des Hauses zurück. Aber wie die erste sollte auch diese zu unser aller Rettung beitragen.

Ich nahm den geraden Weg zur Ostküste der Insel, denn ich war entschlossen auf der dem Meer zugewandten Seite der Landzunge hinunterzugehen, um jeder Möglichkeit einer Beobachtung vom Ankerplatz aus zu entgehen. Es war schon spät am Nachmittag, aber noch immer warm und sonnig. Als ich meinen Weg unter den hohen Bäumen fortsetzte, hörte ich nicht nur das ununterbrochene Donnern der Brandung, sondern auch ein Rauschen und Ächzen in den Wipfeln der Bäume, das mir zeigte, dass der Wind vom Meer her stärker als gewöhnlich blies. Bald erreichten mich auch kalte Windstöße und einige Schritte weiter gelangte ich an den Rand des Waldes. Vor mir sah ich das Meer, blau und von der Sonne beschienen bis zum Horizont, und die Brandung schäumte und zischte entlang der Küste.

Mit großem Vergnügen ging ich am Strand entlang. Als ich meinte weit genug nach Süden vorgedrungen zu sein, nahm ich Deckung hinter einigen großen Büschen und kroch vorsichtig die Landzunge hinauf.

Der Wind hatte sich gelegt, als hätte er sich durch seine Heftigkeit selbst erschöpft. Der Ankerplatz lag leewärts von der Skelettinsel ruhig und bleiern vor mir. In diesem ungetrübten Spiegel des Wassers erschien die *Hispaniola* von den Masten bis an die Wasserlinie vor meinen Augen und die schwarze Piratenflagge wehte vom Topp.

Längsseits lag eines der Boote. Im Heck saß Silver – ihn konnte ich immer sofort erkennen –, während ein paar Männer über die Heckreling lehnten, darunter der mit der roten Mütze, derselbe Schurke, den ich einige Stunden vorher rittlings auf den Palisaden gesehen hatte. Sie schienen zu sprechen und zu lachen, obwohl ich auf diese Entfernung – mehr als eine Meile – natürlich kein Wort von dem verstehen konnte, was sie sagten.

Bald danach legte das Boot ab und fuhr zum Ufer, der Mann mit der roten Mütze und sein Gefährte aber gingen die Kajütentreppe hinunter.

Etwa zur selben Zeit war die Sonne hinter dem Fernrohr-Berg untergegangen, der Nebel verdichtete sich schnell und es begann, dunkel zu werden. Ich sah, dass ich keine Zeit mehr verlieren durfte, wenn ich das Boot noch an diesem Abend finden wollte.

Der weiße Felsen, der deutlich genug über den Büschen zu erkennen war, lag noch ungefähr eine Achtelmeile weiter die Landzunge hinaus. Ich brauchte noch eine gute Weile, um ihn zu erreichen, wobei ich oft auf allen vieren durch das Gestrüpp kroch. Die Nacht war fast hereingebrochen, als ich mit meinen Händen den rauen Felsen berührte. Genau darunter befand sich eine sehr schmale Mulde, mit grünem Rasen bedeckt, die von Dünen und kniehohem Unterholz, das hier in großen Mengen wuchs, verborgen wurde. Mitten in dieser Mulde stand tatsächlich ein kleines Zelt aus Ziegenfell, wie es in England die Zigeuner mit sich führen.

Ich sprang hinunter, hob eine Seite des Zeltes in die Höhe und vor mir lag Ben Gunns Boot – von vorn bis hinten selbst zusammengezimmert. Über ein derbes, schiefwandiges Rahmenwerk aus zähem Holz war, mit der Haarseite nach außen, eine Haut aus Ziegenfell gespannt. Das Ding war ausgesprochen schmal, sogar für meine Größe, und ich konnte mir kaum vorstellen, dass es einen erwachsenen Mann tragen würde. Es hatte eine sehr niedrige Sitzbank, eine Art Fußstütze im Bug und ein Doppelpaddel zum Fortbewegen.

Ich hatte bis dahin noch nie ein Lederboot gesehen, wie es die alten Briten gebaut hatten, aber inzwischen habe ich eins betrachtet und ich kann keine bessere Vorstellung von Ben Gunns Boot geben als zu sagen: Es sah aus wie das erste und primitivste Lederboot, das jemals von einem Menschen gebaut wurde. Es besaß aber auch ganz sicher die großen Vorzüge eines Lederbootes, denn es war ausgesprochen leicht und ohne Schwierigkeiten zu tragen.

Nun, da ich das Boot gefunden hatte, könnte man meinen, ich hätte fürs Erste von meinem Abenteuer genug gehabt. Doch inzwischen war mir ein weiterer Gedanke gekommen, der mich so sehr beherrschte, dass ich ihn wohl auch unter Kapitän Smolletts Augen ausgeführt hätte. Ich wollte unter dem Schutz der Nacht hinausfahren, das Ankertau der *Hispaniola* kappen und sie ans Ufer treiben lassen, wohin sie der Wind gerade verschlagen wollte. Ich war fest davon überzeugt, dass die Meuterer nach ihrer Niederlage am Morgen nichts lieber wollten als den Anker zu lichten und in See zu stechen. Dies zu verhindern hielt ich für eine gute Tat. Da ich gesehen hatte, dass ihre Wachen an Bord über kein Boot verfügten, fand ich kein großes Risiko an diesem Unternehmen.
Ich setzte mich hin, um die Dunkelheit abzuwarten, und verzehrte einen guten Teil meines Zwiebacks. Die Nacht konnte für meinen Zweck nicht besser geeignet sein. Der Nebel bedeckte jetzt den ganzen Himmel. Als der letzte Schimmer des Tageslichts verschwand, breitete sich undurchdringliche Finsternis über die Schatzinsel aus. Als ich schließlich das Lederboot auf die Schulter nahm und stolpernd meinen Weg aus der Mulde suchte, da waren von dem ganzen Ankerplatz nur noch zwei Punkte zu erkennen.
Der eine war das große Feuer am Strand, um das die besiegten Piraten lagen und zechten. Der andere war nur ein verschwommener Lichtschimmer in der Dunkelheit und zeigte die Position des ankernden Schiffes an.

Die Ebbe läuft

Das Lederboot war – ich hatte genügend Grund dies anzunehmen, nachdem ich mich daran gewöhnt hatte – für einen Menschen meiner Größe und meines Gewichts ein sehr sicheres Boot, es lag flott und gut in der Strömung. Aber es war widerspenstig und schlagseitig, wenn man es lenken wollte. Ich konnte tun, was ich wollte, es wandte sich immer leewärts und seine Hauptstärke schien darin zu liegen, sich immer wieder im Kreis zu drehen. Sogar Ben Gunn selbst hatte zugegeben, dass es schwer zu handhaben sei, bis man seine Launen kenne.

Jedenfalls kannte ich seine Launen noch nicht. Es drehte sich nach allen Seiten, nur nicht dorthin, wohin ich rudern wollte. Die meiste Zeit lagen wir quer und ich bin sicher, ich hätte niemals das Schiff erreicht, wenn nicht Ebbe gewesen wäre. Zum Glück riss mich diese mit sich fort, ich mochte paddeln, wie ich wollte, und die *Hispaniola* lag gerade in der Strömung, ich konnte sie also kaum verfehlen.

Zuerst tauchte sie wie ein Fleck vor mir auf, schwärzer noch als die Dunkelheit, dann nahmen ihre Masten und ihr Rumpf Gestalt an und schon im nächsten Augenblick, wie mir schien – denn je weiter ich kam, desto stärker wurde die

Strömung –, war ich bei ihrem Ankertau angelangt und hielt mich daran fest.

Rings um den Rumpf plätscherte die Strömung in der Dunkelheit wie ein Gebirgsfluss. Ein Schnitt mit meinem Seemannsmesser und die *Hispaniola* würde mit der Ebbe davonschwimmen.

Also zog ich mein Messer, öffnete es mit den Zähnen und durchschnitt einen Strang nach dem andern, bis das Schiff nur noch an zweien hing. Dann lag ich ruhig und wartete, bis das Tau wieder durch einen Windstoß gelockert wurde.

Die ganze Zeit über hatte ich aus der Kajüte laute Stimmen gehört. Doch, um die Wahrheit zu sagen, ich war so vollständig von anderen Gedanken in Anspruch genommen, dass ich kaum darauf geachtet hatte. Nun jedoch, da ich nichts anderes zu tun hatte, begann ich genauer hinzuhören.

An der einen Stimme erkannte ich den Schiffszimmermann Israel Hands, der früher Flints Geschützmeister gewesen war. Der andere war natürlich mein Freund mit der roten Nachtmütze. Die beiden waren offenbar schon ziemlich stark betrunken und sie tranken noch weiter. Gerade als ich zuzuhören begann, öffnete einer von ihnen mit einem Gebrüll das Heckfenster und warf etwas hinaus, was, wie mir schien, nichts anderes als eine leere Flasche war. Aber die beiden waren nicht nur betrunken, sondern stritten auch wütend miteinander. Es hagelte nur so von Flüchen und dazwischen erfolgten solche Wutausbrüche, dass ich sicher glaubte, es würde mit einer Schlägerei enden. Aber jedes Mal ließ der Streit wieder nach und die Stimmen klangen eine Weile leiser, bis der nächste Höhepunkt kam und wieder ohne Ergebnis abflaute.

Am Ufer sah ich die Glut des großen Lagerfeuers zwischen den

Bäumen schimmern. Irgendjemand sang ein altes, trauriges und eintöniges Seemannslied, das kein Ende nehmen wollte.

Endlich kam der Wind wieder. Der Schoner legte sich auf die Seite und kam in der Dunkelheit näher. Ich spürte, wie das Ankertau wieder erschlaffte, und schnitt mit ganzer Kraft die letzten beiden Stränge durch.

Die Brise wirkte sich auf das Lederboot kaum aus und so wurde ich fast im selben Augenblick gegen den Bug der *Hispaniola* getrieben. Zur gleichen Zeit begann der Schoner sich um seine eigene Achse zu drehen und sich langsam in der Strömung quer zu legen.

Ich arbeitete mit aller Kraft, denn ich fürchtete, mein Boot könnte voll laufen. Als ich merkte, dass ich das Lederboot nicht frei bekommen konnte, ruderte ich auf das Heck zu. Schließlich war ich von meinem gefährlichen Nachbarn losgekommen, und gerade als ich den letzten Schlag ausführte, bekamen meine Hände einen dünnen Strick zu fassen, der über die Heckreling herabhing. Sofort hielt ich mich daran fest.

Ich kann kaum sagen, warum ich dies tat. Es geschah zunächst nur instinktiv; aber als ich die Leine in meiner Hand hielt und merkte, dass sie kräftig war, da gewann die Neugierde in mir die Oberhand und ich beschloss einen Blick durch das Kajütenfenster zu werfen.

Hand über Hand zog ich mich an der Leine heran, und als ich mich nahe genug glaubte, hob ich mich trotz der Gefahr etwa halb in die Höhe und konnte so ein Stück vom Innern der Kajüte erblicken.

Ich sah Hands und seinen Gefährten, die einander in tödlicher Umarmung umklammert hielten, jeder die Hand an der Kehle des andern.

Ich ließ mich wieder auf meinen Sitz nieder, nicht einen Moment zu früh, denn ich wäre fast schon über Bord gefallen. Im Augenblick sah ich nichts anderes als diese beiden wilden zornroten Gesichter, die unter der qualmenden Lampe hin und her schwankten. Dann schloss ich die Augen, um sie wieder an die Dunkelheit zu gewöhnen.

Die endlose Ballade war nun doch zu ihrem Ende gekommen und die nicht mehr so zahlreiche Mannschaft am Lagerfeuer stimmte den Refrain an, den ich schon so oft gehört hatte:

»Fünfzehn Mann auf des toten Manns Kiste,
jo-ho, jo-ho – und 'ne Buddel voll Rum!
Schnaps und der Teufel waren sein Leben,
jo-ho, jo-ho – und 'ne Buddel voll Rum!«

Ich dachte gerade darüber nach, wie geschäftig in diesem Augenblick in der Kajüte der *Hispaniola* Schnaps und der Teufel waren, als ich von einem plötzlichen Schwanken des Lederbootes aufgeschreckt wurde. Im selben Augenblick machte es eine scharfe Wendung und schien seinen Kurs zu ändern. Die Geschwindigkeit hatte inzwischen merkwürdig zugenommen. Sofort öffnete ich die Augen. Rings um mich her sah ich lauter kleine Wellen, die sich mit einem lauten Geräusch überschlugen und leicht phosphoreszierten. Die *Hispaniola*, in deren Kielwasser ich mit einigen Schritten Abstand mitgezogen wurde, schien einen anderen Kurs einzuschlagen. Ich sah ihre Spieren gegen die Schwärze der Nacht schwanken und als ich länger hinschaute, wurde mir klar, dass sie ebenfalls in südlicher Richtung dahintrieb.

Ich blickte über die Schulter zurück und mein Herz schlug mir gegen die Rippen. Dort, genau hinter mir, leuchtete die Glut des Lagerfeuers. Die Strömung hatte sich im rechten Winkel gedreht und mit ihr der große Schoner und das kleine, auf den Wellen tanzende Lederboot. Immer schneller, immer höher schäumend, immer lauter brausend wälzte sich die Strömung durch die Einfahrt ins offene Meer hinaus.

Plötzlich machte der Schoner vor mir eine heftige Bewegung und drehte sich um etwa zwanzig Grad. Im selben Moment waren von Bord einige Schreie zu hören. Ich hörte Füße auf der Kajütentreppe trampeln. Da wusste ich, dass die beiden Trunkenbolde endlich ihren Streit unterbrochen und ihre schlimme Lage erkannt hatten.

Ich legte mich flach auf den Boden meines elenden Schiffleins und ergab mich meinem Schicksal. Am Ende der Einfahrt mussten wir in die wütende Brandung geraten, wo alle Sorgen ein schnelles Ende finden würden, davon war ich überzeugt. Und wenn ich vielleicht auch den Gedanken an den Tod ertragen konnte, so war ich doch nicht im Stande meinem nahenden Untergang ins Auge zu blicken.

So habe ich wohl einige Stunden lang gelegen, ständig von den Wellen hin und her geworfen, manchmal von Gischt übersprüht und durchnässt und den Tod im nächsten Wellental erwartend. Nach und nach übermannte mich die Müdigkeit. Betäubt und erstarrt waren meine Sinne inmitten dieser Schrecken, bis ich schließlich einschlief. So lag ich in dem von den Wellen umhergeworfenen Lederboot und träumte von zu Hause.

Die Fahrt im Lederboot

Es war heller Tag, als ich aufwachte. Ich trieb in meinem Boot an der Südwestküste der Schatzinsel. Die Sonne war bereits aufgegangen, für mich aber war sie noch hinter dem großen Kegel des Fernrohr-Berges versteckt, der auf dieser Seite der Insel in mächtigen Klippen fast bis ans Meer abfiel.

Ein Kap und der Besanmast-Berg lagen seitlich vor mir, der Berg kalt und finster, das Kap vierzig bis fünfzig Fuß hoch, umgeben von einer großen Anzahl herabgestürzter Felsbrocken. Ich war eine knappe Viertelmeile vom Ufer entfernt und mein erster Gedanke war dorthin zu paddeln und an Land zu gehen.

Dieses Vorhaben musste ich aber bald wieder aufgeben. Zwischen den herabgestürzten Felsen brüllte und schäumte die Brandung, wurde mit Getöse zurückgeworfen und das Wasser spritzte in die Höhe und fiel wieder zurück in ständiger Folge. Wenn ich da hineingeriet, das erkannte ich bald, dann würde mein Fahrzeug an der rauen Küste zerschellen oder ich würde meine Kräfte vergebens anstrengen, um diese Klippen zu überklettern.

Aber das war noch nicht alles. Ich sah riesige, schleimige

Ungeheuer, die auf flachen Felsplatten herumkrochen oder sich mit lautem Klatschen ins Wasser fallen ließen. Sie sahen aus wie weiche Schnecken von unglaublicher Größe und es waren vierzig bis sechzig an der Zahl, deren Bellen in den Felsen widerhallte.

Inzwischen weiß ich, dass es Seelöwen waren, die völlig harmlos sind. Aber ihr Anblick, dazu die drohenden Felsen und die hochgehende Brandung, das war mehr als genug, um mir diesen Landeplatz zu verleiden. Lieber wollte ich auf dem Meer verhungern als solchen Gefahren entgegenzutreten.

In der Zwischenzeit hatte ich, wie ich annahm, eine bessere Möglichkeit erkannt. Nördlich von dem Kap erstreckte sich eine lange Bucht, in der bei Ebbe ein breiter Streifen gelben Sandes freilag. Weiter nördlich noch lag das Waldkap – wie es auf der Karte bezeichnet war –, das bis zum Meer hinab mit hohen Fichten bewachsen war.

Ich erinnerte mich, was Silver über die Strömung gesagt hatte, die an der ganzen Westküste der Schatzinsel entlang nach Norden lief. An meiner Position erkannte ich, dass ich mich bereits in ihrem Bereich befand. So zog ich es vor, das felsige Kap hinter mir zu lassen und meine Kräfte für einen Landungsversuch an dem freundlicher aussehenden Waldkap aufzusparen.

Die See hob und senkte sich in langen sanften Wogen. Der Wind blies stetig und leicht aus dem Süden, er wirkte also nicht der Strömung entgegen, sodass sich die Wellen nicht brachen. Wäre es anders gewesen, ich hätte schon längst untergehen müssen. Aber so trieb mein kleines und leichtes Boot überraschend sicher und ruhig dahin. Während ich auf dem Boden des Lederbootes lag und nur mit einem Auge über seinen Rand blickte, sah ich oft eine große blaue Woge, die sich neben mir erhob, aber das Boot sprang nur ein wenig, tanzte wie auf Federn und schwebte leicht wie ein Vogel auf der anderen Seite in das Wellental.

Nach einer Weile wurde ich kühner und setzte mich auf, um meine Geschicklichkeit im Paddeln zu probieren. Aber schon eine kleine Gewichtsveränderung verursachte einen heftigen Wechsel im Verhalten des Lederbootes. Ich hatte kaum mit dem Paddeln begonnen, als es seine sanfte tanzende Bewegung aufgab und einen steilen Wellenberg hinabsauste, dass es mir schwindlig wurde. Dann tauchte es seine Nase tief in die Seite der nächsten Welle, dass das Wasser hoch aufspritzte.

Ich war durchnässt und erschrocken und nahm sofort wieder meine frühere Lage ein. Darauf schien auch das Boot wieder Vernunft anzunehmen und trug mich so sanft wie vorher durch die Wellen. Damit war klar, dass es keine Einmischung duldete. Aber welche Hoffnung hatte ich jemals an Land zu kommen, wenn ich auf keine Weise den Kurs des Bootes beeinflussen konnte?

Nun gut, dachte ich bei mir, es ist also klar, dass ich liegen bleiben muss, wo ich bin, um das Gleichgewicht nicht zu stören. Aber es ist ebenso klar, dass ich das Paddel über die eine Seite legen kann, um ihm von Zeit zu Zeit an glatteren Stellen ein oder zwei Schläge in Richtung Land zu geben. Mit diesem Vorhaben begann ich sofort. So lag ich also auf den Ellenbogen in sehr unbequemer Stellung und gab dem Boot hin und wieder ein paar leichte Schläge, um seine Spitze dem Land zuzudrehen. Es war eine sehr ermüdende und langwierige Arbeit, aber ich machte sichtlich Fortschritte. Als ich mich dem Waldkap näherte, merkte ich zwar, dass ich diese Stelle unweigerlich verfehlen musste, aber ich hatte doch etwa hundert Fuß in östlicher Richtung zurückgelegt und war nun tatsächlich dem Land sehr nahe. Ich konnte die kühlen grünen Baumwipfel sich im Winde wiegen sehen und war überzeugt das nächste Vorgebirge nicht zu verfehlen.

Es war höchste Zeit, denn jetzt begann der Durst mich zu quälen. Die glühende Hitze der Sonne über mir, ihr tausendfacher Widerschein auf den Wellen, das Meerwasser, das auf mich fiel und wieder trocknete und sogar meine Lippen mit einer Salzkruste überzog, all dies zusammen verursachte mir ein Brennen in der Kehle und Kopfschmerzen. Der Anblick der nahen Bäume ließ mich vor Verlangen fast krank werden. Aber die Strömung hatte mich bald an der Stelle vorbeigetragen, und als sich vor mir wieder das offene Meer ausbreitete, bot sich mir ein Anblick, der meinen Gedanken eine andere Richtung gab.

Gerade vor mir, etwa eine halbe Meile entfernt, sah ich die *Hispaniola* unter Segel. Natürlich war ich sicher, dass man mich aufnehmen würde, aber ich war so elend vor Durst, dass ich kaum wusste, ob ich mich über diesen Gedanken freuen sollte oder nicht. Aber die Überraschung hatte mich so vollständig gepackt, noch ehe ich zu einem Entschluss gekommen war, und so konnte ich nichts anderes tun als starren und staunen.

Die *Hispaniola* fuhr unter dem Großsegel und zwei Klüversegeln und das herrliche weiße Tuch leuchtete in der Sonne wie Schnee oder Silber. Als ich sie zuerst erblickte, waren alle Segel vom Wind gebläht und sie lag etwa auf Nordwestkurs. Ich nahm an, dass die Männer an Bord die Insel umrunden wollten, um zurück zum Ankerplatz zu gelangen. Jetzt aber begann das

Schiff mehr und mehr nach Westen zu drehen, sodass ich dachte, sie hätten mich gesichtet und wollten mich verfolgen. Schließlich legte sich der Schoner genau gegen den Wind, verlor an Fahrt und lag eine Weile hilflos mit hin und her flatternden Segeln da.

Mir wurde klar, dass das Ruder nicht besetzt war. Wenn das stimmte, wo befanden sich die Männer? Entweder sie waren stockbetrunken oder sie hatten, wie ich annahm, das Schiff verlassen. Wenn ich an Bord gelangen könnte, vielleicht würde es mir gelingen, das Schiff seinem Kapitän zurückzubringen.

Die Strömung führte beide, das Lederboot und den Schoner, gleichmäßig südwärts. Doch die Bewegungen des Schoners waren so wild und unregelmäßig, er lag oft so lange unbeweglich, dass er sicher nicht weglief, sondern eher noch zurückblieb. Wenn ich mich nur getraut hätte mich aufrecht zu setzen und zu paddeln! Sicher hätte ich das Schiff einholen können. Dieser Plan hatte etwas Abenteuerliches und begeisterte mich und der Gedanke an das Wasserfass neben der Kombüse verdoppelte meinen wachsenden Mut.

Ich setzte mich auf und wurde sofort von einem Wasserguss begrüßt. Aber diesmal ließ ich mich von meinem Vorhaben nicht abbringen. Mit aller Kraft und Vorsicht paddelte ich auf die steuerlose *Hispaniola* zu.

Jetzt näherte ich mich dem Schoner ziemlich schnell. Ich konnte schon den blitzenden Messingbeschlag auf dem hin und her schlagenden Steuerruder sehen und noch immer erschien keine Seele an Deck. Ich musste annehmen, dass das Schiff verlassen war. War das nicht der Fall, dann lagen die Männer betrunken unter Deck, wo ich sie vielleicht einschließen konnte, um mit dem Schiff zu machen, was ich wollte.

Ich war noch hundert Schritte vom Schiff entfernt, als sich ein Windstoß erhob. Es drehte nach Backbord und schwebte wie eine Schwalbe davon.
Zuerst wollte ich verzweifeln, aber dann erfasste mich die Freude, als das Schiff sich drehte, bis es mir seine Breitseite zuwandte. Und es drehte sich weiter und weiter, bis es etwa drei Viertel der Entfernung zurückgelegt hatte, die uns noch trennte. Ich konnte die Wellen unter dem Bug schäumen sehen. Ungeheuer hoch schien mir der Schoner vom Sitz in meinem kleinen Lederboot aus.
Dann plötzlich begann ich zu begreifen. Ich hatte kaum Zeit zum Überlegen, kaum Zeit zum Handeln und um mich zu retten. Ich schwebte auf dem Gipfel einer Welle, während der Schoner, über die nächste herabtauchend, auf mich zukam. Das Bugspriet befand sich über meinem Kopf. Ich sprang auf die Füße, schnellte empor und drückte dabei das Lederboot unter Wasser. Mit einer Hand ergriff ich den Klüverbaum und mein Fuß fand zwischen einigen Tauen Halt. Als ich keuchend dort hing, sagte mir ein dumpfer Schlag, dass der Schoner das Lederboot zermalmt hatte. Nun befand ich mich auf der *Hispaniola* und es gab keinen Rückzug mehr für mich.

Ich hole die Piratenflagge herunter

Kaum hatte ich auf dem Bugspriet Halt gefunden, als das Klüversegel herumflog und sich auf der anderen Seite mit einem Knall wie von einem Kanonenschuss wieder mit Wind füllte. Die Erschütterung ließ den Schoner bis zum Kiel erzittern. Aber die übrigen Segel trugen noch und so schlug der Klüver wieder zurück und hing dann schlaff herunter.
Dieser Stoß hätte mich beinahe ins Meer geschleudert.
Aber nun verlor ich keine Zeit mehr. Ich kroch am Bugspriet entlang zurück und fiel kopfüber auf Deck.
Ich befand mich auf der Leeseite des Vorderdecks und das noch immer geblähte Großsegel verbarg einen Teil des Achterschiffes vor meinen Augen. Es war keine Menschenseele zu sehen. Die Planken, die seit der Meuterei nicht mehr gewaschen worden waren, zeigten viele Fußspuren. Eine leere Flasche, der man den Hals abgeschlagen hatte, rollte wie etwas Lebendiges auf Deck hin und her.
Plötzlich kam die *Hispaniola* wieder richtig in den Wind. Die Rahen hinter mir knallten laut, das Ruder schlug auf die andere Seite und das ganze Schiff erbebte und ächzte laut. Im selben Augenblick schwang die Großrahe nach innen, die Taue knarr-

ten in den Blöcken und ich konnte die Leeseite des Achterdecks überblicken.

Da waren tatsächlich die beiden Wachen: Der mit der roten Mütze lag steif wie eine Handspake auf seinem Rücken, die Arme ausgestreckt wie ein Gekreuzigter und zwischen den offenen Lippen blinkten seine Zähne. Israel Hands lehnte gegen das Geländer, das Kinn war ihm auf die Brust gesunken und seine Hände lagen gespreizt vor ihm auf dem Deck. Sein Gesicht war unter der braunen Haut so weiß wie eine Talgkerze.

Bei jedem Sprung des Schiffes rutschte der mit der roten Mütze hin und her. Es war ein geisterhafter Anblick, denn weder seine Haltung noch sein Zähne bleckendes Grinsen wurden durch diese raue Behandlung irgendwie verändert. Auch Hands schien bei jedem Stoß noch mehr in sich zusammenzusinken. Schließlich lag er auf dem Deck, die Füße weit von sich gestreckt und sein ganzer Körper rutschte herum. Auf diese Weise verlor ich sein Gesicht nach und nach aus den Augen, bis ich zuletzt nichts mehr von ihm sah als ein Ohr und die eine Seite seines zerzausten Bartes.

Jetzt bemerkte ich auch auf den Planken um die beiden herum dunkle Blutlachen und dachte mir, dass sie sich in ihrer betrunkenen Wut gegenseitig umgebracht hatten.

Während ich so starrte und staunte, drehte sich Israel Hands, als das Schiff eine Weile ruhig dalag, teilweise herum. Mit einem leisen Stöhnen nahm er wieder die Lage ein, in der ich ihn zuerst gesehen hatte. Dieses Stöhnen, das auf Schmerzen und entsetzliche Schwäche schließen ließ, und die Art, wie sein Unterkiefer herabhing, gingen mir zu Herzen. Doch als ich mich an das Gespräch erinnerte, das ich in dem Apfelfass mit angehört hatte, verging mir jedes Mitleid.

Ich ging nach hinten bis zum Großmast.

»An Bord zurückgekehrt, Mister Hands«, sagte ich voller Ironie.

Schwerfällig drehte er seine Augen mir zu, aber er war zu schwach, um seinem Erstaunen Ausdruck zu geben. Alles, was er hervorbrachte, war ein einziges Wort: »Schnaps.«

Ich begriff, dass hier keine Zeit mehr zu verlieren war. Der Großrahe wich ich aus, als sie wieder über das Deck schwang, und schlüpfte die Treppe hinab in den Laderaum. Dort waren alle Fässer verschwunden, die meisten der Flaschen hatte man ausgetrunken und fortgeworfen. Ganz sicher war seit der Meuterei nicht einer von ihnen mehr nüchtern gewesen.

Ich suchte herum und fand für Hands eine Flasche, die noch halb voll Branntwein war. Für mich nahm ich etwas Zwieback, eingemachte Früchte, ein großes Paket Rosinen und ein Stück Käse.

Damit stieg ich wieder an Deck und legte meine Vorräte hinter das Ruder, wo sie der Schiffszimmermann nicht erreichen konnte. Dann ging ich zum Wasserfass, tat einen guten, tiefen Zug und erst dann und nicht früher brachte ich Hands den Branntwein.

Er hatte die Flasche beinahe ganz ausgetrunken, ehe er sie wieder vom Mund absetzte.

»Ah«, sagte er, »zum Teufel, wie hat mir das gefehlt!«

Ich hatte mich schon in eine andere Ecke gesetzt und angefangen zu essen.

»Schwer verletzt?«, fragte ich ihn.

Er grunzte, oder besser gesagt, er bellte seine Antwort. »Wenn dieser Doktor an Bord wäre, könnte ich in wenigen Tagen wieder auf den Beinen sein. Aber, siehst du, ich habe eben kein

Glück, das ist es bei mir. Dieser Waschlappen da ist erledigt und tot«, fuhr er fort und zeigte auf den Mann mit der roten Mütze. »Er war gar kein Seemann. Und wo kommst du jetzt her?«

»Nun«, sagte ich, »ich bin an Bord gekommen, um dieses Schiff zu übernehmen, Mister Hands. Betrachtet mich bitte bis auf weiteres als Euren Kapitän.«

Er schaute mich mürrisch an, sagte aber kein Wort. Sein Gesicht hatte wieder etwas Farbe bekommen, obwohl er noch immer sehr krank aussah, wegrutschte und sich hinlegte, wenn das Schiff stärker rollte.

»Im Übrigen, Mister Hands«, fuhr ich fort, »kann ich diese Fahne nicht dulden. Mit Eurer Erlaubnis werde ich sie herunterholen. Besser keine Fahne als diese!«

Wieder schlüpfte ich unter der Großrahe hindurch, lief zur Flaggenleine, zog die verfluchte schwarze Fahne herunter und warf sie über Bord.

»Gott schütze den König!«, sagte ich und schwenkte meine Mütze. »Das ist das Ende von Kapitän Silver!«

Er beobachtete mich, das Kinn noch immer auf der Brust, mit scharfen und verschlagenen Augen.

»Ich schätze«, sagte er schließlich, »ich schätze, Käpt'n Hawkins, Ihr habt die Absicht wieder an Land zu kommen? Wir sollten darüber sprechen, meine ich.«

»Natürlich«, antwortete ich, »da bin ich dabei, Mister Hands. Sprecht nur.« Und ich kehrte mit kräftigem Appetit wieder zu meiner Mahlzeit zurück.

»Dieser Mann«, begann er und nickte schwach zu der Leiche hinüber, »er hieß O'Brien und war ein stinkender Ire – dieser Mann und ich haben die Segel gesetzt, um das Schiff zurückzubringen. Er ist jetzt tot, ja, tot wie ein Stück Holz. Wer dieses Schiff jetzt fahren soll, weiß ich nicht. Ohne meine Anleitung bist du auch nicht der Mann dazu, das kann ich dir sagen. Aber hör zu, ich will dir einen Vorschlag machen: Du gibst mir zu essen und zu trinken und irgendeinen alten Fetzen, um meine Wunde zu verbinden, und ich werde dir sagen, wie du segeln musst. Ich nehme an, das ist eine klare Sache, oder?«

»Ich sage Euch eins«, entgegnete ich, »zu Kapitän Kidds Ankerplatz werde ich nicht zurückkehren. Ich fahre in die Nordeinfahrt und setze den Schoner dort schön auf den Strand.«

»Was solltest du sonst tun?«, rief er. »So ein Dummkopf bin ich nun auch wieder nicht. Ich versteh dich schon, nicht wahr? Ich hab mein Glück versucht und ich hab verloren. Jetzt hast du mir den Wind voraus. In die Nordeinfahrt? Nun, mir bleibt ja keine Wahl mehr. Ich würde dir sogar helfen das Schiff zum Richtplatz zu segeln. Zum Teufel, ja, das würde ich!«

So, wie die Sache aussah, schien mir das durchaus vernünftig. Wir wurden also auf der Stelle einig. In drei Minuten hatte ich es geschafft und die *Hispaniola* segelte längs der Küste der Schatzinsel leicht vor dem Wind dahin. Die Aussicht, noch vor Mittag die Nordspitze zu umfahren und noch vor der Flut die Nordeinfahrt zu erreichen, war gut. Dort konnten wir das Schiff ruhig auf den Sand setzen und warten, bis wir dann bei Ebbe an Land gehen konnten.

Israel Hands

Der Wind folgte unseren Wünschen und sprang jetzt nach Westen über. Auf diese Weise konnten wir viel leichter von der Nordostspitze der Insel zur Mündung der Nordeinfahrt gelangen. Da wir aber nicht vor Anker gehen konnten und nicht wagten das Schiff auf den Strand laufen zu lassen, solange die Flut nicht höher gestiegen war, verging die Zeit ziemlich langsam. Der Schiffszimmermann erklärte mir, wie man das Schiff beidrehen musste. Nach einigen Versuchen gelang es mir und wir setzten uns beide schweigend wieder zum Essen hin.

»Käpt'n«, sagte er schließlich mit dem gleichen unheimlichen Lächeln, »da liegt noch mein alter Schiffskamerad O'Brien. Ich nehme an, auch Ihr wünscht, dass er über Bord geworfen wird. Ich bin im Allgemeinen nicht sehr gefühlvoll und ich bedaure es auch nicht, dass ich mit ihm abgerechnet habe, aber ich glaube, er ist keine besondere Zierde für das Schiff. Meint Ihr nicht auch?«

»Meine Kraft wird dafür nicht ausreichen«, antwortete ich. »Außerdem gefällt mir diese Arbeit nicht. Meinetwegen soll er liegen bleiben.«

»Diese *Hispaniola* ist ein Unglücksschiff, Jim«, fuhr er blinzelnd fort. »So viele Männer sind auf dieser *Hispaniola* schon getötet worden – eine ganze Menge armer Matrosen, tot und verschwunden, seit Ihr und ich in Bristol an Bord gingen. Ich habe noch nie so dreckiges Pech gehabt, nie in meinem Leben. Und nun liegt hier dieser O'Brien – er ist tot, oder etwa nicht? Na ja, ich bin nun mal kein Gelehrter, doch du bist ein Bursche, der lesen kann und sich Gedanken macht. Um es geradeheraus zu sagen: Glaubst du, dass ein toter Mann für immer tot ist oder kommt er lebendig zurück?«

»Ihr könnt den Körper töten, Hands, aber nicht die Seele, das solltet Ihr eigentlich wissen«, erwiderte ich. »O'Brien ist in einer anderen Welt und vielleicht schaut er uns in diesem Augenblick zu.«

»Ah«, sagte er, »was ist das für ein Unglück! Es scheint, als wäre das Umbringen nur eine Zeitverschwendung. Aber immerhin, nach dem, was ich erlebt habe, zählen Geister nicht gerade viel. Ich will es gern mit den Geistern aufnehmen, Jim. Und jetzt, nachdem du so frei mit mir gesprochen hast, wäre es sehr freundlich von dir, wenn du in die Kajüte hinuntergingst und mir eine Flasche von dem – zum Teufel, ich komme jetzt nicht auf den Namen –, nun, wenn du mir eine Flasche Wein holtest, Jim, denn dieser Branntwein hier ist doch zu stark für meinen Kopf.«

Schon das Zögern des Schiffszimmermanns schien mir unnatürlich und seine Bemerkung, er ziehe Wein dem Schnaps vor, glaubte ich ihm ganz und gar nicht. Die ganze Sache war nur ein Vorwand. Er wollte, dass ich das Deck verließ – soviel war mir klar. Aber was er damit bezweckte, konnte ich mir nicht denken.

Seine Augen wichen den meinen aus, sein Blick wanderte hin

und her, auf und ab, einmal nach oben zum Himmel und dann wieder zur Seite auf den toten O'Brien. Dabei lächelte er die ganze Zeit und tat so schuldbewusst und verlegen, dass ein Kind hätte sagen können, er führe etwas im Schilde. Jedoch meine Antwort kam schnell, denn ich sah, wo mein Vorteil lag. Vor einem so dummen Kerl konnte ich leicht meinen Argwohn bis zuletzt verbergen.

»Wein?«, sagte ich. »Der wird Euch besser bekommen. Wollt Ihr weißen oder roten?«

»Nun, ich schätze, das ist mir verdammt egal, Kamerad«, erwiderte er. »Hauptsache, er ist stark und es gibt genug davon.«

»Schon recht«, gab ich zurück, »ich werde Euch Portwein bringen, Mister Hands. Aber ich werde danach suchen müssen.«

Mit diesen Worten stieg ich die Treppe hinunter und machte möglichst viel Lärm dabei. Dann zog ich meine Schuhe aus, rannte leise den Gang entlang, kletterte die Leiter zum Vorderschiff hinauf und steckte den Kopf durch die Luke. Ich wusste, dass er nicht damit rechnete, mich hier zu sehen, aber ich war so vorsichtig wie möglich. Und tatsächlich trafen meine schlimmsten Befürchtungen zu. Er hatte sich aus seiner liegenden Stellung auf Hände und Knie erhoben und kroch – obwohl ihm sein Bein bei der Bewegung sehr schmerzte, denn ich hörte, wie er ein Stöhnen unterdrückte – ziemlich rasch über das Deck hin. In einer halben Minute hatte er an Backbord eine große Rolle Schiffstau erreicht und zog daraus ein langes Messer oder vielmehr einen kurzen Dolch, der bis zum Heft mit Blut befleckt war. Er schaute ihn einen Augenblick an, prüfte die Spitze auf seiner Hand, wobei er das Kinn nach vorn schob, und dann ließ er ihn hastig vorne in seiner Jacke verschwinden. Darauf schleppte er sich wieder zu seinem alten Platz an der Schanzkleidung zurück.

Das war alles, was ich wissen wollte. Israel konnte sich bewegen und er war jetzt sogar bewaffnet. Er hatte sich so viel Mühe gegeben mich loszuwerden, deshalb war es klar, dass ich das Opfer sein sollte. Was er danach tun wollte, war natürlich mehr, als ich erraten konnte. Vielleicht wollte er quer über die Insel bis zu dem Lager in den Sümpfen kriechen, vielleicht wollte er auch die Kanone abfeuern und darauf vertrauen, dass seine Kameraden ihm als Erste zu Hilfe kämen.

Doch ich war davon überzeugt, dass ich ihm in einem Punkt trauen konnte, und das war die Steuerung des Schoners, denn darin begegneten sich unsere Interessen. Wir wollten ihn beide sicher auf den Strand laufen lassen, irgendwo an einer geschützten Stelle und so, dass er wenn nötig ohne viel Arbeit und Gefahr wieder flottgemacht werden konnte. Bis dahin würde Hands, wie ich annahm, sicher mein Leben schonen.

Während ich in meinen Gedanken damit beschäftigt war, blieb ich nicht müßig. Ich hatte mich zur Kajüte zurückgeschlichen, meine Schuhe wieder angezogen und irgendeine Flasche Wein ergriffen. Jetzt erschien ich damit wieder an Deck.

Hands lag, wie ich ihn verlassen hatte, ganz zu einem Bündel zusammengekauert und mit niedergeschlagenen Augenlidern, als wäre er zu schwach, um das Licht zu ertragen. Doch als ich kam, schaute er auf, schlug der Flasche den Hals ab wie ein Mann, der das schon sehr oft getan hat, und nahm einen tiefen Zug. Dann lag er eine Weile ruhig da. Schließlich zog er ein Stück Kautabak hervor und bat mich ihm einen Priem abzuschneiden.

»Schneid mir ein Stück davon ab«, sagte er. »Denn ich hab kein Messer, und wenn ich eins hätte, so hätte ich kaum die Kraft dazu. Ach, Jim, ich glaube, ich habe alles falsch gemacht! Schneid mir einen Priem ab, mein Junge, vielleicht ist es der letzte für mich. Ich werde eine lange Reise antreten, da irre ich mich nicht.«

»Na ja«, erwiderte ich, »ich werde Euch etwas Tabak abschneiden. Aber wenn ich an Eurer Stelle säße und es ginge mir so schlecht, dann würde ich wie ein guter Christ ans Beten denken.«

»Warum?«, fragte er. »Kannst du mir vielleicht sagen, warum?«

»Warum?«, rief ich aus. »Ihr habt eben noch nach den Toten gefragt. Ihr habt Euren Eid gebrochen, Ihr habt in Sünde gelebt, habt gelogen und Blut vergossen. Da zu Euren Füßen liegt ein Mann, den Ihr umgebracht habt, und Ihr fragt mich, warum! Um Gottes Erbarmen, Mister Hands – darum!«

Ich hatte voller Erregung gesprochen, weil ich dabei an den blutigen Dolch dachte, den er in seiner Jacke verborgen hatte, um mich damit umzubringen. Aber er nahm wieder einen tiefen Zug aus der Weinflasche und sprach mit ganz ungewohntem Ernst:

»Dreißig Jahre lang«, sagte er, »bin ich zur See gefahren. Ich habe Gutes und Böses erlebt, schönes und schlechtes Wetter, Vorräte, die zu Ende gingen, gezogene Messer und was sonst noch alles. Gut, jetzt sage ich dir: Ich habe noch niemals gesehen, dass Gutes von Gutem kam. Der zuerst zuschlägt, ist mein Mann und tote Männer beißen nicht – das ist meine Ansicht –, amen, so soll es sein. Und nun, schau her«, fügte er hinzu, wobei er seinen Ton änderte, »haben wir von diesem

Unsinn genug geredet. Die Flut steht jetzt hoch genug. Ihr achtet auf mein Kommando, Käpt'n Hawkins, wir werden im Nu drinnen sein und die Sache ist erledigt.«

Wir hatten kaum die Einfahrt passiert, als das Land sich um uns schloss. Die Ufer waren hier ebenso dicht bewaldet wie die des südlichen Ankerplatzes. Aber die Einfahrt war länger und schmäler und glich mehr der Mündung eines Flusses – was sie in Wirklichkeit auch war. Gerade vor uns am südlichen Ende sahen wir das Wrack eines Schiffes im letzten Stadium der Auflösung. Es war einmal ein großes dreimastiges Segelschiff gewesen, war aber nun schon so lange den Unbilden der Witterung preisgegeben, dass es fast ganz mit Wasserpflanzen bedeckt war. Auf seinem Deck hatten Büsche Wurzeln gefasst, die nun mit Blüten bedeckt waren. Es war ein trauriger Anblick, aber er zeigte, dass der Ankerplatz ruhig war.

»Siehst du«, sagte Hands, »das ist ein prächtiger Ort, um ein Schiff auflaufen zu lassen. Schöner glatter Sand, kein einziger Stein, lauter Bäume rings herum und dazu blühen die Blumen auf dem alten Schiff wie in einem Garten.«

»Und wenn wir mit dem Schiff auf dem Strand sitzen«, unterbrach ich ihn, »wie werden wir es wieder flottbekommen?«

»Nun, das machen wir so«, entgegnete er. »Bei Niedrigwasser nimmst du dort auf der anderen Seite eine Leine mit an Land, legst sie um eine jener großen Fichten dort, bringst sie wieder zurück und befestigst sie am Gangspill. Dort bleibst du liegen, bis die Flut kommt. Wenn das Hochwasser da ist, ziehen alle Mann an der Leine und das Schiff geht leicht wieder ins Wasser. Und nun, mein Junge, pass auf! Wir sind schon nahe genug dran und das Schiff hat noch zu viel Fahrt. Ein wenig Steuerbord – gut so – Steuerbord – nun ein wenig Backbord – so ist es gut!«

So gab er seine Befehle, denen ich atemlos gehorchte. Dann schrie er ganz plötzlich: »Jetzt, mein Herzchen, herum!« Ich stemmte mich gegen das Steuer, die *Hispaniola* schwang schnell herum und lief, den Bug voran, auf das flache bewaldete Ufer zu.

Die Aufregung der letzten Manöver hatte mich die Wachsamkeit, mit der ich bis dahin den Schiffszimmermann beobachtet hatte, vergessen lassen. Ich wartete so gespannt darauf, dass das Schiff das Land berührte, dass ich an die Gefahr, die über meinem Haupt schwebte, nicht mehr dachte. Ich lehnte über die Steuerbordreling und schaute auf die Wellen, die sich vom Bug aus über das Wasser zogen. Er hätte mich ohne Kampf ermorden können, doch von einer plötzlichen Unruhe überfallen, wandte ich den Kopf. Vielleicht hatte ich ein Knarren gehört oder seinen Schatten gesehen, vielleicht war es Instinkt wie bei einer Katze. Jedenfalls hatte sich Hands mit dem Dolch in der rechten Hand mir schon auf halbem Weg genähert, als ich mich umsah.

Wir müssen beide laut aufgeschrien haben, als sich unsere Augen trafen; doch ich stieß einen schrillen Schreckensschrei aus, während er wie ein toll gewordener Stier vor Wut aufbrüllte. Im gleichen Augenblick warf er sich nach vorn und ich sprang zur Seite auf den Bug zu. Dabei ließ ich das Ruder los, das nach der andern Seite schlug. Ich glaube, dass dies mir das Leben gerettet hat; denn das Ruder traf Hands auf der Brust und lähmte ihn für eine Weile.

Ehe er sich erholt hatte, war ich aus der Ecke, wo er mich gefangen hatte, heraus und hatte nun das ganze Deck zur Verfügung. Vor dem Großmast blieb ich stehen, zog eine Pistole aus der Tasche, zielte kaltblütig, obwohl er sich umgedreht hatte und jetzt wieder auf mich zukam, und drückte ab. Der Hammer fiel nieder, aber es folgte weder ein Blitz noch ein Knall. Das Seewasser hatte mir das Pulver verdorben. Ich verwünschte mich wegen dieser Nachlässigkeit. Warum hatte ich nicht schon lange vorher meine einzige Waffe mit frischem Pulver versehen und wieder geladen? Dann hätte ich jetzt nicht wie ein armes Schaf vor seinem Schlächter fliehen müssen.

Trotz seiner Verwundung bewegte er sich erstaunlich schnell. Sein graues Haar fiel ihm dabei ins Gesicht, das vor Hast und Wut gerötet war. Ich hatte keine Zeit meine andere Pistole auszuprobieren und auch keine Lust dazu, denn ich war überzeugt davon, dass sie ebenfalls nicht ging. Eines war mir völlig klar: Ich durfte mich nicht nur einfach vor ihm zurückziehen, denn dann würde er mich sehr schnell in den Bug drängen, wie er mich einen Augenblick vorher beinahe im Heck erwischt hatte. Einmal so gefangen, würden neun oder zehn Zoll des blutbefleckten Dolches meine letzte Erfahrung auf dieser Erde sein. Ich stemmte meine Hände gegen den Großmast, der ziemlich dick war, und wartete mit angespannten Nerven.

Als er sah, dass ich ihm ausweichen wollte, blieb er ebenfalls stehen. So vergingen eine oder zwei Minuten mit Finten von ihm, auf die ich entsprechend reagierte. Es war ein Spiel, wie ich es oft zu Hause auf den Felsen bei der Bucht gespielt hatte, aber niemals vorher hatte mir das Herz dabei so wild geklopft. Es war aber doch, wie ich sagte, ein Spiel für Jungen und ich glaubte mich dabei gegen einen älteren Seemann mit einem verwundeten Bein behaupten zu können. Tatsächlich war mein Mut so gestiegen, dass ich mir einige verwegene Gedanken darüber leistete, wie die Sache wohl enden würde. Während ich sicher wusste, dass ich das Spiel lange hinauszögern konnte, sah ich doch keine Möglichkeit für ein endgültiges Entkommen.

So stand es, als die *Hispaniola* plötzlich auf Grund lief, schwankte, sich einen Augenblick lang in den Sand bohrte und dann mit einem Schlag nach Backbord überkippte. Das Deck bildete einen Winkel von fünfundvierzig Grad, eine Menge Wasser drang durch die Speigatten und bildete einen großen See zwischen dem Deck und der Schiffsbrüstung.

Augenblicklich verloren wir beide unseren Halt und rollten fast zusammen in die Speigatten. Der Tote mit der roten Mütze, noch immer mit ausgebreiteten Armen, rutschte steif hinter uns her. Wir waren so nahe beieinander, dass mein Kopf gegen den Fuß des Schiffszimmermanns schlug und mir die Zähne klapperten. Trotz allem war ich als Erster wieder auf den Beinen, denn Hands musste sich erst wieder von der Leiche befreien. Das plötzliche Kippen des Schiffes hatte das Laufen auf Deck unmöglich gemacht. Ich musste einen neuen Fluchtweg finden, und zwar im nächsten Augenblick, denn mein Gegner berührte mich fast. Gedankenschnell sprang ich in die zum Großmast führenden Wanten, hastete Hand über Hand hinauf und gönnte mir nicht eher einen Atemzug, bis ich auf dem oberen Querbalken saß.

Diese Schnelligkeit hatte mich gerettet. Der Dolch fuhr kaum einen halben Fuß unter mir ins Holz, als ich in die Höhe kletterte. Und da stand Israel Hands mit offenem Mund, das Gesicht nach oben gerichtet, ein Bild vollkommener Überraschung und Enttäuschung.

Jetzt hatte ich einen Augenblick Ruhe. Ich verlor keine Zeit und lud meine Pistole mit frischem Pulver. Ich wollte mich doppelt sichern und machte auch die zweite schussfertig, indem ich sie ebenfalls mit einer neuen Ladung Pulver versah. Meine neue Beschäftigung warf Hands völlig zurück. Er begann zu begreifen, dass sich das Spiel jetzt gegen ihn wandte. Nach einem offensichtlichen Zögern stieg er jetzt ebenfalls schwerfällig in die Wanten und begann langsam und mühsam hochzuklettern. Den Dolch hatte er zwischen die Zähne geklemmt. Es kostete ihn viel Zeit und stöhnend zog er sein verwundetes Bein nach. Ich hatte in aller Ruhe meine Vorbereitungen beendet, ehe er noch ein Drittel des Weges zurückgelegt hatte. Dann sprach ich ihn an, in jeder Hand eine Pistole.

»Noch einen Schritt, Mister Hands«, sagte ich, »und ich jage Euch eine Kugel in den Kopf. Tote Männer beißen nicht, das wisst Ihr doch«, fügte ich mit einem Grinsen hinzu.

Er hielt sofort an. Ich konnte an den Bewegungen seines Gesichtes sehen, dass er zu überlegen versuchte. Dieser Vorgang war aber so langsam und mühselig, dass ich in meiner wieder gefundenen Sicherheit laut auflachte. Schließlich schluckte er ein paar Mal und begann zu sprechen. Dabei zeigte sein Gesicht noch immer denselben verdutzten Ausdruck. Um reden zu können, musste er den Dolch aus dem Mund nehmen, aber sonst rührte er sich nicht.

»Jim«, sagte er, »ich schätze, wir sind beide am Ende und wir werden Frieden schließen müssen. Ich hätte dich beinahe erwischt, wenn das Schiff nicht gekippt wäre. Aber ich habe eben kein Glück, ich nicht. Und ich schätze, ich muss aufgeben. Das ist hart für einen Seemann gegenüber einem Schiffsjungen, wie du einer bist, Jim.«

Erfreut lauschte ich seinen Worten und lächelte dabei so stolz wie der Hahn auf dem Mist. Da fuhr plötzlich seine rechte

Hand über seine Schulter. Etwas schwirrte wie ein Pfeil durch die Luft. Ich spürte einen Schlag, gleich darauf einen scharfen Schmerz und dann war ich mit der Schulter an den Mast genagelt. Bei diesem furchtbaren Schmerz und der Überraschung des Augenblicks gingen meine beiden Pistolen los und fielen mir aus den Händen. Ich kann kaum sagen, ob dies mit Willen geschah, aber ich bin sicher, dass ich ohne eigentliches Ziel handelte. Die Pistolen fielen nicht allein. Mit einem erstickten Schrei ließ der Schiffszimmermann die Wanten fahren und stürzte kopfüber in das Wasser.

»Goldstücke!«

Infolge der Schräglage des Schiffes hingen die Masten weit über das Wasser hinaus und auf meinem Sitz auf dem Querbalken hatte ich nichts unter mir als die Oberfläche der Bucht. Hands, der nicht so weit oben und deshalb dem Schiffsrumpf näher gewesen war, stürzte zwischen mir und dem Schanzkleid hinunter. Er kam noch einmal an die Oberfläche, das Wasser schäumte blutig auf und sank dann auf den Grund. Als das Wasser sich beruhigt hatte, konnte ich ihn zusammengekrümmt auf dem reinen hellen Sand im Schatten des Schiffes liegen sehen. Einige Fische schwammen um seinen Körper herum. Manchmal, wenn das Wasser sich bewegte, schien er sich zu rühren, als wollte er aufstehen. Aber er war wirklich tot, erschossen und ertrunken, und an der Stelle, wo er mich hatte ermorden wollen, war er nun Futter für die Fische.

Sobald ich dies begriff, fühlte ich mich krank, schwach und erschreckt. Das warme Blut lief mir über Rücken und Brust. Der Dolch schien dort, wo er meine Schulter an den Mast genagelt hatte, wie ein heißes Eisen zu brennen. Doch es waren nicht so sehr diese körperlichen Schmerzen, die mich quälten; denn mir schien, dass ich diese ohne Klagen ertragen konnte.

Es war vielmehr die schreckliche Angst, die mich beherrschte, von dem Querbalken herunterzufallen in das stille grüne Wasser neben der Leiche des Schiffszimmermanns.
Mit beiden Händen klammerte ich mich fest, bis mir die Fingernägel wehtaten, und ich schloss meine Augen, um die Gefahr nicht mehr zu sehen. Langsam gewann ich meine Fassung wieder, mein Puls beruhigte sich und ich war wieder Herr der Lage.
Mein erster Gedanke war den Dolch herauszuziehen; aber entweder saß er zu fest oder meine Nerven ließen mich im Stich, jedenfalls musste ich mit einem heftigen Schauder davon ablassen. Merkwürdigerweise erfüllte dieser Schauder seinen Zweck. Das Messer hatte mich nämlich fast verfehlt; es hatte nur ein Stückchen Haut getroffen und dieses riss durch mein Zittern ab. Die Wunde blutete zwar nun heftiger, aber ich war wieder Herr meiner selbst und hing nur noch mit Jacke und Hemd an dem Mast. Mit einem kräftigen Ruck machte ich mich frei und stieg dann über die Wanten auf der Steuerbordseite auf das Deck hinunter. Für nichts in der Welt hätte ich mich über die überhängende Backbordwanten hinuntergetraut, von denen Israel eben erst hinabgestürzt war.
Ich ging nach unten und versorgte meine Wunde, so gut ich konnte. Sie schmerzte stark und blutete noch immer heftig, aber sie war weder tief noch gefährlich, und wenn ich den Arm bewegte, behinderte sie mich fast überhaupt nicht.
Dann schaute ich mich um. Da das Schiff nun in einem gewissen Sinne mir gehörte, dachte ich daran, es von seinem letzten Passagier – dem toten O'Brien – zu befreien.
Er war, wie ich schon erzählte, gegen das Schanzkleid gerutscht und lag dort nun wie eine schreckliche plumpe Puppe, zwar

lebensgroß, aber ohne jede Farbe und Frische des Lebendigen. In dieser Lage hatte ich es mit ihm sehr einfach, und da ich durch meine tragischen Abenteuer alle Furcht vor dem Tod verloren hatte, nahm ich ihn um den Leib wie einen Mehlsack und warf ihn mit einem kräftigen Stoß über Bord. Mit einem lauten Klatschen fiel er ins Wasser. Die rote Mütze tauchte wieder auf und schwamm auf der Oberfläche. Als das Wasser sich geglättet hatte, sah ich ihn Seite an Seite neben Hands liegen und beide wurden vom Wasser hin und her bewegt. O'Brien hatte, obwohl er noch ein junger Mann war, keine Haare mehr auf dem Kopf. So lag er mit seinem kahlen Kopf über den Knien des Mannes, der ihn umgebracht hatte, und die munteren Fische schwammen über beide hin und her.

Inzwischen war der ganze Ankerplatz in den Schatten gerückt. Ich erinnere mich, dass die letzten Strahlen der Sonne durch eine Lücke zwischen den Bäumen fielen und hell wie Edelsteine auf dem Blumenmantel des Wracks leuchteten. Es wurde kühl. Die Strömung lief schnell seewärts und der Schoner lag fest auf dem Sand.

Ich kletterte nach vorn und schaute über die Reling. Das Wasser schien mir niedrig genug. Zur Sicherheit hielt ich mich mit beiden Händen an dem gekappten Ankertau fest und dann ließ ich mich langsam über Bord gleiten. Das Wasser reichte mir kaum bis zur Hüfte, der Sand war fest und von den Wellen gefurcht. Mit gutem Mut watete ich ans Ufer. Die *Hispaniola* ließ ich hinter mir liegen, deren Großsegel breit auf der Oberfläche der Bucht trieb. Etwa zu dieser Zeit ging die Sonne ganz unter und in der Dämmerung rauschte der Wind durch die Bäume.

Endlich hatte ich wieder festen Boden unter den Füßen und ich musste nicht mit leeren Händen zurückkehren. Da lag der Schoner, von den Piraten gesäubert und bereit unsere Männer wieder an Bord zu nehmen und in See zu stechen. Ich dachte an nichts anderes mehr als zum Blockhaus zurückzukehren und mit meinen Erfolgen zu prahlen. Möglicherweise würde man mich wegen meiner Flucht ausschelten, aber die Wiedereroberung der *Hispaniola* war eine Antwort, die alle zum Schweigen bringen musste. Ich hatte meine Zeit nicht vergeudet und ich hoffte, dass dies sogar Kapitän Smollett zugeben würde.

Mit diesen Gedanken und in guter Laune trat ich meinen Weg zurück zum Blockhaus und zu meinen Kameraden an. Ich entsann mich, dass der östlichste der Flüsse, die in den Ankerplatz mündeten, auf dem Berg mit den zwei Gipfeln entsprang. Ich schlug also diese Richtung ein, um den Fluss überqueren zu können, solange er noch schmal war. Der Wald war ziemlich licht und bald hatte ich jene Ecke des Berges passiert. Nicht lange danach watete ich bis zu den Knien durch den Fluss.

Plötzlich traf mich heller Glanz. Ich schaute auf. Fahler Mondschein erhellte den Gipfel des Fernrohr-Berges und bald darauf sah ich etwas Breites und Silbernes hinter den Bäumen sich erheben. Da wusste ich, dass der Mond aufgegangen war.

Mit seiner Hilfe legte ich schnell den Rest meines Weges zurück. Manchmal gehend, dann wieder rennend, eilte ich voll Ungeduld dem Blockhaus zu. Doch als ich mich den Bäumen davor näherte, verlangsamte ich meine Schritte und ging vorsichtiger weiter. Es wäre ein armseliges Ende meines Abenteuers gewesen, von meinen eigenen Freunden aus Versehen niedergeschossen zu werden.

Der Mond stieg höher und höher. Sein Licht fiel hier und dort

hell durch die offeneren Stellen des Waldes und vor mir zwischen den Bäumen sah ich ein andersfarbiges Licht auftauchen. Es war warm und rot und ab und zu wurde es ein wenig schwächer – genauso wie die Glut in den Resten eines mächtigen Lagerfeuers.
Um alles in der Welt konnte ich dafür keine Erklärung finden. Schließlich gelangte ich an den Rand der Lichtung. Die westliche Seite lag bereits im hellen Mondlicht. Das Übrige und das Blockhaus selbst befanden sich noch im Schatten, der von langen silbernen Lichtstreifen unterbrochen wurde. Auf der anderen Seite des Hauses war ein riesiges Feuer bis auf die Asche niedergebrannt und gab einen stetigen roten Schein, der sich von dem milden, fahlen Licht des Mondes unterschied. Keine Seele rührte sich und es war kein Geräusch zu hören außer dem Rauschen des Windes.
Ich hielt an, sehr erstaunt und vielleicht auch ein wenig erschrocken. Es war nicht unsere Art gewesen, große Feuer anzuzünden, wir waren vielmehr sparsam mit unserem Brennholz umgegangen, entsprechend dem Befehl des Kapitäns. Mich überkam die Furcht, dass während meiner Abwesenheit irgendein Unglück geschehen sein konnte.
Ich schlich mich hinüber auf die Ostseite, wobei ich immer im Schatten blieb. An einer günstigen Stelle, wo es am dunkelsten war, überkletterte ich die Palisaden.
Um noch sicherer zu gehen, ließ ich mich auf Hände und Knie nieder und kroch geräuschlos zur Ecke des Hauses. Als ich näher kam, begann mein Herz plötzlich vor Freude zu klopfen. Es ist kein angenehmes Geräusch und ich habe mich zu anderen Zeiten darüber oft beschwert, aber gerade jetzt war es Musik für meine Ohren, die Freunde so laut und friedlich im Schlaf

schnarchen zu hören. Der Ruf der Wache auf dem Meer, jenes herrliche »Alles klar!«, klang niemals beruhigender in meinen Ohren.

Doch eines unterlag keinem Zweifel: Sie hielten eine verteufelt schlechte Wache. Wenn es Silver und seine Kerle gewesen wären, die da ins Haus krochen, dann hätte keiner von ihnen das Tageslicht wieder gesehen. So etwas kann nur vorkommen, dachte ich mir, weil der Kapitän verwundet ist. Und wieder machte ich mir bittere Vorwürfe, dass ich sie in dieser gefährlichen Lage allein gelassen hatte.

Jetzt war ich an der Tür und stand auf. Drinnen war alles stockfinster, sodass ich nichts erkennen konnte. Ich hörte nur das regelmäßige Schnarchen und hin und wieder ein anderes Geräusch, ein Flattern und Picken, das ich mir durchaus nicht erklären konnte.

Mit ausgestreckten Armen ging ich langsam hinein. Ich sollte mich eigentlich auf meinen Platz legen – so dachte ich mit einem stillen Lächeln – und mich über ihre Gesichter freuen, wenn sie mich am Morgen entdeckten.

Da stieß mein Fuß gegen etwas Weiches. Es war das Bein eines Schlafenden, der sich brummend herumdrehte, aber nicht aufwachte.

Und dann, ganz plötzlich, kreischte eine schrille Stimme aus der Finsternis: »Goldstücke! Goldstücke! Goldstücke! Goldstücke!«, und immer so weiter ohne Pause oder Wechsel wie das Klappern einer Mühle.

Silvers grüner Papagei, Käpt'n Flint! Ihn hatte ich gehört, als er auf einem Stück Rinde herumpickte! Er hielt eine bessere Wache als irgendein menschliches Wesen und so zeigte er meine Ankunft mit seinem eintönigen Kreischen an.

Es blieb mir keine Zeit mich zu fassen. Durch das grelle, abgehackte Geschrei des Papageis erwachten die Schläfer und sprangen auf. Mit einem kräftigen Fluch schrie Silvers Stimme: »Wer da?«

Ich wollte fortrennen, stieß heftig gegen den einen, prallte zurück und lief direkt in die Arme eines zweiten, die sich um mich schlossen und mich festhielten.

»Bring eine Fackel, Dick«, sagte Silver, als ich so gefangen war.

Einer von ihnen verließ das Blockhaus und kam kurz darauf mit einem brennenden Scheit Holz wieder zurück.

Sechster Teil

Kapitän Silver

Im Lager des Feindes

Beim roten Schein der Fackel, die das Innere des Blockhauses erhellte, sah ich, dass meine schlimmsten Befürchtungen eingetroffen waren. Die Piraten waren im Besitz des Blockhauses und der Vorräte. Da stand das Kognakfass, da lagen auch noch das Fleisch und die Zwiebacksäcke, aber von Gefangenen sah ich keine Spur. Das verzehnfachte meinen Schrecken. Ich musste annehmen, dass alle zu Grunde gegangen waren, und mein Herz blutete bei dem Gedanken, dass ich nicht da gewesen war, um mit ihnen zu sterben.

Es waren zusammen sechs Piraten, mehr waren nicht am Leben geblieben. Fünf von ihnen waren auf den Beinen, mit roten und aufgedunsenen Gesichtern, plötzlich aus dem Schlaf der Trunkenheit aufgestört. Der sechste hatte sich nur auf seine Ellenbogen erhoben. Er war leichenblass und der blutbefleckte Verband um seinen Kopf zeigte, dass er vor kurzem verwundet und verbunden worden war. Ich erinnerte mich an den Mann, den eine Kugel getroffen hatte und der bei dem großen Angriff in den Wald zurückgelaufen war. Ich hatte keinen Zweifel daran, dass er es war.

Der Papagei saß auf der Schulter des langen John und putzte

seine Federn. Silver selbst sah, wie mir schien, etwas bleicher und ernster aus, als ich es gewohnt war. Er trug immer noch den schönen blauen Rock, in dem er seine Botschaft ausgerichtet hatte, aber der war vom Tragen ziemlich mitgenommen, mit Lehm beschmutzt und von den dornigen Büschen im Wald aufgerissen.

»So«, sagte er, »da ist also Jim Hawkins, hol mich der Teufel! Einfach so zu uns verirrt, he? Na dann komm, es freut mich, dich zu sehen!« Damit setzte er sich quer über das Kognakfass und begann sich eine Pfeife zu stopfen.

»Gib mir doch mal das Licht, Dick«, sagte er, und als die Pfeife brannte, fuhr er fort: »Das genügt schon, mein Junge. Steck das Scheit wieder in den Holzhaufen zurück; und ihr, meine Herren, macht es euch ruhig bequem, vor Hawkins braucht ihr nicht zu stehen. Er wird euch entschuldigen, darauf könnt ihr euch verlassen. Und nun, Jim« – er stopfte seine Pfeife nach – »da bist du also, und das ist eine sehr angenehme Überraschung für den armen alten John. Dass du ein gescheiter Junge bist, habe ich schon damals gemerkt, als ich dich zum ersten Mal sah. Aber das hier kann ich doch nicht ganz begreifen.«

Man kann sich denken, dass ich darauf keine Antwort gab.

Sie hatten mich mit dem Rücken gegen die Wand gedrückt. Da stand ich und schaute Silver ins Gesicht.

Ich hoffte, dass ich nach außen hin sehr tapfer wirkte, aber im Herzen war ich vollkommen verzweifelt.

Silver zog ein paar Mal gelassen an seiner Pfeife und setzte dann seine Rede fort:

»Nun hör mal zu, Jim. Da du nun einmal hier bist, will ich dir offen sagen, was ich denke. Ich habe dich immer gern gesehen, das ist wahr, denn du bist ein aufgeweckter Junge und das Abbild von mir selbst, als ich noch jung und hübsch war. Ich habe immer gewünscht, du schließt dich uns an, erhältst deinen Teil und stirbst als Gentleman. Und jetzt, mein Freundchen, wird dir nichts anderes übrig bleiben. Käpt'n Smollett ist ein guter Seemann, das gebe ich jeden Tag zu, aber er ist zu sehr auf Disziplin aus. ›Pflicht ist Pflicht‹, sagte er und er hat sogar Recht damit. Du lässt dich also am besten vor dem Käpt'n nicht mehr sehen. Auch der Doktor will nichts mehr von dir wissen. ›Undankbarer Tropf‹, das hat er gesagt. Kurz und gut, die ganze Geschichte ist die: Du kannst zu deinen eigenen Leuten nicht mehr zurückgehen, denn sie wollen dich nicht haben. Wenn du nicht mit dir allein eine dritte Mannschaft gründen willst, die sich heraushält, dann musst du dich Käpt'n Silver anschließen.«

So weit war alles gut. Meine Freunde waren also noch am Leben, und wenn ich auch Silvers Behauptung, dass die Kajütenpartei mir wegen meiner Flucht zürnte, nur zum Teil Glauben schenkte, so war ich doch über das, was ich hörte, mehr erleichtert als entsetzt.

»Ich will gar nicht davon reden, dass du in unserer Hand bist«, fuhr Silver fort, »obwohl du hier stehst, das ist sicher. Ich bin für Argumente und ich hab es noch nie erlebt, dass Drohungen etwas Gutes gebracht hätten. Wenn es dir bei uns gefällt, gut, dann kannst du dich uns anschließen. Ist das nicht der Fall, Jim, dann kannst du frei und unbekümmert Nein sagen. Wenn irgendein Seemann auf dieser Welt ehrlicher sprechen kann, dann soll mich der Teufel holen!«

»Ich soll also darauf eine Antwort geben?«, fragte ich mit zitternder Stimme. Durch die ganze höhnische Rede spürte ich die Todesdrohung, die über mir hing. Meine Wangen glühten und mein Herz verkrampfte sich in der Brust.

»Junge«, antwortete Silver, »es drängt dich niemand. Überleg es dir gut. Keiner von uns will dich hetzen, Kamerad. Es ist angenehm, mit dir zusammen zu sein, das ist es.«
»Schön«, sagte ich und wurde immer mutiger dabei, »wenn ich wählen soll, dann habe ich auch ein Recht darauf zu erfahren, was geschehen ist, warum ihr hier seid und wo sich meine Freunde befinden.«
»Was geschehen ist?«, wiederholte einer der Piraten mit einem tiefen Brummen. »Ha, wer das wüsste, könnte sich freuen!«
»Vielleicht hältst du deine Klappe, bis du gefragt wirst, mein Freund«, herrschte Silver den Sprecher wütend an. Dann wandte er sich wieder in dem früheren freundlichen Ton an mich: »Gestern Morgen, Hawkins, während der Hundswache in aller Frühe, kam Doktor Livesey mit einer Parlamentärflagge herunter. ›Kapitän Silver‹, sagte er, ›mit Euch ist es aus. Das Schiff ist verschwunden.‹ Nun, es kann sein, dass wir ein Glas getrunken und dazu ein bisschen gesungen hatten. Ich will das nicht abstreiten. Jedenfalls hatte keiner von uns auf dem Ausguck gestanden. Wir schauten also hinaus und, zum Donnerwetter, das alte Schiff war verschwunden! Ich habe nie einen Haufen Narren gesehen, der dümmer schaute. Das kannst du mir glauben, wenn ich dir sage, dass ich selbst am dümmsten geguckt habe. ›Also‹, sagte der Doktor, ›wir wollen verhandeln.‹ Dann haben wir verhandelt, er und ich, und sind so verblieben: Vorräte, Schnaps, Blockhaus, Brennholz, das ihr so vorsorglich für uns geschlagen habt – sozusagen das ganze verdammte Boot von der Mastspitze bis zum Kiel gehört jetzt uns. Was sie anbelangt, so sind sie abgezogen; ich weiß nicht, wohin.«
Wieder zog er ruhig an seiner Pfeife.

»Und damit du nicht etwa denkst«, fuhr er fort, »dass du in den Vertrag eingeschlossen bist, will ich dir die letzten Worte wiederholen, die gesprochen wurden. ›Wie viele seid ihr‹, fragte ich ihn, ›die das Blockhaus verlassen?‹ – ›Vier‹, sagte er, ›vier und einer von uns ist verwundet. Wo der Junge steckt, das weiß ich nicht. Er soll zum Teufel gehen, mich kümmert er nicht mehr. Wir haben genug von ihm.‹ Das waren seine Worte.«

»Ist das alles?«, fragte ich.

»Ja, das ist alles, was du hören sollst, mein Sohn«, erwiderte Silver.

»Und jetzt soll ich also wählen?«

»Und jetzt sollst du wählen, das ist sicher«, antwortete Silver.

»Gut«, sagte ich, »ich bin kein solcher Narr, dass ich nicht wüsste, was ich zu erwarten habe. Auch wenn es zum Schlimmsten kommt, es kümmert mich wenig. Ich habe zu viele sterben sehen, seit ich mit Euch unterwegs bin. Aber es gibt da noch ein paar Dinge, die ich Euch sagen möchte«, fuhr ich fort und erregte mich immer mehr. »Das Erste ist dies: Ihr befindet Euch in einer schlechten Lage. Das Schiff ist verloren und ebenso der Schatz und viele Eurer Männer sind tot. Euer ganzes Unternehmen ist gescheitert. Und wenn Ihr wissen wollt, wer es getan hat – ich war es! Ich saß in jener Nacht, als wir Land gesichtet hatten, im Apfelfass und belauschte Euch, John und Euch, Dick Johnson und Hands, der jetzt auf dem Grund des Meeres ruht. Jedes Wort, das Ihr gesprochen habt, habe ich wiedererzählt, noch ehe eine Stunde vergangen war. Was den Schoner anbelangt, so habe ich das Ankertau gekappt und ich war es, der die Männer getötet hat, die an Bord waren, und ich war es, der das Schiff dorthin brachte, wo Ihr es nie mehr finden werdet, keiner von Euch. Das Lachen ist auf meiner Seite. Von Anfang an habe ich in dieser Sache die Hauptrolle gespielt und ich fürchte Euch nicht mehr als eine Fliege. Tötet mich, wenn es Euch gefällt, oder verschont mich. Aber eines will ich Euch noch sagen, mehr nicht: Wenn Ihr mich am Leben lasst, dann soll Vergangenes vergangen sein, und wenn Ihr Kerle wegen Seeräuberei vor Gericht stehen werdet, dann will ich Euch alle retten, wenn ich es kann. Es ist an Euch zu wählen. Tötet noch einen und Ihr schadet euch selbst; verschont mich und Ihr erhaltet Euch einen Zeugen, der Euch vom Galgen retten wird.«

Hier hielt ich an, denn ich war außer Atem, das kann ich versichern.

Zu meiner Überraschung rührte sich keiner der Männer, sondern sie saßen alle wie Schafe da und starrten mich an. Und während sie noch starrten, brach es noch einmal aus mir hervor:

»Ihr, Mister Silver«, sagte ich, »Ihr seid der beste Mann hier, wie ich glaube. Wenn es zum Schlimmsten kommt, wäre es nett von Euch, wenn Ihr den Doktor wissen lassen würdet, wie ich es aufgenommen habe.«

»Ich werde es nicht vergessen«, erwiderte Silver in einem so eigenartigen Ton, dass ich für mein Leben nicht sagen konnte, ob er über mein Verlangen lachte oder ob er von meinem Mut beeindruckt war.

»Eins will ich dazu sagen«, rief der alte mahagonibraune Seemann – Morgan war sein Name –, den ich in der Wirtschaft des langen John am Kai in Bristol gesehen hatte. »Er war es, der den Schwarzen Hund erkannt hat!«

»Ja, hört zu«, fügte der Schiffskoch hinzu. »Da ist noch eine andere Sache, zum Donnerwetter! Es war dieser Junge, der

Billy Bones die Karte geklaut hat. Von Anfang bis zum Ende stoßen wir auf Jim Hawkins!«

»Dann also vorwärts!«, sagte Morgan mit einem Fluch. Er sprang auf und schwang sein Messer, als wenn er noch zwanzig gewesen wäre.

»Zurück da!«, schrie Silver. »Wer bist du eigentlich, Tom Morgan? Vielleicht denkst du, dass du hier Käpt'n wärst. Bei allen Teufeln, ich werde dich eines Besseren belehren! Komm mir in die Quere und du wirst dorthin gehen, wo schon so viele gute Männer vor dir hingegangen sind, damals wie heute, in diesen letzten dreißig Jahren – einige oben an den Rahen, hol mich der Teufel, einige über Bord –, und alle wurden Futter für die Fische. Mir hat noch keiner widersprochen und sich nachher noch seines Lebens gefreut. Tom Morgan, darauf kannst du dich verlassen.«

Morgan war darauf still, aber von den anderen hörte man ein raues Gemurmel.

»Tom hat Recht«, sagte einer.

»Ich bin lange genug geschliffen worden von so einem Kerl«, fügte ein anderer hinzu. »Ich will hängen, wenn ich es mir von dir gefallen lasse, John Silver.«

»Wünscht vielleicht einer von euch Herren mit mir anzubinden?«, brüllte Silver und beugte sich von seinem Sitz auf dem Fass weit nach vorn, wobei er die brennende Pfeife noch immer in der rechten Hand hielt. »Sagt, was ihr wollt, ihr seid doch nicht stumm, nehme ich an! Wer etwas will, soll es bekommen. Habe ich diese vielen Jahre gelebt, damit dieser Sohn einer Rumtonne mir hier quer kommt? Ihr wisst Bescheid; ihr seid alle Glücksritter auf eigene Rechnung. Gut, ich bin bereit. Wer Mut hat, nehme ein Entermesser und ich werde mir sein Inne-

res betrachten, noch bevor diese Pfeife ausgebrannt ist – trotz meiner Krücke.«
Keiner der Männer rührte sich und keiner gab eine Antwort.
»Ich bin zum Käpt'n gewählt worden. Ich bin Käpt'n, weil ich auf einer Seemeile in die Runde der beste Mann hier bin. Ihr wollt nicht kämpfen, wie es sich für Glücksritter gehört, also habt ihr zu gehorchen, zum Donnerwetter, das ist doch klar! Ich mag diesen Jungen, ich habe nie einen besseren Jungen als ihn gesehen. Er ist eher ein Mann als so ein paar Ratten von euch hier in diesem Haus. Und ich sage euch dies: Ich will den sehen, der Hand an ihn legt – das wollte ich sagen und ihr könnt Gift darauf nehmen.«
Darauf folgte ein langes Schweigen. Ich stand aufrecht an der Wand, mein Herz schlug noch immer wie ein Schmiedehammer. Aber die Hoffnung war wieder in mir erwacht. Silver lehnte sich nach hinten gegen die Wand, die Arme verschränkt und seine Pfeife in einem Mundwinkel. Er war so ruhig, als säße er in einer Kirche, aber seine Augen wanderten verstohlen hin und her und beobachteten seine aufsässigen Genossen. Diese zogen sich gemeinsam in die entgegengesetzte Ecke des Blockhauses zurück und das leise Zischeln ihres Geflüsters drang wie ein Strom ununterbrochen an meine Ohren. Einer nach dem anderen schauten sie auf und das rote Licht der Fackel fiel für Sekunden auf ihre erregten Gesichter. Aber ihre Blicke galten nicht mir, sondern Silver.
»Ihr habt scheinbar eine Menge zu reden«, bemerkte Silver und spuckte in die Höhe. »Fangt an und lasst's mich hören oder macht Schluss damit!«
»Mit Verlaub«, erwiderte einer der Männer, »Ihr geht recht freizügig mit einigen Regeln um, vielleicht wollt Ihr so freund-

lich sein und wenigstens die restlichen beachten. Diese Mannschaft ist unzufrieden. Diese Mannschaft schätzt es nicht, wenn man ihr droht. Diese Mannschaft hat wie jede andere ihre Rechte. Ich nehme mir die Freiheit das zu sagen. Nach Euren eigenen Regeln dürfen wir miteinander reden. Mit Verlaub, ich erkenne an, dass Ihr zur Zeit Käpt'n seid, aber ich verlange mein Recht und gehe nach draußen, um zu beraten.«
Der Bursche salutierte, ging ruhig zur Tür und verschwand aus dem Haus. Der Mann sah recht übel aus, hatte gelbe Augen und war etwa fünfunddreißig Jahre alt. Die übrigen folgten einer nach dem andern seinem Beispiel. Jeder salutierte, als er hinausging, und jeder fügte irgendeine Entschuldigung dazu. »Wir halten uns an die Regeln«, sagte einer. »Vorderkastellberatung«, sagte Morgan. So marschierten sie alle hinaus, der eine mit dieser, der andere mit jener Bemerkung, und ließen Silver und mich mit der Fackel allein.
Der Schiffskoch nahm sofort die Pfeife aus dem Mund.
»Aufgepasst jetzt, Jim Hawkins«, begann er mit einem ruhigen Flüsterton, den man kaum hören konnte, »du stehst mit einem Bein im Grab, und was noch schlimmer ist, vor der Folter. Sie wollen mich absetzen. Aber merk dir, ich halte zu dir durch dick und dünn. Das war nicht meine Absicht, jedenfalls nicht, bevor du gesprochen hattest. Ich war verzweifelt, dass ich all das Gold verlieren und dazu noch gehängt werden sollte. Aber ich erkannte, dass du der richtige Kerl bist. Ich sagte zu mir: John, du hältst zu Hawkins und Hawkins wird zu dir halten. Du bist seine letzte Chance und, beim lebendigen Donner, er ist deine! Rücken an Rücken, sagte ich mir. Du rettest deinen Zeugen und er rettet dir den Hals!«
Langsam begann ich zu verstehen.

»Ihr glaubt, es ist alles verloren?«, fragte ich.
»Ja, zum Henker, das glaube ich!«, antwortete er. »Schiff verloren, Hals verloren – das ist die Lage. Als ich über die Bucht schaute, Jim Hawkins, und den Schoner nicht mehr sah – nun, ich bin ein zäher Mann, aber da habe ich aufgegeben. Und diese Bande da mit ihrer Beratung, das sage ich dir, es sind alles Narren und Feiglinge. Ich werde dein Leben vor ihnen retten, wenn ich es kann. Aber schau her, Jim, Rücken an Rücken. Dafür rettest du den langen John vor dem Galgen.«
Ich war vollständig verwirrt. Er schien von mir eine hoffnungslose Sache zu verlangen – er, der alte Seeräuber und Anführer der Meuterer.
»Ich werde tun, was ich kann«, sagte ich.
»Das ist abgemacht!«, rief der lange John. »Du trittst für mich ein und, zum Teufel, ich habe eine Chance!«
Er humpelte zu der Fackel, die sie in den Holzstoß gesteckt hatten, und zündete sich seine Pfeife wieder an.
»Du musst mich verstehen, Jim«, sagte er, indem er auf seinen Platz zurückkehrte. »Ich habe schließlich einen Kopf auf den Schultern. Jetzt stehe ich auf der Seite des Barons. Ich weiß, dass du das Schiff sicher irgendwo untergebracht hast. Ich weiß nicht, wie du das angestellt hast, aber es liegt sicher. Ich nehme an, dass Hands und O'Brien weich geworden sind. Ich habe keinem von beiden je sonderlich vertraut. Doch merk dir, was ich sage. Ich stelle keine Fragen, ich werde es auch nicht zulassen, dass andere fragen. Ich weiß, wann ein Spiel zu Ende ist, und ich sehe es einem Jungen an, wenn er etwas taugt. Ah, du bist noch so jung, Jim – wir beide hätten noch viel Gutes zusammen schaffen können!«
Er ließ etwas Kognak aus dem Fass in ein Zinnkännchen laufen.

»Willst du versuchen, Schiffskamerad?«, fragte er. Als ich ablehnte, fuhr er fort: »Nicht? Dann werde ich einen Schluck nehmen, Jim. Ich habe eine Stärkung nötig, denn es wird Ärger geben. Und da wir gerade von Ärger sprechen: Warum hat mir wohl der Doktor die Karte gegeben, Jim?«
Mein Gesicht zeigte ein so echtes Erstaunen, dass er die Nutzlosigkeit weiterer Fragen einsah.
»Ja, das hat er getan, trotz allem«, sagte er. »Und da steckt ohne Zweifel etwas dahinter – ganz sicher steckt da etwas dahinter, Jim, Schlechtes oder Gutes.«
Er nahm noch einen Schluck von dem Kognak und schüttelte dabei seinen großen Kopf wie ein Mann, der sich auf das Schlimmste gefasst macht.

Wieder der Schwarze Fleck

Die Beratung der Seeräuber hatte schon einige Zeit gedauert, als einer von ihnen das Haus wieder betrat. Er wiederholte den gleichen Gruß, was mir recht ironisch vorkam, und bat ihm die Fackel einen Augenblick zu überlassen. Silver stimmte kurz zu und der Abgesandte ging wieder hinaus. Er ließ uns beide im Dunkel zurück.

»Es wird viel Wind geben, Jim«, sagte Silver, der jetzt einen ziemlich freundlichen und vertraulichen Ton angeschlagen hatte.

Ich trat zu der nächsten Schießscharte und schaute hinaus. Der Rest des großen Feuers war heruntergebrannt und glomm nur noch schwach. Da verstand ich, warum diese Verschwörer eine Fackel wünschten. Auf halbem Weg den Abhang hinunter zu den Palisaden standen sie in einer Gruppe beisammen und einer hielt das Licht. Ein anderer lag in ihrer Mitte auf den Knien und ich sah im Mondlicht und im Schein der Fackel die Klinge eines Messers in seiner Hand blinken. Die Übrigen hatten sich alle niedergebeugt, als wollten sie das Tun des Mannes genau verfolgen. Ich konnte gerade noch erkennen, dass er außer dem Messer auch ein

Buch in der Hand hielt. Ich wunderte mich noch darüber, wie ein solcher Gegenstand in ihren Besitz gekommen sein mochte, als der Kniende wieder aufstand und die ganze Gesellschaft sich auf das Blockhaus zubewegte.
Die Tür wurde geöffnet und die fünf Männer standen zusammengedrängt im Eingang. Dann schoben sie einen aus ihrer Mitte nach vorn. Unter anderen Umständen hätte es sehr komisch ausgesehen, wie er langsam herankam und bei jedem Schritt zögerte. Dabei hielt er seine geschlossene rechte Hand vor sich hin.
Nachdem er Silver etwas von Hand zu Hand übergeben hatte, flitzte er noch schneller wieder zu seinen Kameraden zurück.
Der Schiffskoch schaute sich an, was man ihm gegeben hatte.
»Der Schwarze Fleck! Ich hab es mir gedacht«, bemerkte er. »Wo habt ihr nur das Papier dazu her? Was? Da schau mal her! Das bringt kein Glück! Ihr habt dies aus einer Bibel herausgeschnitten. Welcher Narr zerschneidet eine Bibel?«
»Da habt ihr's!«, sagte Morgan. »Was hab ich gesagt? Davon wird nichts Gutes kommen, hab ich gesagt.«
»Schön, ihr habt es also unter euch ausgemacht«, fuhr Silver fort. »Ich schätze, ihr werdet alle am Galgen enden. Welcher schwachköpfige Narr hat denn eine Bibel gehabt?«
»Es war Dick«, sagte einer.
»Dick war es also? Dann kann Dick ja mit dem Beten anfangen«, sagte Silver. »Er hat sein Teil Glück bereits bekommen, dieser Dick, darauf könnt ihr euch verlassen.«
Aber der lange Kerl mit den gelben Augen unterbrach ihn.
»Mach dem Geschwätz ein Ende, John Silver«, sagte er. »Diese Mannschaft hat dir nach ordentlicher Beratung, wie es vorge-

schrieben ist, den Schwarzen Fleck übergeben. Jetzt dreh ihn herum, wie es vorgeschrieben ist, und schau nach, was draufsteht. Dann kannst du reden.«

»Vielen Dank, George«, erwiderte der Schiffskoch. »Du warst immer für das Praktische gewesen und hast die Regeln im Kopf, George. Das sehe ich gerne. Also, was ist es denn nun? Ah! ›Abgesetzt‹ – das ist es, hab ich Recht? Das ist sehr schön geschrieben, da kann man nichts sagen. Es sieht aus wie gedruckt, möchte man meinen.«

»Genug jetzt«, sagte George, »du wirst diese Mannschaft nicht länger zum Narren halten.

Du bist ein witziger Kerl, auf unsere Rechnung. Aber damit ist es jetzt vorbei. Du kannst von diesem Fass heruntersteigen und mit uns abstimmen.«

»Ich dachte, du hättest gesagt, dass du die Regeln kennst«, entgegnete Silver voller Verachtung. »Doch wenn du sie auch nicht kennst – ich kenne sie. Und ich warte hier – immer noch euer Käpt'n, merkt euch das –, bis ihr eure Beschwerden vorbringt und ich euch antworten werde. Inzwischen ist euer Schwarzer Fleck nicht einen Zwieback wert. Alles Weitere wird sich dann finden.«

»Oh«, erwiderte George, »du meinst wohl, du hättest nichts zu befürchten. Wir sind uns jedenfalls einig, das kann man sagen. Erstens hast du dieses ganze Unternehmen verpfuscht und du kannst nicht so verwegen sein das zu leugnen. Zweitens hast du den Feind umsonst aus dieser Falle hier herausgelassen. Warum wollten sie heraus? Ich weiß es nicht. Aber es ist ziemlich klar, dass sie herauswollten. Drittens wolltest du es uns nicht erlauben, sie auf dem Weg zu überfallen. Oh, wir haben dich durchschaut, John Silver. Du hast ein falsches Spiel mit uns getrieben, das ist es, was bei dir faul ist. Und viertens ist da noch dieser Junge.«

»Ist das alles?«, fragte Silver ruhig.

»Es ist mehr als genug«, gab George zurück. »Für deine Fehler werden wir alle hängen und in der Sonne dörren.«

»Also gut, hört zu. Ich werde auf diese vier Punkte antworten; einen nach dem andern werde ich sie beantworten. Ich habe also dieses Unternehmen verpfuscht. Hab ich das wirklich? Gut, ihr alle wisst, was ich wollte, und ihr alle wisst, wenn es so durchgeführt worden wäre, dann säßen wir alle diese Nacht so wie immer an Bord der *Hispaniola,* alle wären noch am Leben und gesund und wir hätten den Bauch voll guten Plumpudding und der Schatz läge sicher im Laderaum des Schiffes, zum Donnerwetter! Gut, wer hat meine Pläne durchkreuzt? Wer hat mich zu etwas anderem gezwungen, mich, euren gesetzlichen Käpt'n? Wer gab mir den Schwarzen Fleck an dem Tag, als wir an Land gingen, und wer hat also diesen Tanz begonnen? Ah, es ist ein schöner Tanz – da bin ich ganz eurer Ansicht – und er hat viel Ähnlichkeit mit dem Tanz in einer Tauschlinge auf dem Hinrichtungsdock in London, in der Tat. Aber wer ist daran schuld? Nun, Anderson und Hands und du, George Merry! Und du bist der Letzte von dieser aufsässigen Bande, der noch an Bord ist. Und du hast die teuflische Unverschämtheit aufzustehen und dich als Käpt'n über mich zu setzen – gerade du, der so viele von uns ins Unglück gestürzt hat! Bei allen Teufeln, das ist das stärkste Stück, das ich je erlebt habe.«

Silver machte eine Pause. An den Gesichtern von George und seinen Genossen konnte ich ablesen, dass er nicht vergeblich gesprochen hatte.

»So viel zu Nummer eins!«, rief der Angeklagte und wischte sich den Schweiß von der Stirn, denn er hatte mit einer Heftigkeit gesprochen, die das Haus erzittern ließ.

»Mach schon, John«, sagte Morgan. »Sprich zu den anderen Punkten!«

»Natürlich, die anderen Punkte!«, entgegnete John. »Es ist eine ziemliche Menge, oder nicht? Ihr sagt, dieses Unternehmen sei verpfuscht. Wenn ihr nur begreifen könntet, wie sehr es verpfuscht ist, ihr würdet staunen! Wir sind dem Galgen so nahe, dass mir der Hals steif wird, wenn ich nur daran denke. Vielleicht habt ihr sie einmal gesehen, in Ketten aufgehängt. Vögel sitzen auf ihren Schultern und die Matrosen werden mit dem Finger auf uns zeigen, wenn sie mit der Flut auslaufen. So weit sind wir also, jeder Einzelne von uns, und wir verdanken es dem dort und Hands und Anderson und all den verdammten Narren unter euch. Und wenn ihr etwas über Nummer vier hören wollt und über diesen Jungen da – zum Teufel, ist er nicht eine Geisel? Sollen wir eine Geisel vernichten? Nein, das werden wir nicht tun. Er kann unsere letzte Rettung sein, und das sollte mich nicht wundern. Diesen Jungen umbringen? Ich nicht, Kameraden! Und Nummer drei? Ah, dazu gibt es eine ganze Menge zu sagen. Vielleicht zählt es für euch nichts, dass ein studierter Doktor jeden Tag zu euch kommt, um nach euch zu sehen – nach dir, John, mit deinem zerschlagenen Schädel oder nach dir, George Merry, den noch vor sechs Stunden das Fieber schüttelte und der Augen hat so gelb wie eine Zitrone. Und vielleicht wisst ihr auch nicht, dass ein Rettungsschiff unterwegs ist? Aber es ist so und es wird nicht mehr lange dauern. Dann werden wir sehen, wer froh darüber ist, eine Geisel zu haben, wenn es so weit kommen sollte. Und das zu

Nummer zwei und warum ich einen Handel gemacht habe – ihr seid auf den Knien vor mir gekrochen, damit ich es getan habe, ja auf euren Knien seid ihr gekommen, weil ihr so mutlos wart. Ihr wärt verhungert, wenn ich es nicht getan hätte – aber das war nicht das Wichtigste. Seht her – dafür hab ich's getan!«
Er warf ein Stück Papier auf den Boden, das ich sofort erkannte – es war tatsächlich die Karte auf dem gelben Papier mit den drei roten Kreuzen, die ich in dem Wachstuch auf dem Boden der Kiste des Kapitäns gefunden hatte. Ich konnte mir einfach nicht denken, warum der Doktor sie ihm gegeben hatte.
Doch wenn es mir unverständlich war, so war das Auftauchen der Karte für die überlebenden Meuterer ganz und gar unglaublich. Sie sprangen darauf zu wie Katzen nach einer Maus. Sie ging von Hand zu Hand und einer entriss sie dem andern. Ihre Untersuchungen wurden von Flüchen, Schreien und kindischem Gelächter begleitet und man hätte denken können, nicht nur das Gold befinde sich schon in ihren Händen, sondern sie seien schon in Sicherheit und auf See damit.
»Ja«, sagte einer, »die ist auf jeden Fall von Flint. J. F. und drunter ein Strich mit einem Schnörkel dran; so hat er immer unterschrieben.«
»Alles schön und gut«, sagte George, »aber wie wollen wir mit dem Schatz wegkommen? Wir haben kein Schiff!«
Plötzlich sprang Silver auf und stützte sich mit einer Hand gegen die Wand: »Ich warne dich, George«, rief er, »noch ein einziges unzufriedenes Wort und ich fordere dich zum Kampf! Wie? Wie soll ich das wissen? Du müsstest mir das sagen, du und die anderen, die mit ihrem Dreinreden das Schiff verloren haben. In der Hölle sollt ihr brennen! Aber du kannst es nicht, du hast ja nicht einmal so viel Verstand wie eine Küchenschabe.

Ihr habt das Schiff verloren; ich hab den Schatz gefunden. Wer ist also der bessere Mann? Und jetzt trete ich zurück, zum Donnerwetter! Jetzt wählt zu eurem Käpt'n, wen ihr wollt, ich hab genug davon.«

»Silver!«, schrien sie. »Smutje soll es sein! Smutje soll unser Käpt'n sein!«

»So, bläst der Wind jetzt aus dieser Richtung, he?«, schrie der Koch. »Ich schätze, Freund George, du wirst auf eine andere Gelegenheit warten müssen, und es ist dein Glück, dass ich kein rachsüchtiger Mann bin. Aber das bin ich nie gewesen. Und nun, Kameraden, was ist mit dem Schwarzen Fleck? Er ist nicht mehr viel wert jetzt, oder? Dick hat sein Glück verscherzt und seine Bibel verdorben, das ist alles.«

»Ob es was helfen wird, wenn ich das Buch an der Stelle küsse?«, knurrte Dick, der sich mit dem Fluch, den er auf sich geladen hatte, nicht wohl in seiner Haut fühlte.

»Eine Bibel, aus der ein Stück herausgeschnitten ist!«, erwiderte Silver verächtlich. »Nein, das hilft nichts. Die ist nicht mehr wert als ein Märchenbuch.«

»Tatsächlich?«, rief Dick beinahe fröhlich. »Ich schätze, das ist auch etwas wert.«

»Hier, Jim, das ist ein Andenken für dich«, sagte Silver und warf mir das Stückchen Papier zu.

Es war rund und hatte etwa die Größe eines Kronenstückes. Die bedruckten Seiten waren mit Holzasche geschwärzt worden, die abfärbte und mir die Finger beschmutzte. Auf der weißen Seite stand, mit der gleichen Farbe geschrieben, ein Wort: »Abgesetzt«. In diesem Augenblick liegt dieses Andenken neben mir.

Auf Ehrenwort

Wir erwachten alle – ich konnte sogar sehen, wie die Wache zusammenfuhr, die gegen den Türpfosten gesunken war –, als eine klare kräftige Stimme uns vom Rand des Waldes anrief: »Blockhaus ahoi! Hier ist der Doktor.«

»Ihr seid es, Doktor! Einen schönen guten Morgen für Euch«, rief Silver, der sofort hellwach war und über das ganze Gesicht strahlte. »Frühzeitig, in der Tat; es heißt ja auch: Morgenstund hat Gold im Mund. George, pack deine Knochen zusammen und hilf Doktor Livesey über die Reling! Eure Patienten sind alle wohlauf, sie sind alle frisch und munter.«

So schwätzte er drauflos. Dabei stand er auf dem Gipfel des Hügels, seine Krücke unter dem Arm und eine Hand gegen das Blockhaus gestützt – in Stimme, Haltung und Ausdruck ganz der alte John.

»Wir haben auch eine hübsche Überraschung für Euch, Doktor«, fuhr er fort. »Wir haben einen kleinen Besucher hier – haha! Einen neuen Pensionär und Logiergast, der hübsch aussieht und quietschfidel ist. Geschlafen hat er die ganze Nacht längsseits von John – Steven an Steven lagen wir die ganze Nacht.«

Doktor Livesey hatte inzwischen die Palisaden überklettert

und war dem Koch schon ziemlich nahe gekommen. Ich hörte die Veränderung in seiner Stimme, als er fragte: »Doch nicht etwa Jim?«

»Gerade Jim und so, wie er immer war«, antwortete Silver.

Der Doktor blieb wie angewurzelt stehen und sagte kein Wort. Es dauerte einige Sekunden, ehe er weitergehen konnte.

»Gut, gut«, sagte er schließlich, »erst die Arbeit und dann das Vergnügen, wie Ihr selbst einmal gesagt habt, Silver. Wollen wir uns die Patienten ansehen.«

Einen Augenblick später betrat er das Blockhaus, nickte mir grimmig zu und begann mit der Untersuchung der Kranken.

»Es geht Euch ganz gut, mein Freund«, sagte er zu dem Burschen mit dem verbundenen Kopf. »Wenn jemals einer gerade noch davongekommen ist, so seid Ihr es. Euer Schädel muss hart sein wie Eisen. Und wie geht es Euch, George? Ihr habt ja eine reizende Farbe, ja, Eure Leber ist völlig durcheinander. Habt Ihr diese Medizin genommen? Hat er wirklich seine Medizin genommen, Männer?«

»Jaja, er hat sie ganz bestimmt genommen«, erwiderte Morgan.

»Ihr wisst doch«, sagte Doktor Livesey im freundlichsten Ton, »seit ich Arzt unter Meuterern, oder wie ich lieber sagen würde, Gefängnisarzt bin, ist es für mich Ehrensache, keinen Mann für König Georg – Gott segne ihn! – und für den Galgen zu verlieren.«

Die Spitzbuben schauten einander an, schluckten aber schweigend diese bittere Pille.

»Dick fühlt sich nicht wohl, Doktor«, sagte einer.

»Wirklich?«, fragte der Doktor zurück. »Na, dann kommt mal her, Dick, lasst mich Eure Zunge sehen. Ja, ich würde mich wundern, wenn es ihm gut ginge! Vor dieser Zunge müssen ja sogar die Franzosen Angst bekommen. Wieder einer mit dem Fieber.«

»So geht das«, sagte Morgan, »wenn man eine Bibel zerreißt.«

»So geht das – wie Ihr sagt –, weil ihr unverbesserliche Esel seid«, entgegnete der Doktor, »und weil ihr nicht genug Verstand habt, um saubere Luft von Gift zu unterscheiden und trockene Erde von einem verpesteten Sumpfloch.«

Dann gab er allen rundherum von seinen Pillen und sie nahmen seine Vorschriften mit geradezu lächerlicher Unterwürfigkeit hin, mehr wie Kinder in einem Waisenhaus als wie blutgierige Meuterer und Piraten.

»Schön«, fügte er hinzu, »das wär's für heute. Und jetzt hätte ich gerne mit dem Jungen da gesprochen.«

Dabei nickte er mit dem Kopf nachlässig zu mir her.

George Merry stand an der Tür, spuckte und hustete nach der bitteren Medizin, die er bekommen hatte. Bei dem letzten Wort des Arztes fuhr er mit rotem Kopf herum, schrie: »Nein!«, und fluchte laut.

Da schlug Silver mit der flachen Hand auf das Fass.

»Ruhe!«, brüllte er und schaute wie ein Löwe um sich. »Doktor«, fuhr er dann in seinem gewöhnlichen Ton fort, »ich habe schon daran gedacht, denn ich weiß, dass Ihr den Jungen gut leiden könnt. Wir sind Euch allen für Eure Güte sehr dankbar und Ihr seht, wir vertrauen Euch und schlucken die Medizin hinunter, als wäre es Grog. Ich glaube, ich habe einen Weg gefunden, der uns allen passen wird. Hawkins, willst du mir als ein junger Gentleman dein Ehrenwort geben – denn du bist ein junger Gentleman, wenn auch arm geboren –, dein Ehrenwort also, dass du nicht durchbrennst?«

Bereitwillig gab ich das verlangte Versprechen.

»Dann, Doktor«, sagte Silver, »geht hinaus und steigt über die Palisaden. Wenn Ihr dort seid, werde ich Euch den Jungen hinunterbringen an die Innenseite. Ich schätze, Ihr könnt mit ihm durch die Ritzen reden. Einen guten Tag, Doktor, und unsere besten Empfehlungen dem Baron und Käpt'n Smollett.«
Die Entrüstung, die nur Silvers böse Blicke zurückgehalten hatten, brach sofort los, nachdem der Doktor das Haus verlassen hatte. Silver wurde von allen beschuldigt ein doppeltes Spiel zu spielen, die Interessen seiner Verbündeten und Opfer zu verraten und zu versuchen für sich selbst einen Separatfrieden abzuschließen. Mit einem Wort, man warf ihm genau das vor, was er wirklich tat. In diesem Fall schien es mir so offen auf der Hand zu liegen, dass ich mir nicht vorstellen konnte, wie er ihren Ärger besänftigen wollte. Aber er war ihnen weit überlegen und sein Sieg in der letzten Nacht hatte ihm wieder großen Einfluss über sie verschafft. Er nannte sie alle Narren und Dummköpfe, wie man sie nirgends sonst finden könne, behauptete, es sei notwendig, dass ich mit dem Doktor spreche, und hielt ihnen die Karte unter die Nasen. Dann fragte er sie, ob sie es sich leisten könnten, die Abmachung gerade an dem Tag zu brechen, an dem sie auf die Schatzsuche gehen wollten.
»Nein, zum Donnerwetter!«, rief er. »Wir müssen die Abmachung dann brechen, wenn es an der Zeit ist. Bis dahin will ich den Doktor an der Nase herumführen und wenn ich seine Stiefel mit Schnaps einreiben müsste.«
Dann ließ er sie das Feuer anzünden und stelzte auf seiner Krücke hinaus. Mit der Hand auf meiner Schulter ließ er die andern verwirrt zurück. Er hatte sie nicht überzeugt, sondern mit seiner Redekunst zum Schweigen gebracht.
»Langsam, mein Junge, langsam«, sagte er, »sie können in der

nächsten Sekunde über uns herfallen, wenn sie sehen, dass wir es eilig haben.«

Ganz gemütlich gingen wir also durch den Sand hinunter zu der Stelle, wo der Doktor uns auf der anderen Seite der Palisaden erwartete. Sobald wir so nahe herangekommen waren, dass wir leicht miteinander reden konnten, blieb Silver stehen.

»Ihr werdet Euch das alles merken, Doktor«, sagte er. »Der Junge wird Euch erzählen, wie ich ihm das Leben gerettet habe und dafür sogar abgesetzt wurde. Doktor, wenn ein Mann so hart am Wind steuert wie ich und mit jedem Atemzug seinen Hals riskiert, dann ist es doch nicht zu viel verlangt, ein gutes Wort für ihn einzulegen? Erinnert Euch bitte daran, dass es jetzt nicht nur um mein Leben geht – es geht auch um das Leben dieses Jungen. Darum gebt mir ein gutes Wort, Doktor, und ein wenig Hoffnung für die Zukunft um der Barmherzigkeit willen.«

Silver hatte sich vollständig verändert, seit er hier draußen war und seinen Freunden und dem Blockhaus den Rücken zudrehte. Seine Wangen schienen eingefallen und seine Stimme zitterte. Nie vorher hatte er so todernst gesprochen. »Aber John, Ihr habt doch nicht etwa Angst?«, fragte Doktor Livesey.

»Doktor, ich bin kein Feigling, nein, das bin ich nicht. Kein bisschen«, und er schnippte mit den Fingern. »Und wenn ich einer wäre, ich würde es nicht sagen. Aber ich gebe ehrlich zu, dass ich zittere, wenn ich an den Galgen denke. Ihr seid ein guter und ehrlicher Mensch; ich habe nie einen besseren Mann gesehen. Ihr werdet nicht vergessen, was ich Gutes getan habe, ebenso wenig wie Ihr das Böse vergessen werdet, das weiß ich. Schaut her, ich gehe jetzt auf die Seite und lasse Euch mit Jim allein. Ihr werdet Euch auch das merken, denn es ist viel, was ich da für Euch tue.«

Mit diesen Worten ging er ein kleines Stück zurück, bis er außer Hörweite war. Dann setzte er sich auf einen Baumstumpf und begann zu pfeifen. Hin und wieder drehte er sich auf seinem Sitz herum, um einmal nach mir und dem Doktor, ein andermal nach seinen unruhigen Gefährten zu schauen, die im Sand zwischen dem Feuer, das sie eifrig schürten, und dem Blockhaus, aus dem sie Fleisch und Brot für das Frühstück trugen, hin und her liefen.

»Also, Jim«, begann der Doktor mit trauriger Stimme, »da bist du also wieder. Was du dir eingebrockt hast, das sollst du auch auslöffeln, mein Junge. Der Himmel weiß, dass ich es nicht fertig bringe, dich auszuschimpfen. Aber so viel möchte ich dir sagen, ob es nun freundlich klingt oder nicht: Wenn Kapitän Smollett gesund gewesen wäre, hättest du nicht gewagt fortzulaufen. Doch da er krank war und es nicht verhindern konnte, weiß der Himmel, da war es ausgesprochen feige!«

Ich gebe zu, dass ich bei diesen Worten zu heulen begann. »Doktor«, sagte ich, »spart Euch Eure Vorwürfe. Ich habe mir selbst schon genug gemacht. Mein Leben ist sowieso verwirkt und ich wäre jetzt schon tot, wenn Silver sich nicht für mich eingesetzt hätte. Aber dies müsst Ihr mir glauben, Doktor, ich kann sterben – und ich verdiene wohl den Tod –, aber ich fürchte mich vor der Folter. Wenn sie mich foltern werden –«

»Jim«, unterbrach mich der Doktor und seine Stimme hatte sich ganz verändert, »Jim, ich kann das nicht hören. Spring über den Zaun und wir laufen davon.«

»Doktor«, entgegnete ich, »ich habe mein Wort gegeben.«

»Ich weiß, ich weiß«, rief er. »Das können wir jetzt nicht ändern, Jim. Ich will es auf mich nehmen, mein Junge, Hals über Kopf, Schimpf und Schande. Ich kann dich einfach nicht hier lassen. Spring doch! Ein Satz und du bist draußen. Wir werden wie die Antilopen davonrennen.«

»Nein«, antwortete ich, »Ihr wisst nur zu gut, dass Ihr es selbst auch nicht tun würdet; weder Ihr noch der Baron, noch der Kapitän. Genauso wenig werde ich es tun. Silver vertraut mir, ich habe mein Wort gegeben, also werde ich auch zurückgehen. Aber, Doktor, Ihr habt mich nicht zu Ende reden lassen. Wenn sie mich foltern werden, kann es sein, dass ich ihnen sage, wo das Schiff ist; denn ich habe das Schiff genommen – ich habe es gewagt und ich hatte Glück. Es liegt in der Nordeinfahrt, am südlichen Ufer und gerade unter Hochwasser. Bei halber Ebbe muss es trocken liegen.«

»Das Schiff!«, rief der Doktor aus.

Eilig erzählte ich ihm meine Abenteuer und er hörte mir schweigend zu.

»Das ist eine Fügung des Schicksals«, bemerkte er, als ich geendet hatte. »Bei jedem Schritt bist du es, der uns das Leben rettet. Glaubst du, wir lassen es zu, dass du das deine verlierst? Das wäre ein schlechter Lohn, mein Junge. Du hast die Verschwörung entdeckt; du hast Ben Gunn gefunden – es war die beste Tat, die du je vollbracht hast oder vollbringen wirst, und solltest du neunzig Jahre alt werden. Beim Jupiter, da wir gerade von Ben Gunn sprechen, er ist das Unheil in Person. Silver!«, rief er. »Silver! Ich möchte Euch einen Rat geben«, fuhr er fort, als der Koch näher kam. »Beeilt Euch nicht zu sehr mit der Suche nach dem Schatz.«

»Nun, Doktor, ich werde mein Möglichstes tun, aber das wird nicht gehen«, sagte Silver. »Ich kann nur mein Leben und das des Jungen retten, wenn ich nach diesem Schatz suche, das ist ganz sicher.«

»Gut, Silver«, erwiderte der Doktor. »Wenn das so ist, dann will ich noch ein Stück weitergehen: Nehmt Euch vor Sturm in Acht, wenn Ihr ihn findet.«

»Von Mann zu Mann, Doktor«, sagte Silver, »das ist zu wenig und zu viel gesagt. Was habt Ihr vor? Warum habt Ihr das Blockhaus verlassen? Warum habt Ihr mir diese Karte gegeben? Ich weiß darauf keine Antwort. Dennoch habe ich mit geschlossenen Augen und ohne ein Wort der Hoffnung getan, was Ihr verlangt habt. Aber das hier ist zu viel. Wenn Ihr mir nicht klar und deutlich sagt, was Ihr meint, so werde ich das Steuer fahren lassen.«

»Nein«, entgegnete der Doktor nachdenklich, »ich habe kein Recht Euch mehr zu sagen. Es ist nicht mein Geheimnis, Silver. Wäre es das, ich würde es Euch sagen, darauf gebe ich Euch mein Wort. Aber ich will so weit gehen, wie ich es wagen kann, und sogar noch einen Schritt darüber hinaus. Der Kapitän wird mir dafür schon die Perücke zurechtrücken, wenn ich mich nicht irre. Doch zuerst will ich Euch ein wenig Hoffnung geben: Silver, wenn wir beide lebendig aus dieser Falle herauskommen, so werde ich alles tun, um Euch zu retten.«

Silvers Gesicht strahlte. »Etwas Besseres hättet Ihr mir nicht sagen können, das ist sicher, Doktor, und wenn Ihr meine eigene Mutter wärt«, rief er aus.

»Schön, das war mein erstes Zugeständnis«, fügte der Doktor hinzu. »Mein zweites ist ein guter Rat: Haltet den Jungen immer bei Euch, und wenn Ihr Hilfe braucht, dann ruft. Ich gehe jetzt fort, um Euch Hilfe zu suchen, und das wird Euch zeigen, dass ich es ernst meine. Auf Wiedersehen, Jim!«

Doktor Livesey gab mir durch die Palisaden die Hand, nickte Silver zu und verschwand mit schnellen Schritten im Wald.

Die Suche nach dem Schatz

Als wir wieder allein waren, sagte Silver: »Jim, ich habe dir das Leben gerettet und du mir das meine. Das werde ich nie vergessen. Ich habe gesehen, dass dir der Doktor gewinkt hat von hier wegzulaufen – aus den Augenwinkeln hab ich es gesehen. Ich habe aber auch gesehen, dass du Nein gesagt hast, so gut hab ich es gesehen, als hätte ich es mit meinen eigenen Ohren gehört. Jim, das spricht für dich. Das ist der erste Hoffnungsschimmer seit dem misslungenen Angriff und ich verdanke ihn dir.«

In diesem Augenblick rief uns ein Mann vom Feuer zu, dass das Frühstück fertig sei. Bald saßen wir im Sand herum und waren mit Zwieback und gebratenem Fleisch beschäftigt.

»He, Kameraden«, sagte er, »es ist euer Glück, dass ihr Smutje habt, der mit seinem Kopf hier für euch denkt. Ich habe bekommen, was ich wollte. Richtig, sie haben das Schiff. Wo sie es haben, weiß ich nicht. Wenn wir aber erst einmal den Schatz haben, dann werden wir uns aufmachen und es finden. Und dann, Kameraden, haben wir die Boote und ich schätze, damit auch die Oberhand.«

Auf diese Weise redete er weiter und stopfte sich den Mund

voll heißen Speck. So stellte er Vertrauen und Hoffnung bei ihnen wieder her und auch bei sich selbst.

»Was die Geisel betrifft«, fuhr er fort, »so war dies sein letztes Gespräch, nehme ich an, mit denen, die er so sehr liebt. Ich habe dabei genug Neues erfahren und ich bin ihm dafür dankbar. Aber das ist vorbei und erledigt. Ich werde ihn an die Leine nehmen, wenn wir auf Schatzsuche gehen, denn er ist Gold für uns wert, ihr versteht, vor allem wenn uns etwas passieren sollte. Wenn wir einmal das Schiff und den Schatz besitzen und als flotte Mannschaft auf dem Meer sind, nun, dann wollen wir wieder über Hawkins reden. Dann soll er auch ganz sicher seinen Anteil bekommen für seine Freundlichkeit.«

Dass die Männer jetzt gute Laune hatten, war kein Wunder. Jedoch ich war schrecklich niedergeschlagen. Sollte der Plan, den er eben entworfen hatte, sich als durchführbar erweisen, dann würde Silver, der schon jetzt ein doppelter Verräter war, mit der Ausführung nicht zögern.

Er hatte noch immer zwei Eisen im Feuer und es bestand kein Zweifel darüber, dass er Reichtum und Freiheit mit den Piraten einem bloßen Entkommen vom Galgen vorziehen würde, denn mehr hatte er auf unserer Seite nicht zu erhoffen.

Selbst wenn es so ausging, dass er gezwungen war Doktor Livesey die Treue zu halten, welche Gefahren lagen auch dann noch vor uns! Man kann sich leicht vorstellen, wie wenig mir das Frühstück schmeckte und mit welchem schweren Herzen ich mich hinter meinen Wächtern zur Schatzsuche aufmachte.

Wir boten ein eigenartiges Bild, wenn uns jemand beobachtet hätte. Alle trugen schmutzige Matrosenkleider und waren – außer mir – bis an die Zähne bewaffnet. Silver hatte sich zwei Gewehre umgehängt – eins vorn und ein anderes auf dem Rücken –, dazu trug er im Gürtel ein großes Entermesser und in jeder Tasche seines langen Rockes eine Pistole. Zur Vervollständigung seiner merkwürdigen Erscheinung saß Kapitän Flint breit auf seiner Schulter und plapperte allerlei sinnloses Zeug vor sich hin. Mir hatte man einen Strick um den Leib gebunden und ich folgte gehorsam dem Schiffskoch, der das Ende der Leine mal in der Hand, mal zwischen seinen Zähnen hielt. So wurde ich tatsächlich wie ein Tanzbär an der Leine mitgeführt.

Die übrigen Männer waren verschieden bepackt. Einige trugen Hacken und Schaufeln – die hatten sie als wichtigste Geräte zuerst von der *Hispaniola* ans Ufer geschafft –, andere waren mit Fleisch, Zwieback und Branntwein für das Mittagessen beladen.

So ausgerüstet, zogen wir alle los zum Strand, wo die beiden Boote auf uns warteten.

Während wir hinüberruderten, entwickelte sich eine Diskussion über die Karte. Das rote Kreuz war natürlich viel zu groß, um als Führer zu dienen, und die Angaben auf der Rückseite des Papiers konnte man verschieden auslegen. Sie lauteten, wie der Leser sich erinnern wird:

»Hoher Baum, Abhang des Fernrohrs, deutet auf einen Punkt in Nordnordost zu Nord. Skelettinsel Ostsüdost und bei Ost. Zehn Fuß.«

Ein hoher Baum war also das wichtigste Merkmal. Gerade vor uns wurde der Ankerplatz von einem zwei- bis dreihundert Fuß hohen Plateau begrenzt, an das sich im Norden der abfallende Hang des Fernrohr-Berges anschloss und das im Süden wieder zu der rauen Erhebung anstieg, die Besanmast-Berg genannt wurde. Dieses Plateau war dicht mit Fichten bestanden, die verschieden hoch waren. Hier und da erhob sich ein Baum anderer Art vierzig oder fünfzig Fuß über seine Nach-

barn empor. Welcher davon der bestimmte »hohe Baum« des Kapitän Flint war, ließ sich nur an Ort und Stelle und mithilfe eines Kompasses entscheiden.
Nach Silvers Anordnung ruderten wir gemächlich, um die Männer nicht vorzeitig zu ermüden. Nach einer ziemlich langen Fahrt landeten wir an der Mündung des zweiten Flusses, der durch eine bewaldete Schlucht vom Fernrohr-Berg herunterkommt. Dann hielten wir uns nach links und begannen den Aufstieg zu dem Plateau. Schreiend und hin und her springend, zerstreuten sich die Männer nach allen Seiten. Etwa in der Mitte und ein gutes Stück hinter den übrigen folgten Silver und ich – ich durch den Strick an ihn gefesselt und er schwer atmend auf dem unsicheren Boden. Von Zeit zu Zeit musste ich ihm sogar die Hand geben, sonst hätte er den Halt verloren und wäre den Hügel rückwärts hinuntergestürzt.
Auf diese Weise hatten wir etwa eine halbe Meile zurückgelegt und näherten uns der Höhe des Plateaus, als der Mann, der am weitesten links ging, laut zu schreien begann. Er stieß einen Schrei nach dem andern aus und die übrigen rannten in seine Richtung.
»Er kann den Schatz nicht gefunden haben«, sagte der alte Morgan und rannte, von rechts kommend, an uns vorbei, »denn der liegt doch sicher oben auf dem Gipfel.«
Als wir die Stelle auch erreichten, fanden wir in der Tat etwas ganz anderes. Am Fuße einer ziemlich hohen Fichte und von grünen Pflanzen überwuchert, die sogar einige kleinere Knochen emporgehoben hatten, lag ein menschliches Skelett auf dem Boden und darum herum einige Kleiderfetzen. Ich glaube, dass es uns alle einen Augenblick schauderte.
»Es war ein Matrose«, sagte George Merry, der, kühner als die

anderen, näher herangetreten war und die Reste der Kleider untersuchte. »Immerhin ist das gutes Seemannstuch.«

»Jaja«, sagte Silver, »sieht ganz so aus. Ich schätze, du hast nicht erwartet einen Bischof hier zu finden, oder? Aber wie seltsam die Knochen daliegen. Das ist doch nicht natürlich!«

Tatsächlich, auf den zweiten Blick schien es unmöglich, sich vorzustellen, dass sich der Körper in einer natürlichen Lage befand. Von einer unbedeutenden Unordnung abgesehen – vielleicht das Werk der Vögel, die sich von ihm ernährt hatten, oder der langsam wachsenden Pflanzen, die seine Reste allmählich eingehüllt hatten –, lag der Mann vollkommen gerade da, seine Füße deuteten nach der einen, seine Hände, die wie bei einem Taucher über den Kopf gestreckt waren, genau nach der entgegengesetzten Seite. »Da taucht in meinem alten Schädel ein Gedanke auf«, bemerkte Silver. »Das ist der Kompass! Dort ist die Spitze der Skelettinsel, die wie ein Zahn emporragt. Nun peilt doch einmal genau an den Knochen entlang.« Das geschah. Der Körper deutete geradeaus in die Richtung der Insel und der Kompass zeigte Ostsüdost und bei Ost. »Das hab ich mir gedacht«, rief der Koch. »Das hier ist der Wegweiser. Hier gerade hinauf geht's zum Polarstern und zu den lustigen Goldstückchen. Aber zum Teufel, mir wird ganz kalt, wenn ich an Flint denke. Das ist einer seiner Scherze, da gibt es keinen Zweifel. Er war mit diesen sechsen hier allein. Er hat sie umgebracht, jeden Einzelnen. Diesen hat er hierher geschleppt und als Kompass hingelegt. Der Teufel soll mich holen. Es sind lange Knochen und sein Haar war einmal blond. Ja, es könnte Allardyce sein. Erinnerst du dich an Allardyce, Tom Morgan?«

»Ja«, erwiderte Morgan, »ich erinnere mich an ihn. Er schuldete mir Geld, tatsächlich, er nahm mein Messer mit an Land.«

»Weil wir gerade von Messern sprechen«, sagte ein anderer. »Warum liegt seins hier nicht rum? Flint war nicht der Mann, der die Taschen eines Matrosen ausräumte, und die Vögel, denke ich, hätten es liegen gelassen.«

»Zum Teufel, das ist wahr!«, rief Silver.

»Hier ist nichts übrig geblieben«, sagte Merry, der noch immer zwischen den Knochen herumsuchte. »Weder ein Kupferpenny noch eine Tabaksdose. Das kommt mir nicht natürlich vor.«

»Nein, zum Henker, das ist es nicht«, stimmte Silver zu. »Es ist weder natürlich noch schön, wie du sagst. Heiliges Kanonenrohr! Kameraden, wenn Flint noch am Leben wäre, dann wäre dies eine gefährliche Sache für euch und für mich. Sie waren sechs und sechs sind wir. Aber jetzt sind sie nur noch Knochen.«

»Mit diesen meinen eigenen Augen habe ich seine Leiche gesehen«, sagte Morgan. »Billy nahm mich mit hinein. Da lag er mit Pennystücken auf den Augen.«

»Tot – ja, sicher ist er tot und in die Grube gefahren«, warf der Kerl mit dem verbundenen Kopf ein. »Aber wenn jemals ein Geist umgeht, dann ist es der von Flint. Meine Güte, der hat ein böses Ende genommen, dieser Flint!«

»Komm, komm«, sagte Silver, »mach Schluss mit diesem Gerede. Er ist tot und er geht nicht um, das weiß ich – wenigstens nicht bei Tage, darauf könnt ihr euch verlassen. Kummer macht vor der Zeit alt – vorwärts, wir wollen die Goldstücke holen!«

Dann brachen wir auf. Aber trotz der heißen Sonne und des hellen Tageslichtes rannten die Piraten nicht mehr einzeln und schreiend durch den Wald, sondern blieben beisammen und sprachen nur noch mit gedämpfter Stimme. Der Schrecken vor dem toten Seeräuber hatte ihnen die Unbekümmertheit genommen.

Die Stimme unter den Bäumen

Teils unter dem dämpfenden Einfluss dieses Schreckens, aber auch um Silver und den Verwundeten ausruhen zu lassen, setzte sich die ganze Gesellschaft nieder, sobald man die Höhe des Plateaus erreicht hatte.

Außer der fernen Brandung, die von allen Seiten zu uns heraufdrang, und dem Summen zahlloser Insekten in den Büschen war kein Laut zu hören. Kein Mensch und kein Segel auf dem weiten Meer waren zu sehen und die große Weite des Umblicks verstärkte noch das Gefühl der Einsamkeit.

Silver nahm Messungen mit dem Kompass vor.

»Es gibt drei ›hohe Bäume‹«, sagte er, »in der geraden Linie von der Skelettinsel her. ›Abhang des Fernrohrs‹ – ich nehme an, das bedeutet den niedrigeren Punkt dort. Jetzt ist es ein Kinderspiel, das Zeug zu finden. Aber ich möchte fast meinen, wir essen erst mal.«

»Ich bin nicht scharf aufs Essen«, knurrte Morgan. »Wenn ich an Flint denke – und ich meine, das muss man –, dann hab ich genug.«

»Schon gut, mein Sohn. Jetzt kannst du deinem Schicksal danken, denn er ist tot«, antwortete Silver.

Seit sie das Skelett gefunden hatten und sich mit solchen Gedanken beschäftigten, hatten sie immer leiser gesprochen. Jetzt flüsterten sie fast nur noch, sodass der Klang ihrer Stimmen kaum das Schweigen des Waldes unterbrach. Ganz plötzlich drang mitten aus den Bäumen vor uns eine dünne, hohe und zitternde Stimme, die das wohl bekannte Lied anstimmte:

»Fünfzehn Mann auf des toten Manns Kiste,
jo-ho, jo-ho – und 'ne Buddel voll Rum!«

Nie habe ich Menschen gesehen, die so zu Tode erschrocken waren wie die Piraten. Wie durch einen Zauber wich die Farbe aus den sechs Gesichtern. Einige sprangen in die Höhe, andere klammerten sich an den Nebenmann. Morgan warf sich auf den Boden.

»Es ist Flint, beim –«, rief Merry.

Der Gesang war so plötzlich zu Ende, wie er begonnen hatte. Er brach sozusagen mitten in einer Note ab, als ob jemand eine Hand über den Mund des Sängers gelegt hätte. Mir kam es vor, als klinge es melodisch und lieblich, als die Töne wie von ferne durch die klare sonnige Luft unter den Bäumen hervordrangen. Doch umso seltsamer war die Wirkung auf meine Gefährten.

»Vorwärts«, sagte Silver und brachte das Wort nur mühsam zwischen seinen aschgrauen Lippen hervor. »So geht das nicht. Klar zum Wenden. Das ist ein toller Anfang. Ich kenne die Stimme nicht, aber es ist sicher jemand, der uns foppen will – jemand, der aus Fleisch und Blut besteht, darauf könnt ihr euch verlassen.«

Als er sprach, fand er seinen Mut wieder und in sein Gesicht kehrte etwas Farbe zurück. Auch die anderen fingen an auf seine Ermutigung zu hören. Da erklang dieselbe Stimme wieder – diesmal aber nicht mit Gesang, sondern mit einem schwa-

chen, fernen Rufen, das noch schwächer in den Klippen des Fernrohr-Berges widerhallte.
»Darby M'Graw«, wehklagte er – denn das ist das Wort, das den Klang am besten beschreibt –, »Darby M'Graw! Darby M'Graw!«
Dieser Name wurde mehrmals wiederholt und dann hob sich die Stimme ein wenig und kreischte mit einem Fluch, den ich nicht wiederholen will: »Bring den Rum nach hinten, Darby!«
Die Seeräuber blieben wie angewurzelt stehen. Ihre Augen traten ihnen fast aus den Höhlen. Als die Stimme schon lange verklungen war, starrten sie einander noch immer schweigend und entsetzt an.
»Jetzt steht es fest!«, keuchte einer. »Verschwinden wir!«
»Das waren seine letzten Worte«, stöhnte Morgan, »seine letzten Worte, die er an Bord gesprochen hat.«
Dick hatte seine Bibel hervorgezogen und betete eifrig. Er hatte eine gute Erziehung genossen, dieser Dick, ehe er zur See fuhr und in schlechte Gesellschaft geriet.
Nur Silver gab sich noch nicht geschlagen. Ich konnte seine Zähne klappern hören, aber er hatte noch nicht aufgegeben.
»Niemand auf dieser Insel hier hat etwas von Darby gehört«, murmelte er, »niemand außer uns hier.« Und dann rief er mit großer Anstrengung: »Kameraden, ich bin hier, um dieses Zeug zu holen, und ich lasse mich weder von einem Menschen noch von einem Teufel vertreiben. Ich habe mich nie vor Flint gefürchtet, solange er noch lebte, und bei allen Teufeln, ich werde ihm auch tot gegenübertreten. Siebenhunderttausend Pfund liegen keine Viertelmeile von hier vergraben. Wann hat jemals ein Glücksritter so vielen Goldstücken den Rücken

zugekehrt wegen eines betrunkenen alten Seemanns mit einer blauen Fratze, der dazu auch noch tot ist?«

Aber bei seinen Gefährten war kein Anzeichen für die Wiederkehr ihres Mutes feststellbar, eher schien ihr Schrecken durch seine gottlosen Worte noch zu wachsen.

»Gib's auf, John«, sagte Merry. »Man soll einem Geist nicht in die Quere kommen.«

Die Übrigen waren so entsetzt, dass sie nichts erwidern konnten. Sie wären am liebsten nach allen Richtungen davongelaufen, wenn sie sich nur getraut hätten. Aber die Furcht hielt sie zusammen und in der Nähe von John, als könnte sein Wagemut ihnen helfen. Er hingegen hatte seine Schwäche schon fast ganz überwunden.

»Ein Geist? Das kann sein«, sagte er. »Aber da ist eine Sache, die mir nicht ganz klar ist. Ich habe ein Echo gehört. Nun, keiner hat je einen Geist mit einem Schatten gesehen, also was hat er dann mit einem Echo zu tun, das möchte ich gerne wissen? Das ist doch sicher nicht natürlich?«

Dieses Argument kam mir sehr schwach vor. Aber man weiß nie, was auf Abergläubische Eindruck macht. Zu meinem Erstaunen zeigte sich George Merry sehr erleichtert.

»Ja, so ist es«, sagte er. »Du hast eben einen Kopf auf deinen Schultern, John, ohne Zweifel. Dreht das Schiff, Kameraden! Ich glaube, diese Mannschaft hier liegt auf falschem Kurs. Und wenn ich darüber nachdenke, so muss ich zugeben, dass es wie Flints Stimme klang, aber doch nicht so frei heraus. Es klang eher wie die Stimme eines anderen, nun, eher wie die Stimme von –«

»Ben Gunn! Bei allen Teufeln!«, brüllte Silver.

»Ja, die war es«, rief Morgan und sprang in die Höhe. »Ben Gunn war es!«

»Das ist kein großer Unterschied, oder?«, fragte Dick. »Ben Gunn ist genauso wenig leibhaftig hier wie Flint.«
Aber die älteren Matrosen lachten höhnisch über diese Bemerkung.
»Niemand kümmert sich um Ben Gunn«, rief Merry. »Tot oder lebendig, wen kümmert das?«
Es war erstaunlich, wie schnell ihr Mut und die natürliche Farbe in ihre Gesichter zurückkehrten. Bald plauderten sie wieder miteinander und machten nur manchmal eine Pause, um zu lauschen. Da sich die Stimme nicht wieder hören ließ, schulterten sie bald darauf ihre Werkzeuge und machten sich wieder auf den Weg. Merry marschierte mit Silvers Kompass voraus, um die gerade Linie zur Skelettinsel einzuhalten. Er hatte Recht gehabt: Tot oder lebendig, niemand kümmerte sich um Ben Gunn.
Hier auf der Höhe konnte man gut und unbehindert gehen. Unser Weg führte uns ein wenig bergab, denn das Plateau neigte sich nach Westen, wie ich schon erwähnt habe. Die großen und schlanken Fichten standen sehr vereinzelt und sogar zwischen den Gruppen von Muskatnussbäumen und Azaleen lagen weite offene Flecken in der glühenden Sonne. Da wir uns fast genau in nordwestlicher Richtung über die Insel bewegten, näherten wir uns einerseits immer mehr dem Abhang des Fernrohr-Berges, andererseits wurde unser Ausblick über die westliche Bucht immer weiter, wo ich damals mit dem Lederboot umhergetrieben worden war.
Dann erreichten wir den ersten der hohen Bäume. Eine Peilung bewies, dass es der falsche war. So ging es auch mit dem zweiten. Der dritte stieg etwa zweihundert Fuß über dem Unterholz empor. Er war ein Riese von einem Baum, sein roter

Stamm hatte den Umfang einer Hütte und in seinem breiten Schatten hätte eine ganze Kompanie Manöver spielen können. Er war weit draußen vom Meer her zu sehen, und zwar vom Osten wie vom Westen, und man hätte ihn als Zeichen für die Schifffahrt auf der Karte einzeichnen können.

Silver humpelte ächzend auf seiner Krücke. Seine Nüstern blähten sich bebend und er fluchte wie ein Verrückter, wenn sich die Fliegen auf seinem heißen, glänzenden Gesicht breit machten. Er zog wütend an dem Strick, mit dem ich an ihn gefesselt war, und von Zeit zu Zeit wandte er den Kopf und warf mir einen Blick zu, der mich erschreckte. Offenbar gab er sich keine Mühe seine Gedanken zu verbergen und ich konnte sie ihm am Gesicht ablesen. In der unmittelbaren Nähe des Goldes hatte er alles andere vergessen. Sein Versprechen und die Warnung des Doktors gehörten beide der Vergangenheit an. Ich konnte nicht daran zweifeln, dass er darauf hoffte, den Schatz zu heben, die *Hispaniola* zu finden und im Schutz der Nacht an Bord zu gehen, jedem ehrlichen Mann auf der Insel die Kehle durchzuschneiden und fortzusegeln, wie er es von Anfang an geplant hatte, beladen mit Verbrechen und Reichtümern.

Von diesen Befürchtungen bedrückt, fiel es mir schwer, mit dem Tempo der Schatzjäger Schritt zu halten. Immer wieder stolperte ich und dann riss Silver unbarmherzig an der Leine und warf mir mörderische Blicke zu. Dick, der hinter uns zurückgeblieben war und jetzt den Schluss bildete, stammelte Gebete und Flüche vor sich hin, während sein Fieber immer höher stieg. Auch dies kam zu meinem Unglück dazu und zu allem Übel wurde ich von dem Gedanken an die Tragödie verfolgt, die sich damals auf dem Plateau abgespielt hatte, als dieser heidnische Seeräuber mit dem blauen Gesicht – der in Savannah gestorben war, grölend und nach Schnaps schreiend – hier mit eigener Hand seine sechs Kumpane umbrachte. Dieses Tal, dachte ich mir, das nun so friedlich dalag, musste von Schreien widergehallt haben und schon bei dem Gedanken daran meinte ich sie noch immer zu hören.

Jetzt waren wir bei dem Dickicht angelangt.

»Hurra, Kameraden, alle zusammen!«, schrie Merry und die an der Spitze begannen zu rennen.

Und plötzlich, keine zehn Schritte entfernt, sahen wir sie stehen bleiben. Ein leiser Schrei erklang. Silver verdoppelte sein Tempo und stampfte mit seiner Krücke wie ein Besessener dahin. Im nächsten Augenblick hielten er und ich ebenfalls an. Vor uns lag eine tiefe Grube. Sie war nicht erst ausgehoben worden, denn die Ränder waren schon hinuntergebrochen und auf dem Boden wuchs bereits wieder Gras. In der Grube lag der zerbrochene Stiel einer Spitzhacke, daneben waren verschiedene Kistenbretter verstreut. Auf einem dieser Bretter konnte ich den Namen *Walross* lesen, der mit einem heißen Eisen eingebrannt worden war. Das war der Name von Flints Schiff.

Damit war alles klar: Man hatte das Versteck entdeckt und ausgeplündert. Die siebenhunderttausend Pfund waren verschwunden.

Der Sturz eines Anführers

Noch niemals in dieser Welt hat es solch eine Enttäuschung gegeben. Jeder der sechs Männer stand wie vom Schlag getroffen da. Aber Silver überwand diesen Schlag in einem Augenblick. Jede Faser seines Herzens war auf diesen Schatz gerichtet gewesen und nun, in einer einzigen Sekunde, war alles zu Ende. Doch er behielt seinen Kopf oben, fand seinen Mut wieder und änderte seinen Plan, ehe die andern Zeit fanden ihre Enttäuschung auch nur zu begreifen.

»Jim«, flüsterte er, »nimm das und halt die Augen offen.«

Damit reichte er mir eine doppelläufige Pistole.

Gleichzeitig begann er sich ohne Hast nach Norden zu bewegen und schon nach wenigen Schritten lag die Grube zwischen uns beiden und den anderen fünf Männern. Dann schaute er mich an und nickte, als wollte er sagen: »Wir stecken hübsch in der Patsche«, und tatsächlich dachte ich das Gleiche. Seine Blicke waren nun wieder sehr freundlich und ich war über diesen plötzlichen Wechsel so empört, dass ich mich nicht enthalten konnte ihm zuzuflüstern: »So habt Ihr also schon wieder die Partei gewechselt.«

Ihm blieb keine Zeit mehr darauf eine Antwort zu geben. Mit

Flüchen und Schreien hüpften die Seeräuber einer nach dem andern in das Loch, warfen die Bretter zur Seite und begannen mit den Händen in der Erde herumzuwühlen. Morgan fand ein Goldstück. Mit einer Flut von Verwünschungen hob er es in die Höhe. Es war ein Zweiguineenstück und wanderte etwa eine Viertelminute unter ihnen von einer Hand in die andere.
»Zwei Guineen!«, brüllte Merry und warf das Goldstück Silver ins Gesicht. »Da hast du deine siebenhunderttausend Pfund, he? Du bist doch der Mann, der seinen Vorteil wahrnimmt, nicht wahr? Du bist doch der, der noch nie etwas verpfuscht hat, du Landratte mit einem Holzkopf!«
»Grabt ruhig weiter, Jungens«, sagte Silver mit eiskalter Unverschämtheit. »Ein paar Peanuts werdet ihr schon noch finden, das sollte mich nicht wundern.«
»Peanuts!«, wiederholte Merry mit einem Kreischen. »Kameraden, habt ihr das gehört? Ich will euch etwas sagen: Dieser Kerl da hat es schon lange gewusst. Schaut ihm ins Gesicht, darin steht es geschrieben.«
»Aber Merry«, bemerkte Silver, »du willst wohl wieder Käpt'n werden? Du bist ein eifriger Junge, das muss ich sagen.«
Aber diesmal waren alle unbedingt auf Merrys Seite. Sie kletterten aus der Grube heraus und warfen wilde Blicke hinter sich. Eine Beobachtung konnte ich machen, die für uns günstig schien: Sie krochen alle auf der Silver gegenüberliegenden Seite heraus.
So standen wir also, zwei auf der einen und fünf auf der anderen Seite. Dazwischen lag die Grube. Aber keiner war mutig genug den ersten Schlag auszuführen. Silver bewegte sich nicht. Er beobachtete sie, aufrecht auf seine Krücke gestützt, und blickte so kaltblütig wie nur je zuvor. Er war ohne Zweifel ein tapferer Mann.

Schließlich schien Merry zu glauben, dass er mit Reden weiterkomme.

»Kameraden«, begann er, »dort drüben stehen uns zwei allein gegenüber. Der eine ist dieser alte Krüppel, der uns alle hierher gebracht und uns ins Unglück geführt hat; der andere ist jener junge Fant, dem ich das Herz ausreißen werde. Nun, Kameraden –«

Er hob seinen Arm und seine Stimme, als wollte er einen Angriff unternehmen. Aber in diesem Augenblick krachten und blitzten aus dem Dickicht drei Musketen. Merry taumelte mit dem Kopf voran in die Grube. Der Mann mit dem Verband am Kopf drehte sich wie ein Kreisel um sich selbst und stürzte der Länge nach zu Boden. Er zuckte noch und blieb dann tot liegen. Die übrigen drei machten kehrt und rannten davon, so schnell sie konnten.

Mit unglaublicher Schnelligkeit hatte der lange John zwei Läufe einer Pistole auf den im Todeskampf liegenden Merry abgefeuert, und als der Sterbende die Augen noch einmal zu ihm aufschlug, rief er ihm zu: »George, ich schätze, ich habe dich erledigt.«

Im selben Augenblick traten der Doktor, Gray und Ben Gunn mit rauchenden Gewehren unter den Bäumen hervor.

»Vorwärts!«, rief der Doktor. »Macht schnell, Burschen, wir müssen ihnen den Weg zu den Booten abschneiden!«

Eilig jagten wir ihnen nach, manchmal bis zur Brust in den Büschen verschwindend.

Silver war natürlich ängstlich darum bemüht, mit uns Schritt zu halten. Was er vollbrachte, auf seiner Krücke hüpfend, bis ihm die Brustmuskeln zu reißen drohten, das war ein Stück Arbeit, das ihm kein Gesunder hätte nachmachen können.

Dieser Meinung war auch der Doktor. Trotzdem war er etwa dreißig Schritte hinter uns zurückgeblieben und völlig außer Atem, als wir den Rand des Abhangs erreichten.

»Doktor«, rief er, »schaut dorthin! Eile ist nicht mehr nötig!«

Wirklich brauchten wir nun nicht mehr so zu hasten. An einer offeneren Stelle der Hochebene konnten wir sehen, dass die drei Überlebenden noch immer in die gleiche Richtung rannten, nämlich gerade auf den Besanmast-Berg zu. Wir befanden uns bereits zwischen ihnen und den Booten.

Also ließen wir vier uns nieder, um Atem zu holen, während der lange John sich das Gesicht wischte und langsam auf uns zukam.

»Herzlichen Dank, Doktor«, sagte er. »Ihr seid für mich und Hawkins gerade im letzten Augenblick erschienen. Du bist es also wirklich, Ben Gunn!«, fügte er hinzu. »Na, du bist vielleicht ein Kerl, das muss ich sagen!«

»Ja, ich – bin – Ben Gunn, ja«, erwiderte der Ausgesetzte und wand sich wie ein Aal vor Verlegenheit und nach einer langen Pause fügte er hinzu: »Wie geht's, Mister Silver? Ganz gut, ich danke dir, werdet Ihr sagen.«

»Ben, Ben«, murmelte Silver, »wenn ich daran denke, wie du mich reingelegt hast!«

Der Doktor schickte Gray zurück, um eine der Spitzhacken zu holen, die die Meuterer bei ihrer Flucht zurückgelassen hatten. Während wir dann gemütlich bergab zum Liegeplatz der Boote gingen, erzählte er mit kurzen Worten, was sich zugetragen hatte. Es war eine Geschichte, die Silver ganz besonders interessierte, und Ben Gunn, der halb unzurechnungsfähige Ausgesetzte, war ihr Held.

Ben hatte auf seinen langen einsamen Wanderungen über die

Insel das Skelett gefunden – er war es gewesen, der es ausgeplündert hatte. Er hatte auch den Schatz gefunden und ihn ausgegraben. Es war der Stiel von seiner Spitzhacke, der zerbrochen in der Grube lag. Auf seinem Rücken hatte er den Schatz in vielen mühseligen Wegen vom Fuß der hohen Fichte zu einer Höhle getragen, die er auf dem Berg mit den zwei Gipfeln am nordöstlichen Ende der Insel entdeckt hatte. Dort hatte das Gold, sicher verwahrt, schon zwei Monate vor der Ankunft der *Hispaniola* gelegen.

Als der Doktor dieses Geheimnis am Nachmittag nach dem Angriff von ihm erfahren hatte und am nächsten Morgen den Ankerplatz verlassen fand, da war er zu Silver gegangen und hatte ihm die Karte gegeben, die nun wertlos war. Er hatte ihm auch die Vorräte überlassen, denn Ben Gunns Höhle war mit eingesalzenem Ziegenfleisch wohl versorgt. Für die Möglichkeit, sicher aus dem Blockhaus heraus und auf den Berg mit den zwei Gipfeln zu kommen, hatte er Silver alles gegeben; denn dort gab es keine Malaria und der Schatz musste bewacht werden.

»Deinetwegen, Jim«, fügte der Doktor hinzu, »hat mir das Herz geblutet, aber ich musste tun, was für diejenigen, die ihre Pflicht erfüllt hatten, am besten war. Wenn du nicht unter ihnen warst, wessen Schuld war das?«

Als er am Morgen erfuhr, dass ich die schreckliche Enttäuschung, die er für die Meuterer vorbereitet hatte, miterleben sollte, war er sofort zur Höhle zurückgerannt. Er hatte den Baron als Wache beim Kapitän zurückgelassen und war mit Gray und dem Ausgesetzten aufgebrochen, um die Insel zu durchqueren und rechtzeitig bei der Fichte anzukommen. Bald musste er jedoch einsehen, dass unsere Gruppe vor ihm aufgebrochen war, und Ben Gunn, der flink zu Fuß war, wurde vorausgeschickt, um allein sein Bestes zu tun. Diesem war es eingefallen, den Aberglauben seiner früheren Schiffskameraden auszunutzen, und er hatte damit so viel Erfolg, dass Gray und der Doktor herangekommen waren und sich versteckt hatten, bevor die Schatzsucher eintrafen.

»Ach«, sagte Silver, »es war ein Glück für mich, dass ich Hawkins bei mir hatte. Ihr hättet sicher den alten John in Stücke schlagen lassen und Euch nicht einen Gedanken dabei gemacht, Doktor.«

»Nicht einen Gedanken«, entgegnete Doktor Livesey mit freundlicher Miene.

Mittlerweile waren wir bei den Booten angekommen. Der Doktor machte eines davon mit der Spitzhacke unbrauchbar. Dann bestiegen wir alle das andere und fuhren um die Insel herum zur Nordeinfahrt.

Das war eine Strecke von acht oder neun Meilen. Silver wurde wie alle Übrigen an ein Ruder gesetzt, obwohl er todmüde war, und wir glitten über die ruhige See dahin. Bald hatten wir die Ausfahrt hinter uns und umrundeten die Südostküste der Insel. Es war der gleiche Weg, den wir vor vier Tagen mit der *Hispaniola* zurückgelegt hatten.

Als wir an dem Berg mit den zwei Gipfeln vorüberfuhren, konnten wir den schwarzen Eingang zu Ben Gunns Höhle erkennen. Davor stand eine Gestalt, auf eine Muskete gestützt. Es war der Baron. Wir winkten ihm mit einem Taschentuch und riefen ihm ein dreifaches Hurra zu, in das Silver ebenso fröhlich wie wir einstimmte.

Drei Meilen weiter, genau in der Mündung der Nordeinfahrt, begegneten wir der *Hispaniola,* die ganz allein umherkreuzte. Die letzte Flut hatte sie in die Höhe gehoben, und wenn es viel

Wind oder eine starke Strömung gegeben hätte wie im südlichen Ankerplatz, so hätten wir sie wohl nie mehr wieder gefunden oder sie wäre hilflos gestrandet. So aber hatten wir außer dem Großsegel keinen Verlust zu beklagen. Ein anderer Anker wurde fertig gemacht und in eineinhalb Faden Tiefe zu Wasser gelassen. Dann ruderten wir alle wieder zur Rumbucht, die Ben Gunns Schatzhaus am nächsten lag. Gray allein kehrte mit dem Boot zur *Hispaniola* zurück, wo er die Nacht als Wache verbringen sollte.

Ein leicht ansteigender Weg führte vom Strand zum Eingang der Höhle. Davor empfing uns der Baron. Zu mir war er herzlich und freundlich und sprach kein Wort von meiner Flucht. Das war weder ein Tadel noch ein Lob. Als Silver höflich grüßte, stieg ihm die Röte ins Gesicht.

»John Silver«, sagte er, »Ihr seid ein ungeheurer Schurke und Betrüger, ja, ein unglaublicher Betrüger. Man hat mich ersucht nichts gegen Euch zu unternehmen. Gut, ich werde es nicht tun. Aber die Toten werden wie Mühlsteine an Eurem Hals hängen.«

»Herzlichen Dank, Sir«, erwiderte der lange John und salutierte noch einmal.

»Ihr wagt es, mir zu danken!«, rief der Baron. »Es ist eine Pflichtverletzung von mir. Verschwindet!«

Darauf betraten wir alle die Höhle. Es war ein großer, luftiger Raum mit einer kleinen Quelle und einem Teich voll klarem Wasser, der von Farnsträuchern umrahmt war. Der Boden war mit Sand bedeckt. Vor einem großen Feuer lag Kapitän Smollett. In einer entfernten Ecke, die nur manchmal vom Feuerschein erhellt wurde, sah ich große Haufen von Münzen und viereckig aufgeschichtete Goldbarren. Das war also Flints

Schatz, den zu suchen wir so weit hergekommen waren und der bereits siebzehn Männern der *Hispaniola* das Leben gekostet hatte. Was es gekostet hatte, ihn zusammenzutragen, wie viel Blut und Leid, wie viele gute Schiffe, die jetzt auf dem Grund des Meeres lagen, wie viele tapfere Männer, die mit verbundenen Augen in den Tod gehen mussten, wie viele Kanonenschüsse, wie viel Schande, Lügen und Grausamkeiten – das vermag wohl kein Sterblicher mehr zu sagen. Doch es gab noch immer drei Männer auf dieser Insel – Silver, der alte Morgan und Ben Gunn –, die alle an diesen Verbrechen beteiligt gewesen waren und jeder von ihnen hatte vergeblich gehofft seinen Anteil an dem Lohn zu erhalten.

»Komm herein, Jim«, sagte der Kapitän. »Du bist auf deine Art ein guter Junge. Doch ich denke nicht, dass wir beide wieder zusammen zur See fahren werden. Du hast zu viel von einem geborenen Protektionskind an dir. Seid Ihr das, John Silver? Was führt Euch hierher, Mann?«

»Melde mich zurück zum Dienst, Käpt'n«, erwiderte Silver.

»Ach!«, sagte der Kapitän, und das war alles, was er sagte.

Was war das für ein herrliches Abendessen im Kreise meiner Freunde! Wie gut es mir schmeckte mit Ben Gunns gesalzenem Ziegenfleisch, einigen anderen Delikatessen und einer Flasche altem Wein von der *Hispaniola.* Ich bin sicher, dass es nie fröhlichere und glücklichere Menschen gegeben hat. Hinten saß Silver, fast außerhalb des Feuerscheins, der dienstbeflissen aufsprang, wenn irgendetwas fehlte. Er beteiligte sich sogar an unserem Lachen – ganz der gleiche sanfte, höfliche und diensteifrige Seemann wie bei unserer Ausreise.

Zum guten Ende

Am nächsten Morgen gingen wir zeitig an die Arbeit, denn der Transport dieser großen Menge Gold fast eine Meile weit über Land bis zur Küste und dann drei Meilen im Boot bis zur *Hispaniola* war eine schwere Aufgabe für so wenige Männer. Die drei Kerle, die sich noch auf der Insel befanden, störten uns wenig. Eine einzige Wache auf dem Gipfel des Berges reichte aus, um uns gegen einen plötzlichen Überfall zu schützen, und außerdem glaubten wir, dass sie vom Blutvergießen mehr als genug hatten. Deshalb ging die Arbeit gut voran. Gray und Ben Gunn fuhren mit dem Boot hin und her, während die Übrigen in ihrer Abwesenheit den Schatz an der Küste aufstapelten. Zwei mit einem Strick zusammengebundene Goldbarren waren für einen erwachsenen Mann eine ausreichende Belastung – eine Last, mit der er gerne ein etwas langsameres Tempo einschlug. Ich selbst war zum Schleppen nicht sehr geeignet und beschäftigte mich den ganzen Tag in der Höhle mit dem Verpacken der Münzen in Zwiebacksäcke.

Die Münzen waren so zahllos wie die Blätter im Herbst, sodass mir vom vielen Bücken der Rücken wehtat und die Finger vom Sortieren schmerzten.

Tag für Tag wurde diese Arbeit fortgesetzt. An jedem Abend war wieder ein Vermögen an Bord verstaut worden, aber es wartete schon wieder ein anderes auf den nächsten Morgen. Während dieser ganzen Zeit hörten wir nichts von den drei überlebenden Meuterern.

Wir hielten eine Beratung ab und entschlossen uns sie auf der Insel zurückzulassen – zur größten Freude Ben Gunns, das muss ich sagen, und mit vollster Zustimmung Grays. Wir ließen einen reichlichen Vorrat an Pulver und Kugeln zurück, ebenso den größten Teil des gesalzenen Ziegenfleisches, einige Medikamente und andere notwendige Dinge wie Werkzeuge, Kleidung, ein Ersatzsegel, Stricke und, auf besonderen Wunsch des Doktors, eine gute Portion Tabak.

Das war unsere letzte Arbeit auf der Insel. Zuvor hatten wir den Schatz verstaut, genügend Wasser und für den Notfall den Rest des Ziegenfleisches an Bord gebracht. Schließlich lichteten wir an einem schönen Morgen den Anker, und das war alles, was wir tun konnten. Wir verließen die Nordeinfahrt unter derselben Flagge, die der Kapitän am Blockhaus gehisst und verteidigt hatte.

Wir erkannten bald, dass uns die drei Meuterer genauer beobachtet hatten, als wir dachten. Als wir nämlich die Meerenge passierten und der Südspitze ziemlich nahe kamen, sahen wir alle drei auf einer Landzunge im Sand kniend mit bittend erhobenen Armen. Ich nehme an, es ging uns allen nahe, sie in diesem elenden Zustand zurückzulassen, aber wir konnten nicht noch einmal eine Meuterei riskieren. Sie nur für den Galgen mit nach Hause zu nehmen wäre wohl auch eine grausame Art von Freundlichkeit gewesen. Der Doktor rief sie an und erklärte ihnen, dass wir die Vorräte zurückgelassen hatten und wo sie diese finden konnten. Aber sie fuhren fort unsere Namen zu rufen und uns zu bitten doch um Gottes willen barmherzig zu sein und sie nicht an einem solchen Ort umkommen zu lassen.

Als sie sahen, dass das Schiff auf seinem Kurs blieb und jetzt langsam außer Hörweite geriet, sprang einer von ihnen – ich weiß nicht, wer es war – mit einem heiseren Schrei in die Höhe, legte sein Gewehr an und gab einen Schuss ab, der Silver über den Kopf pfiff und das Großsegel durchschlug.

Nach diesem Vorfall blieben wir unter dem Schutz der Schanzkleidung. Als ich wieder hinüberschaute, waren sie von der Landzunge verschwunden und diese selbst geriet mit zunehmender Entfernung immer mehr außer Sicht. Das war also das Ende und zu meiner unsagbaren Freude war auch der höchste Berg der Schatzinsel noch vor Mittag im Blau des Meeres versunken.

Wir waren so knapp an Leuten, dass jeder an Bord mit Hand anlegen musste, nur der Kapitän lag auf einer Matratze im Achterdeck und gab seine Befehle. Wenn auch fast wieder hergestellt, hatte er doch noch Ruhe nötig. Wir nahmen Kurs auf den nächsten Hafen in Südamerika, denn ohne neue Matrosen konnten wir die Heimreise nicht wagen. Wie die Dinge lagen, waren wir durch widrigen Wind und ein paar kräftige Stürme alle erschöpft, ehe wir den Hafen erreichten.

Die Sonne ging gerade unter, als wir in einer schönen, von Land umgebenen Bucht vor Anker gingen. Sofort umringten uns vom Ufer her die Einheimischen in ihren kleinen Booten, die Früchte und Gemüse verkaufen und nach kleinen Münzen tauchen wollten. Der Anblick so vieler gutmütiger Gesichter, besonders der Schwarzen, der Geschmack der tropischen Früchte und vor allem die Lichter, die in der Stadt aufzuleuchten begannen, bildeten einen überaus angenehmen Kontrast zu unserem finsteren und blutigen Aufenthalt auf der Insel. Der Doktor und der Baron nahmen mich mit an Land, um da den Abend zu verbringen. Hier trafen sie den Kapitän eines englischen Kriegsschiffes, kamen mit ihm ins Gespräch, gingen an Bord seines Schiffes und verlebten dort, kurz gesagt, einen so unterhaltsamen Abend, dass der Tag bereits anbrach, als wir wieder bei der *Hispaniola* anlegten.

Ben Gunn befand sich allein an Deck, und sobald wir an Bord gekommen waren, begann er mit seltsamen Verrenkungen ein Geständnis abzulegen. Silver war geflohen. Der Ausgesetzte hatte ihm einige Stunden zuvor in einem Ruderboot zur Flucht verholfen und versicherte uns jetzt, er habe es nur getan, um unser Leben zu retten, das sicher verwirkt gewesen wäre, wenn »dieser Mann mit dem einen Bein an Bord geblieben wäre«. Aber das war noch nicht alles. Der Schiffskoch war nicht mit leeren Händen gegangen. Er hatte in einem unbeobachteten Augenblick ein Schott aufgebrochen und einen der Säcke mit Goldstücken im Wert von ungefähr drei- oder vierhundert Guineen entwendet, um auf seinen weiteren Wegen nicht ohne Geld zu sein.

Ich glaube, wir waren alle froh ihn auf so billige Weise losgeworden zu sein.

Um es kurz zu machen, wir heuerten einige Matrosen an, hatten eine gute Heimfahrt und die *Hispaniola* erreichte Bristol gerade zu der Zeit, als Mister Blandy daran dachte, ein Ersatzschiff auszurüsten. Nur fünf von den Männern, die mit ihr ausgefahren waren, kehrten auch mit ihr zurück. »Schnaps und der Teufel hatten die andern geholt«, obwohl es sicher in unserem Fall nicht so schlimm war wie bei dem Schiff, von dem sie sangen:

»Nur einer der Mannschaft war noch am Leben
und mit fünfundsiebzig fuhren sie aus.«

Jeder von uns erhielt einen reichlichen Anteil von dem Schatz und verwandte ihn, seiner Veranlagung entsprechend, klug oder töricht. Kapitän Smollett fährt jetzt nicht mehr zur See. Gray hat sein Geld gespart, außerdem hat er plötzlich den Wunsch in der Welt weiterzukommen. Er ist jetzt Maat und Teilhaber eines schönen Vollschiffes; dazu hat er geheiratet und ist Familienvater geworden. Ben Gunn erhielt tausend Pfund, die er in drei Wochen, oder genauer gesagt, in neunzehn Tagen verjubelte oder verlor, denn er kam am zwanzigsten Tag bettelnd wieder zurück. Dann machte man ihn zu einem Portier, genau wie er es auf der Insel befürchtet hatte. Er lebt noch und ist ein ausgesprochener Liebling der Dorfjugend, die ihren Spaß mit ihm treibt. An Sonn- und Feiertagen ist er ein beachtlicher Sänger in der Kirche.

Von Silver haben wir nichts mehr gehört. Dieser schreckliche Seemann mit dem einen Bein ist nun ganz aus meinem Leben verschwunden. Aber wahrscheinlich hat er seine alte Negerin wieder gefunden und führt mit ihr und Kapitän Flint vielleicht ein behagliches Dasein. Man möchte dies fast hoffen, denn seine Aussichten auf Behaglichkeit in der andern Welt sind doch sehr gering.

Die Silberbarren und die Waffen liegen, soviel ich weiß, noch dort, wo Flint sie vergraben hat. Dort mögen sie meinetwegen auch liegen bleiben. Um keinen Preis der Welt würde ich auf jene verfluchte Insel zurückkehren und es sind meine schlimmsten Träume, wenn ich die Brandung höre, wie sie gegen die Küste donnert, oder jäh im Schlaf auffahre, wenn die kreischende Stimme Kapitän Flints mir in die Ohren gellt: »Goldstücke! Goldstücke! Goldstücke!«

Nachwort

Wir schreiben das Jahr 1880: Da heiratet ein dreißigjähriger Mann aus Schottland, der schon einiges von der Welt gesehen hat, in Amerika eine zehn Jahre ältere geschiedene Frau und ist somit auf einmal Vater eines Stiefsohns. Dieser neue Sohn will unterhalten werden und eines kann sein Stiefvater bestimmt: abenteuerliche Geschichten erfinden. Das hat er schon von seinem eigenen Vater gelernt, mit dem er sich ansonsten nicht so gut versteht.

Und so dürfen wir uns vorstellen, wie an einem regnerischen Nachmittag Robert Louis Stevenson mit seinem zwölfjährigen Stiefsohn zusammen die Schatzkarte des Kapitän Flint entwirft, wie ihm dabei seine eigene Lektüre, angefangen bei *Robinson Crusoe* von Daniel Defoe bis hin zu der spannenden Geschichte *Der Glückskäfer* von Edgar Allan Poe, in den Sinn kommt und wie sich aus all dem ein Roman formt, der, rasch niedergeschrieben, vom 1. Oktober 1881 bis zum 28. Januar 1882 in Fortsetzungen in der Jugendzeitschrift *Young Folks (Junge Leute)* erscheint. Damals trug die Erzählung noch den Titel *Der Schiffskoch der Schatzinsel* und als Verfasser war ein Kapitän George North angegeben. Besonderes Aufsehen erregte die Geschichte nicht. Umso mehr dann aber das Buch *Die Schatzinsel*, das 1883 erschien. Es machte Robert Louis Stevenson, der zuvor hauptsächlich Reiseerzählungen veröffentlicht hatte, auf einen Schlag berühmt, bei jungen, aber auch bei erwachsenen Lesern und schließlich sogar beim britischen Premierminister Gladstone, der das Werk begeistert lobte.

Der Autor war damals 33 Jahre alt und immer noch von der

finanziellen Unterstützung seines Vaters abhängig. Wenn dieser sich hätte durchsetzen können, wäre der Sohn gemäß der Familientradition Ingenieur geworden. Ein Beruf, der dem jungen Schriftsteller überhaupt nicht zusagte. Zwar hatte er sich schließlich überreden lassen, Jura zu studieren und dieses Studium auch abgeschlossen, aber eine Tätigkeit als Rechtsanwalt oder Richter hatte er sich nicht vorstellen können. Er wollte das Leben auf seine Weise genießen, eine Weise, die den Moralvorstellungen seines Vaters nicht entsprach: Robert Louis Stevenson wollte die Welt sehen und Schriftsteller werden. Der Erfolg seines ersten großen Romans machte ihn schließlich finanziell unabhängig. Weitere spannende Romane und Erzählungen wie *Kidnapped* (deutsch: *Entführt),* die Geschichte von *Dr. Jekyll und Mr. Hyde* und *The Bottle Imp* (deutsch: *Das Flaschenteufelchen)* erschienen in den Folgejahren.

In dieser Zeit war der Schriftsteller bereits an Tuberkulose erkrankt. Auf der Suche nach einem Klima, das die Krankheit mildern würde, kam er 1890 nach Samoa. Hier ließ er sich nieder. Zwar war er weiterhin als Schriftsteller tätig, schaltete sich aber auch aktiv in die Politik der Insel ein, bis er 1894 starb.

Neben *Dr. Jekyll und Mr. Hyde* ist *Die Schatzinsel* bis heute sein bekanntestes Buch geblieben. Mir hat dieses Buch als Kind ein wenig Angst gemacht. Der Blinde, der die Hand des Helden »wie ein Schraubstock« umklammert, die Szene im Apfelfass, der seltsame Ben Gunn, das Skelett, das auf den Schatz weist, all das machte mich schaudern. Auch heute noch scheiden sich die Geister, ob Gewalt in dieser Form in ein Jugendbuch gehört, aber der Roman ist einfach so atemberaubend spannend und so lebendig erzählt, dass niemand ihm seinen Platz als Kinderklassiker streitig machen kann. Stevensons Erzählung bezieht diese Spannung nicht nur aus der reinen Aktion, sondern auch aus dem vielschichtigen Charakter des einbeinigen John Silver, der, wie der ur-

sprüngliche Titel der Geschichte beweist, den eigentlichen Mittelpunkt der Geschichte darstellt.
So wird es also möglich, dieses Buch, welches dem Leser einiges abverlangt, zu lieben, ein Buch, das seit seinem ersten Erscheinen in Deutschland 1897 von Hunderttausenden, wenn nicht von Millionen Jugendlichen verschlungen worden ist. Noch bekannter geworden ist der Stoff durch zahlreiche Hörspiele und mehrere Verfilmungen.
Der französische Literaturkritiker Louis Cazamian schrieb 1927 über das damals gut 40-jährige Buch, *Die Schatzinsel* habe Generationen junger Leser in mehr als einem Kontinent fasziniert und auch Erwachsene ließen sich von der Kunst des Erzählers, den spannenden Ereignissen und der lebhaften Schilderung der exotischen Umgebung immer wieder einfangen. Diesem Urteil wird man ohne Zweifel auch weit über 100 Jahre nach Erscheinen des Romans noch zustimmen können.

Freya Stephan-Kühn